Conny from the block

Da bin ick nicht zuständig, Mausi

CONNY FROM THE BLOCK

Da bin ick NICHT ZUSTÄNDIG, Mausi

NIX NEUES VOM AMT

dtv

MIX
Papier aus verantwortungsvollen Quellen
FSC® C019821

Originalausgabe 2023

Umschlaggestaltung: Stephan Schöll, schoelldesign.com
unter Verwendung eines Fotos von Vanessa Wunsch
Illustrationen: Stephan Schöll, schoelldesign.com
Satz: Uhl+Massopust, Aalen
Gesetzt aus der Freight Text Pro
Druck und Bindung: Druckerei C.H.Beck, Nördlingen
Printed in Germany · ISBN 978-3-423-21878-8

Für meine Eltern

Da bin ick nicht zuständig, Mausi

»Mein Name ist Conny, und ich bin Beamtin.« Seit fünfundzwanzig Jahren stell ich mich jetzt schon so vor. Kurz und knapp. In all den Jahren ist noch nie jemand auf die Idee gekommen zu fragen, was ich denn eigentlich *genau* mache. Oder es hat sich einfach niemand getraut, weil »Beamtin« ja irgendwie selbsterklärend ist.

Erst mal vorab: Beamtin ist gar kein Beruf. Es ist ein Status und ja, irgendwie auch ein Lebensgefühl. Auf jeden Fall *mein* Lebensgefühl! Und anscheinend ein so mächtiges Wort, dass es zur Vorstellung der gesamten Persönlichkeit ausreicht. Dabei gibt es so viele von uns. Es gibt Lehrer, Richter, Polizisten, die Feuerwehr, es gibt Steuerbeamte oder die Sozialarbeiter.

Ja, und dann gibt es halt auch noch die Verwaltungsbeamten. Niemand weiß so richtig, was die tun, aber trotzdem hat jeder irgendeine Vorstellung davon. Zu dieser ganz besonderen Beamten-Spezies gehöre ich. Ich bin Verwaltungsbeamtin im gehobenen Dienst. Oder, für die Amts-Nerds unter euch: Stadtoberinspektorin im nichttechnischen gehobenen Verwaltungsdienst des Landes Berlin. Da kiekste, wa! Müssta euch noch mal auf der Zunge zergehen lassen: Stadt-Ober-Inspektorin. Sexy!

Wenn ich Männer kennenlerne, stelle ich mich immer ganz selbstbewusst mit dieser Berufsbezeichnung vor. Die Gesichter dazu könnta euch nicht ausmalen! »Okay, biste also so was wie ne Detektivin?« Jenau, Süßer, und du bist nur Teil meiner Ermittlungen, ich habe unser gesamtes Gespräch aufgezeichnet, und gleich landen hier zwei Hubschrauber, die dich mitnehmen.

»Stadtoberinspektorin« hört sich aber auch echt krass an. Unterm Strich und übersetzt in die Sprache von Normalsterblichen: Ich bin Sachbearbeiterin. Sachen bearbeiten wir ja irgendwie alle, irgendwo, mit irgendwelchen Zuständigkeiten. Bei mir sind's halt spezielle Amtssachen.

Ich sitze nun seit fast fünfundzwanzig Jahren in ein und derselben Bezirksverwaltung und bearbeite ein und dieselben Vorgänge in ein und derselben Vorgehensweise. Die Inspektorin in meinem Titel inspiziert also, welcher Bürger auf Basis von dieser und jener Rechtsgrundlage was darf. Oder halt auch nicht darf. Und sie arbeitet ab: Anträge, Bußgeldbescheide, Widersprüche.

Ankommen, Kaffee kochen, Eingangspost bearbeiten, Kaffee trinken, Ausgangspost raus, Feierabend. Mein Arbeitstag, kurzgefasst.

Angelockt haben sie uns damals, und wir sind dem Ruf der Ämter gefolgt wie kleine Lämmchen. Es gab Aufrufe in allen Tageszeitungen, meine Familie hat über nichts anderes mehr gesprochen, und schließlich stand fest: »Dit Kind muss uffs Amt.« Richtig attraktiv war das. »Also, unsere Conny, die lernt ja bei de Stadt.« Meine Eltern waren stolz wie Bolle, dass ich nach meinem Realschulabschluss in Berlin-Neukölln entschieden habe, eine Lehre in einer Behörde anzufangen.

Heute, muss ich sagen, ist der Lack ein bisschen ab von all dem. Besonders gut zu sehen an den altbackenen, hässlichen Möbeln. Damals waren sie auch nicht schön, aber für mich das Sinnbild einer strahlenden Zukunft. Hat ja keiner wissen können, dass die Teile nie wieder ausgetauscht werden.

So bin ich also zum ehrbaren Beruf der Verwaltungsfachangestellten gekommen und hatte meinen festen Posten im mittleren Dienst. Im Laufe der Jahre habe ich mich genau ein Mal aus meiner Komfortzone herausgetraut: mit nem Aufstiegslehrgang. Danach war ich im gehobenen Dienst. Ja, und so sitze ich hier nun seit nem Vierteljahrhundert zwischen den ollen Möbeln mit den immer gleichen Kollegen: Petra, Gisela, Doris und wie sie nicht alle heißen. Die werden sich später alle noch mal persönlich bei euch vorstellen.

Mein Job ist ein sicherer Hafen. Draußen kann die Welt untergehen, alles kann sich verändern und neu erfunden werden. In unseren heiligen Hallen, zwischen der immer laufenden Kaffeemaschine und dem leisen Radiogeräusch im Hintergrund, ist die Welt noch in Ordnung. Hier herrscht Stabilität. Das Amt gibt Halt so wie die liebste Omi der Welt, die immer was Süßes in der Tasche hat, wenn man Trost braucht. So in etwa.

So, kommt ma mit jetze in meine Welt. In meinen Mikrokosmos. Ihr werdet gleich viele Parallelen feststellen, wenn ihr auch auf nem Amt arbeitet. Oder in sonst einem Büro oder in, sagen wir, beamtenähnlichen Strukturen. Aber auch ihr, genau, ihr! Ihr schimpft doch immer über die Ämter und Behörden dieses Landes. Kommt ma mit. Ich lade euch janz herzlich dazu ein, Behörden nach meinen Geschichten noch schrecklicher zu finden denn je. Na, wat denn, kommta? Hab nicht ewig Zeit.

Hallo? Könnt ihr mich sehen?

Corona, oh Corona! Dieses Virus hat unserer Welt so viel Unglück gebracht – und den Ämtern in Deutschland nichts als Freude. Die Blitz-Digitalisierung traf uns alle wie ein Tsunami. Und wer hätte es gedacht? Es hat sich was verändert aufm Amt, und ich habe jetzt ein neues Lieblingskommunikationsmittel: die Videokonferenz. Was in Unternehmen gang und gäbe ist, ist für Behörden und uns Dinosaurier-Mitarbeiter wie die erste Mondlandung – purer Wahnsinn.

Stellt euch mal den durchschnittlichen Beamten bildlich vor. Da sitzt eine zweiundsechzigjährige Doris. Doris verarbeitet in ihrem Kopf noch immer die Einführung von E-Mails, kommt null klar damit und macht auch kein Geheimnis draus! Dann sitzt da Gisela, die ist irgendwas Anfang fünfzig. Die wehrt sich gegen alles und jeden, der ihr irgendwie Kopfschmerzen bereiten könnte, und es gibt kaum eine Sache, über die nicht gemeckert wird. Und dann gibt's da noch eine Petra, die alles Elektronische und Digitale für negative Energien hält und am liebsten im Wald leben würde.

Diese Menschen treffen dann auf eine Mitte-dreißig-Konzern-Ronja, bei der jedes zweite Wort auf Englisch ist, das hier kein Schwein versteht. Und auf Dilara, die zwar ein liebes, nettes Küken, aber eben auch mit diesem Teufelszeug von Internet aufgewachsen ist. Und in dieser Kombi soll man jetzt Kontakte reduzieren, kürzere Wege finden und einen weiteren Schritt in Richtung Digitalisierung gehen? Lachste dich kaputt. Ich sag's, wie's ist: Ick hab keen Bock. Aber da mein Gemütszustand und meine Motivation niemanden interessieren, beiß ich auch in diesen sauren Apfel der neumodischen Trends und schwimme mal wieder mit dem Strom.

Ich seh's noch vor mir. Wir waren im ersten Lockdown, und immer nur eine Hälfte der Kollegen war im Büro. Die andere Hälfte musste irgendwie zuhause klarkommen. Da wir Zweier- und Dreierbüros haben, die wie auf einem Strang nebeneinanderliegen, kann man durch die Verbindungstüren vom ersten Büro bis ins letzte durchlaufen. Das ist übrigens auch unser aller Morgenritual. Einmal den Walk of Fame, alle Kollegen kurz grüßen, in irgendnem Büro hängen bleiben, sich verquatschen und sich erst zwei Stunden später am eigenen Platz einfinden. Na ja, das Morgenritual im Amt ist noch mal ne ganz eigene Geschichte. Wir wollen ja jetzt über die Modernisierung der Ämter sprechen: Videokonferenzen.

Also, ich fand ja Telefonieren schon ne Zumutung. Du versuchst mit einem Menschen, den du noch nie zuvor gesehen oder gesprochen hast, ein amtliches Telefonat zu führen.

»Hallo. Nee, wir beantworten keene Fragen am Telefon. Sie müssen inne Sprechstunde kommen. Ja, jenau. Sie müssen erst nen Termin machen. Uff Wiederhören!«

Keine Mimik, keine Gestik, kein Garnix. Hat aber auch sein Gutes. Könntest im Homeoffice dabei nackig die Spülmaschine ausräumen, bei jedem Satz die Augen verdrehen oder einfach in der Nase bohren. Auf meine alten Tage musste ich also erst Videokonferenzen kennenlernen, um das gute alte Telefonat zu würdigen!

Dieser Luxus, inkognito mit dem Hörer in der Hand, sollte also von jetzt auf gleich verschwinden. Konnt ich mir nicht vorstellen, wollt ich mir nicht vorstellen. Ich arbeite seit über zwanzig Jahren mit Gisela zusammen und war noch nie in ihrer Wohnung. Was, wenn die ausgestopfte Tiere zuhause hinter ihrem Schreibtisch hängen hat? Oder Doris im roten Negligé vor der Kamera sitzt? Petra Voodoo-Zeremonien abhält? Will ich das wirklich sehen? Ick gloobe nich.

Ich erzähl euch mal, wie unsere erste Videokonferenz ablief. Bei uns ganz modern abgekürzt als »ViKo«.

Per Mail bekommen wir alle Zugangsdaten, mit denen wir uns einloggen sollen. Da geht's schon los. Die Mail trudelt ein, und keine Minute später bimmelt mein Telefon. Doris.

»Du, Mausi, samma, wat schickt die denn da rum in blauer Schrift. Haste jesehen? Is sicher wieder son Virus, hab ick gleich jelöscht.« Doris ist mit ihrer Naivität so ne Zuckerschnute, dass man einfach nicht sauer auf sie sein kann. Alles, wirklich alles, was sie sagt, erscheint grenzwertig oder falsch. Aber sauer auf sie sein, nee, das kann ich nicht. Das kann niemand. Abgesehen davon, dass sie die Älteste im Team ist, ist sie einfach so ne liebe Berliner West-Omi. Hat keinen bösen Hintergedanken, niemals schlechte Absichten, aber bei der IQ-Verteilung war der liebe Herrgott halt einfach etwas sparsamer.

Ick hab schon so nen Hals. Ich stelle Doris stumm und brülle: »Meine Fresse noch mal!« Dann stelle ich wieder auf laut und erkläre ihr, dass das ein Link ist, auf den man klicken muss.

Schon klar, ihr denkt: Was erzählt die Alte denn da? Ist doch alles ausgedacht und niemals so vorgekommen. Leider nein, Mausis, da muss ich euch enttäuschen. Es ist alles genau so passiert und passiert auch jetzt, in diesem Moment, in irgendeiner deutschen Behörde, an irgendeinem Schreibtisch.

Ich erkläre Doris also den Vorgang des Log-ins, als wäre er die reinste Raketenwissenschaft, und, halleluja, nur viele Minuten später – wir sind online!

Ich sehe eine Kachel mit der hochmotivierten Ronja, unserer Referentin. Was die genau macht, erzähle ich euch noch. Sie strahlt in die Kamera und sitzt selbstverständlich vor einem gut gefüllten Bücherregal, um uns zu zeigen, wie intellektuell sie auch in ihrer Freizeit unterwegs ist. Blöde Kuh. Das sind doch alles nur wieder irgendwelche Ratgeber, die dir erklären, wie du dein Leben mit Mitte dreißig zu leben hast, um dein Potential kompletto auszuschöpfen. Bücher, die einem sagen, wie man am gesündesten lebt, welchen Sport man am besten treibt und wie man am effizientesten arbeitet. Gut, inzwischen weiß ich, dass das ein virtueller Hintergrund war und Ronja bloß in ihrer ollen Küche saß. Na ja, egal, finde, sie nervt trotzdem.

Nach und nach schalten sich meine Herzenskolleginnen dazu. Erst Petra, dann Gisela und später Dilara. Dilara schaut mit ihren großen Rehaugen in die Kamera und verdreht sie gleich wieder, als ihre Mutter ihr einen vollen Obstteller vor die Nase stellt. Ich kenne Dilara und ihre Mutter Gül sehr gut. Wir sind Nachbarn, und das seit über zwanzig Jahren.

Irgendwie bekomme ich es hin, meine Kamera auch endlich einzuschalten. Gott, sehe ich scheiße aus!

Gisela, die nicht merkt, dass sie nun auch zu sehen und zu hören ist, brüllt ihren Sohn Marvin am Telefon an: »Ick hab jetze hier Videokonferenz, Marvin, wat is denn, mein Jott?«

Dilara schaltet sich dazu und sagt Gisela, dass man sie hört. Woraufhin Gisela in ihrer Panik kurzerhand auf das rote X drückt und offline ist. Ein Traum das Ganze! So kann man auch seine Arbeitszeit verbringen. Können gern den ganzen

Tag hier so sitzen und versuchen, uns ein- und dann wieder auszuloggen, mich stört's nicht.

Plötzlich hallt ein lautes »Hallo? Könnta mich hören, ihr Lieben?« aus irgendeiner Kachel ohne Bild. Petra, die schon angekündigt hat, sich nicht per Webcam dazuzuschalten, meldet sich zu Wort. »Ick seh dit ja nich ein, dass ick mich hier filmen lasse.« Die Strahlungsbelastung des Laptops, sagt sie, reicht ihr schon, da muss sie nicht noch die Kamera aktivieren.

Gisela, die inzwischen wieder online ist und ihre Kamera anmacht, guckt so grimmig, dass ich Angst um meinen Bildschirm habe. »Wat soll denn dieset Theater hier? Ick muss nicht jeden Trend immer mitmachen. Ick höre nüscht und sehe nur meine eigene Gusche. Ick werf dit Teil gleich ausm Fenster, werf ick ditte.« Sie ist auf hundertachtzig. Nichts Neues. Vor der Frau haste einfach Respekt. Parallel zum brüllenden Gisela-Gesicht beobachte ich Doris dabei, wie sie sich die dritte Zigarette anmacht, heiter in die Kamera quatscht und sich dabei halbtot lacht. Ohne Ton. Dilara in Schockstarre, Ronja kurz vor dem nächsten Nervenzusammenbruch.

Herzlich willkommen auf dem Amt, liebe Videokonferenz, hier hat wirklich niemand auf dich gewartet.

Jour fixe

»Einmal die Woche setzen wir uns zusammen und tauschen uns über die vergangenen Tage aus. Das ist so wichtig, guys. Auch fürs Brainstorming. Neue Ideen, neuer Input. Alles für den Change!«, erklärt uns Ronja.

Die hat uns wieder mal zu einer kleinen Kaffeerunde zusammengetrommelt und schwafelt blödes Zeug. Was esse ich nachher eigentlich zum Mittag? Kann mir nicht wieder nen Döner reinpfeifen. Die Hose wollte heute Morgen nur in liegender Position zugehen. Boah ey, irgendwie riecht Petra heute auch leicht nach Ziege. Stelle mir oft vor, dass die in nem Heubett in irgendnem Stall pennt, die alte Hippiebraut. Sie fischt ihren Bio-Ayurveda-Ökö-Gedöns-Teebeutel aus ihrer Tasse und schließt die Augen. So was darf sich auch nur Petra erlauben.

»Ihr müsst euch im Laufe des Tages ooch ma selbst besuchen. Ma na innen kehren. Euch ma streicheln und innehalten«, sagt sie immer.

Petra war nicht immer so. Auf ihren spirituellen Selbstfindungspfad ist die Frau erst gekommen, als ein Kerl sie von ihrem eigentlichen Weg abgebracht hat. Weggeschubst hat er sie. Ausgelöscht oder – wie Ronja sagen würde – »geghosted«. Die richtigen Details dazu kennt wohl nur Doris, die bekanntlich unsere Boulevardzeitung auf zwei Beinen ist.

Den Gerüchten nach hatte Petra wohl mal was mit Wolfgang aus der Poststelle. Hat dann aber nicht das bekommen, was sie sich erhoffte, und anschließend auch noch nen Arschtritt von ihm kassiert. Im Büro herrscht Stillschweigen über dieses Thema. Niemand wagt es, Petra aus ihrer allumfassenden Atemübung rauszuzerren und sie mal zu fragen, was denn nun genau passiert ist zwischen Wolle und ihr.

Ganz ehrlich, ich weiß auch nicht so recht, ob ich das so detailliert wissen will. Allein die Vorstellung, dass Schnarchnase Wolfgang ne zwischenmenschliche Beziehung eingeht! Oder ne sexuelle! Da schüttelt's mich. Ich wette, dass Petra ne Voodoo-Puppe zuhause hat. Die hat so ganz kleine, von ihr selbst genähte Karo-Kurzarm-Hemden an, die Wolfgang in groß trägt. Und dann sticht die der Puppe abends immer ne Nadel in den Hintern und freut sich einen ab. Kann ja kein Zufall sein, dass Wolfgang jeden zweiten Morgen dasitzt und sagt: »Meen Ischias bringt ma irjendwann noch ins Grab!«

Während ich in meiner Gedankenwelt das Liebesrätsel um Petra und Wolfgang zu lösen versuche, steht Ronja an der weißen Tafel und skizziert wild ihre Kack-Ideen. Das ist ihr »Moodboard«. Da rennt die mindestens dreimal die Woche hin und krakelt irgendwelche englischen Wörter rauf, die sie dann farblich umkreist und mit süßen Smileys verziert. Hat sie in nem Präsentationskurs gelernt.

Herrjott, dit sind Steuerjelder!

Da sitzt der Bürger zuhause und regt sich über das Amt auf und wieso alles so langsam und oll ist und siehe da: fließt alles in Dinge, die das Amtsleben noch komplizierter machen. Und während wir diesen Monat das sechste Mal damit beschäftigt sind, wie wir uns optimieren können, fällt irgendwo ein Bürger in nem Wartezimmer tot um, weil er da schon siebzehn Jahre steht und nüscht passiert! Ronjas Verbesserungsdrang in allen Ehren, aber was soll sich denn bitte ändern, wenn die Leute, die die Ideen umsetzen sollen, dieselben bleiben.

»Ich führe jetzt einen Jour fixe ein«, strahlt Ronja, wobei sie nur Dilara anguckt. Ist halt auch die Einzige, die versteht, was die Alte meinen könnte.

»Wat isn ditte, Mausi? Is dit ne Tütensuppe? So wie Maggi Fix?« Doris hat wieder einen rausgehauen. Gisela kriegt sich gar nicht mehr ein vor Lachen, und Petra hat der Witz auch aus ihrer Meditation gerissen.

Dabei war's nicht mal einer. Doris meinte das ziemlich ernst.

Bitte schön, Ronja. Da haben wir jetzt den Salat. Du kannst halt jemanden, der sich bei KiK und C&A einkleidet, nicht auf die Balenciaga-Fashionshow mitnehmen und hoffen, dass sie das irgendwie anmacht. Du kannst ne sechzigjährige Schlagermaus nicht in einen Berliner Underground Hip-Hop-Club schleppen und drauf warten, dass sie plötzlich lostwerkt. Und genauso kannste dich nicht uffs Amt stellen und den Leuten sagen, dass wir jetzt nen Jour fixe haben. Mal abgesehen davon, dass wir hier kaum Fremdsprachen beherrschen, scheint das wieder son blöder Modebegriff zu sein, den keener kapiert.

Ronja verdreht die Augen und kichert dabei so künstlich mit, wie sie nur kann.

Die Stimmung darf nicht kippen. Es darf nicht wieder in einem »Nein, das machen wir nicht« enden. Du bist die Vorgesetzte und verantwortlich für das Change Management, Ronja, reiß dich zusammen! Ich sehe ihr an, wie ihr diese Gedanken durch den Kopf schießen. Junge, wat tut die mir manchmal leid! Ich wär schon längst durchgedreht in diesem ignoranten Saftladen, dessen Teil ich bin.

»Is ja ejal, wat dit is. Jour fixe. Die Hauptsache is, dass et fix jeht. ZZ. Ziemlich zackig. Hahahaha«, setzt Gisela noch einen drauf und lacht wie vom Teufel besessen.

Dilara ist spürbar kurz davor, sich den Tacker zu schnappen und uns allen jeweils Ober- und Unterlippe mit ner Packung 1000er-Heftklammern zusammenzutackern.

Ronja sammelt sich und setzt noch mal an: »Wir treffen uns einmal die Woche zu einem FIXEN Tag und besprechen uns zu den wichtigsten Themen«, versucht sie die Botschaft, so selbstbewusst, wie es nur geht, rüberzubringen.

»Jut, und wieso sagste dit nich gleich, Mausi?« Doris hat zur Abwechslung mal recht. Die Zeitungen berichten von der Trägheit der Berliner Verwaltung. Bürger warten monatelang auf Termine. Alle hassen sie uns. Und wir sitzen jetzt seit ner Dreiviertelstunde hier und amüsieren uns darüber, ob die wöchentliche Besprechung nicht auch Tütensuppe genannt werden könnte.

»Na, Mensch, dann lasst uns doch einfach dit Wochenfrühstück wieder einführen. Bei nem Brötchen und ner Tasse Kaffee lässt sich dit doch viel jemütlicher jour fixen.« Ich möchte diese Runde endlich auflösen. Ich ertrag's nicht mehr, wenn ich mir vorstelle, wie hier die Steuergelder meiner Rentnereltern verbraten werden, während wir endlos debattieren.

»Also eigentlich wollte ich den Jour fixe als Stand-up-Meeting einführen, aber vielleicht ...«

»... vielleicht lassen wir das lieber, Ronja. Ich finde die Idee mit einem Frühstück eigentlich ganz nett«, vollendet Dilara den Satz. Beschwichtigen kann sie. Vermitteln kann sie auch. Musste sie ja auch schon immer. Zwischen ihren Eltern, zwischen ihren Eltern und Behörden und Ärzten, zwischen zwei

Religionen und schließlich auch zwischen zwei Kulturen. Gut, dass wir dieses kleine türkische Küken im Team haben. Eine Diplomatin durch und durch.

»Also, ick find dit mit dem Frühstück ooch super, aber will gleich noch ma anmerken, dass ick nur vegan esse.«

»Petra, dit klären wa denn die Tage, jut? Noch ne Diskussion ertrag ick jetzt ooch nich mehr. Hab schließlich wat zu tun, ob de dit nun gloobst oder nich«, antworte ich. Reicht jetzt aber auch.

»Super, Mädels. Danke für diesen *so* konstruktiven Austausch und diesen tollen Input. Dann machen wir jetzt jeden Montag unseren Jour fixe um zehn Uhr! Oh Gott, nein, sorry! Unser *fixes Frühstück* meine ich natürlich.«

Geht doch, Ronja. Das Leben ist ein Kompromiss. Und dieses Ergebnis einer Kaffeerunde eine wahre Glanzleistung fürs Amt. Chapeau!

Doris

Hallöchen, Mausis! Icke bin's – Doris. Tja, was soll ich euch über mich erzählen?

Kleen-Doris ist die Älteste im Bunde und zarte zweiundsechzig Jahre jung. Bin hier quasi die Amts-Mutti! Geboren und aufgewachsen bin ich in Berlin-Lichtenrade, schön in nem kleinen Häuschen mit meinen beiden Eltern und zwei Geschwistern. Ich weiß, wir sollen eigentlich nicht mehr zwischen Ost und West trennen, aber ich bin Wessi. Find ich nicht weiter schlimm, das auch zu sagen. Die Ossis machen's ja genauso.

Vor vierzig Jahren habe ich meinen Ehemann Günter kennen und lieben gelernt. Er war der Sohn von ner Freundschaft meiner Eltern und mein erster richtiger Freund. Die jungen Leute heute träumen ja immer von so ner Romanze – Günter und icke, wir haben dit. Kinder haben wir nie bekommen, was meiner Meinung nach an ihm lag und nicht an mir, aber ist ja auch nicht schlimm, Mausis. Generell find ich kaum was schlimm. Das habe ich mir irgendwann so angewöhnt und verinnerlicht.

Um da hinzukommen, wo ich jetzt bin, muss man ne Menge erlebt haben. In meinen Zwanzigern und Dreißigern, da wollte ich noch rebellieren. Habe mich mit Hinz und Kunz angelegt und immer alles ausdiskutiert. Irgendwann merkste dann, dass sich eh nüscht ändert, und findest dich damit ab. Und dann ist auch nüscht mehr schlimm. Mein Job aufm Amt hat auch maßgeblich dazu beigetragen, dass ich so geworden bin, wie ich heute bin.

Mit sechzehn hab ich meine Lehre begonnen. Wen ich schon alles hab kommen und gehen sehen – hör mir uff! Chefs, die die Welt verändern wollten und dann das Weite gesucht haben. Kollegen, die dachten, sie könnten sich aufm Amt ausruhen, und dann ihr blaues Wunder erleben mussten. Affären, Skandale, Lästereien, Intrigen. Aber auch schöne Sachen. Liebesgeschichten, entstandene Freundschaften und Kollegen, die man ins Herz geschlossen hat. Verwaltungsreformen, Veränderungen, gescheiterte Modernisierungen und jetzt die schon ewig dauernde Digitalisierung.

Anfangs war ich noch motiviert und wollte bei allem dabei sein, aber mit Anfang vierzig habe ich aufgegeben. Gar nicht im negativen Sinne, sondern zurückgelehnt habe ich mich. Mein Job ist sicher, das Geld stimmt, und Freizeit habe ich auch noch genügend. Also, wat soll ick mir nen Kopp machen? Ich tu, was getan werden muss, und verkrümele mich Freitagnachmittag in meinen hübschen Schrebergarten.

Da lebt nämlich mein Mausebär Günter. Falls ihr glaubt, vierzig Jahre Ehe würden immer so glatt laufen, habt ihr euch geirrt. Das, was unsere Ehe frisch gehalten hat, war nämlich der Abstand. Unter der Woche leben Mausebär und ich also getrennt, und am Wochenende besuche ich ihn im Garten. Da hat man sich dann wenigstens was zu erzählen und sich vielleicht sogar vermisst. Wir laden Freunde ein, grillen, trinken lecker Eierlikörchen und machen uns das Leben schön. Das ist nämlich ganz schön kurz und auch zu schade, um es mit Meckern und Motzen zu verbringen.

So nett unsere Wochenenden auch sind, so sehr freue ich mich trotzdem auf jeden Montag. Das Amt ist meine zweite Familie und auch irgendwie ein Stück Zuhause. So viel Zeit, wie wir auf Arbeit verbringen – müssta euch ma vorstellen! Da ist es wichtig, dass man sich liebhat und nicht alles allzu ernst nimmt. Was die jungen Hühner sich immer um alles Sorgen machen. Die sollen erst mal in mein Alter kommen, dann ist denen auch alles egal!

Manchmal, da ist es nicht einfach, mit so verschiedenen Menschen zusammenzuarbeiten. Bei uns haste ja auch allet: Ossi, Wessi, Öko, ausländisch (Darf man dit noch sagen?), alt und jung. Da knallt's dann auch mal, aber das hält uns frisch und schweißt am Ende sogar mehr zusammen. Mir sagen sie immer, dass ich viel in Fettnäpfchen trete und zu viel nachfrage. Bin halt neugierig, und böse meine ich das auch nie! Aber heutzutage musste ja aufpassen, was du noch sagen darfst und was nicht. Ach, is mir doch ejal!

Kurz und knapp, Mausis: Ihr dürft euch nicht immer so ne Platte machen! Aus diesem Leben is noch keener lebend rausjekommen, also wozu der Stress? Is allet halb so schlimm und sicher ooch nich böse jemeint! Kussi!

Ronja will onboarden

Kleiner Test: Schließt mal kurz die Augen und stellt euch ne Beamtin vor. Na? Was habt ihr gesehen? Lasst mich raten: Es war nicht Heidi Klum. Eher alt, ein bisschen rundlich, schlecht gekleidet, komische Frisur, grimmiger Blick. Also wie icke. Könnta ruhig zugeben. Das ist doch das, was sich alle vorstellen, wenn sie an Beamte denken. Ja, okay, hier und da ist das nicht ganz falsch. Aber auch hier gilt das Motto: Es sind nicht alle so, wie man denkt.

Meine Damen und Herren, begrüßen Sie also nun mit mir die neue Mitarbeitergattung der deutschen Behörden: Ronja. Diese neue, unverwechselbare Spezies hat irgendeinen Bachelor mit Medien gemacht (wie alle von dieser Gattung). Dann irgendnen Master im Ausland (so wie viele). Um danach in irgendnem Großkonzern zu arbeiten (auch nicht wenige), um am Ende nicht das zu bekommen, was man sich davon erhofft hat, und anschließend völlig ausgebrannt ins Amt zu rollen.

Das ist jetzt nämlich der neueste Trend oder wie Ronja sagen würde: der neueste Shit. Man rettet sich in die Ämter Deutschlands, um die guten Arbeitsbedingungen zu haben, die die großen Firmen alle nur anpreisen. Work-Life-Balance, das wollen sie heute alle, verlieren sich aber in ihrem Ehrgeiz nach dem Nonplusultra-Job. Tolle Büros, ne Kita fürs Kind, drei Kickertische und jeden Freitag Afterworkparty. Was du dafür leisten musst? Profit. Profit. Profit. Und dann merkste irgendwann, dass du unzählige Überstunden hast und der Leistungsdruck dich killt.

Ronja ist ein Paradebeispiel dafür. So ne richtige Mittdreißigerin. Vorliebe für englische Wörter, Power-Pilates, gesunde Ernährung, Karriere. Immer gute Laune. Immer motiviert. Hat tausende Ideen, will das Rad neu erfinden.

Alles, was ich will: sie mal kräftig durchschütteln.

Sie ist das Gegenteil vom Amtsidealbild und zerstört unser Image schon bei der morgendlichen Begrüßung: »Goooood mooooorning« quietscht sie täglich mit ihrer schrecklichen Stimme durch die Büros.

»Dit heißt ›juten Morgen‹ und wir sind hier immer noch in Deutschland!«, antwortet Gisela mindestens jeden zweiten Tag.

Recht hat sie. Wozu denn immer diese dämlichen englischen Vokabeln? Fühlt Ronja sich dadurch besonders cool? Macht man das heutzutage so? So sprechen, dass einen so wenige Menschen wie nur möglich verstehen? Ronja, wir sind hier nicht mehr in deiner super-hippen Company, dit ist ne Behörde, verdammt! Das macht mich aggressiv.

Aber es wird noch schlimmer. Ronja ist nämlich nicht nur Kollegin. Nein, sie ist auch noch unsere Vorgesetzte. Eine Chefin! Eine Führungskraft! Frage mich täglich, wen die denn nun genau führt? Mich bestimmt nicht. Geschweige denn Grummel-Gisela, die sich eindeutig selbst führt.

Da setzen die uns alten Hasen irgendwelche Ronjas vor die Nase und hoffen, dass wir uns was sagen lassen? Pustekuchen! Die Dinge, die die in der Uni gelernt hat, kann se gern in irgendner Firma umsetzen. Nicht aufm Amt. Wir sind ein eigener Planet, hier herrschen andere Gesetze! Die Uhren ticken anders. Die Menschen sowieso.

Heute ist also wieder einer dieser Tage, an denen Madame Ronja unser Amt umkrempeln will.

»Mädels, wir müssen dringend am Onboarding arbeiten.«

»Wat muss ick? Janüscht muss ick. Sterben muss ick«, brabbelt Gisela vor sich hin, während sie sich den Zeigefinger ableckt, um das Aktenblatt zu wenden, das sie mit ziemlich hoher Wahrscheinlichkeit eh nicht liest.

Ganz ehrlich? Wäre ich Ronja, ich würde mir das hier keinen einzigen Tag lang geben. Ich bin zwar selbst die immer neinsagende Klischeebeamtin, aber das wär mir nix hier. Ganz egal, was man sagt, Gegenwind ist vorprogrammiert. Neinsagen ist Prinzip. Und ja, das nervt. Daher kurze Anerkennung für Ronjas Geduld. Na jut. Vorbei.

»Ick weeß nich, ob ick nachfragen soll, wat dit nu wieder is, oder dit einfach sein lasse, Mausi«, sagt Doris. Am Ende jedes Satzes ein »Mausi« und dann noch ein Luftküsschen hinterher. Damit zieht die sich gnadenlos aus jeder Affäre. Doris ist gar nicht so doof, wie sie wirkt. Kussi hinterher, dann is »dit alles ja nich mehr so schlimm«, was sie da sagt.

»Onboarding« wiederhole ich kurz im Kopf. Ich wünschte, ich könnte es mir irgendwie herleiten, um Ronja zur Abwechslung auch mal nen Gefallen zu tun. Aber da tut sich beim besten Willen nichts. Das einzige Boarding, das ich kenne, passiert im Flieger. Wüsste jetzt nicht, was wir hier mit Flugzeugen am Hut haben sollten.

Ich denke es, und Gisela spricht es aus: »Wat is los. Willste die Passagiere in Flieger boarden, oder wat?«

Dilara verdreht ihre Rehaugen. Jaja, immer muss sie alles übersetzen. Als würde es nicht reichen, dass das arme Mädel schon ihr ganzes Leben zwischen ihren türkischen Eltern und Ämtern vermittelt. Dilara schweigt. Sicher aus Frust.

»Abholen. Wir müssen neue Kolleginnen und Kollegen abholen«, erklärt Ronja.

»Ick bin damals ooch janz alleene hier herjekommen. Und jetze sollen wa die Neuen abholen, oder wat? Ick gloob echt, ick spinne!«, sagt Gisela.

»Na, samma, Mausi, die können doch ooch mit die Öffis herkommen.« Doris schiebt sich die nächste Kippe in den Mund. Nachvollziehbar. War ja auch anstrengend, Doris, das Gespräch. Wenn's kompliziert wird, kommt immer: »Ick jeh eene roochen.«

Ronja übt sich in Geduld und Achtsamkeit, das sehe ich ihr an. Innerlich testet sie gerade eine der Übungen, die sie aus ihren schlauen Ratgebern hat. In Wirklichkeit will sie sich ihre teure Ralph-Lauren-Bluse von der Brust reißen und sie irgendeiner von uns zusammengeknüllt ins Maul stopfen. *Wie gehe ich mit der Mitarbeiterspezies Beamte um. In 30 Tagen zur erfolgreichen Führungskraft.* Ey, das wär'n Kassenschlager. Vielleicht sollte Ronja einfach ein Buch schreiben. Es folgt also keine Erklärung dazu, was denn nun »Onboarding« sein soll.

Doris hat sich längst zum Rauchen davongeschlichen. Dilara sitzt wieder am Platz und macht sich ihre Kopfhörer rein. Gisela setzt neuen Kaffee auf. Hier bleibt alles so, wie's is. Willkommen ON BOARD, liebe Ronja!

Ronja

Ich bin noch nicht lange in der Behörde, aber *to be honest*: Es fühlt sich schon jetzt an wie eine Ewigkeit.

An meinem ersten Arbeitstag, das weiß ich noch, hatte ich eine Einführung. Ich musste ins Personalbüro, das hier »Büroleitung« heißt (*wtf*?), und wurde begrüßt. Dann wurde mir kurz gesagt, wo ich hinmuss, und da bin ich hin. Ende der Geschichte.

Na gut, es gab noch eine Willkommensmappe mit den wichtigsten Telefonnummern, und da ich Führungskraft eines Teams werden sollte, hat mich mein Chef persönlich begrüßt.

Ähm, *sorry guys*, aber wo melde ich mich genau für die Einführungswoche an? Schon mal was von *Onboarding* gehört? Die neuen Kolleginnen und Kollegen willkommen heißen? Sie abholen? Mit der *Corporate Identity* bekannt machen? Mir war schon klar, dass das hier kein moderner Konzern ist, aber *come on*!

Ich war schon in meiner ersten Woche auf dem Amt so *lost* wie lange nicht mehr. Aber gut, ich bin ja auch hergekommen, um etwas zu bewegen und zu verändern. Ich möchte modernisieren und meinen wertvollen *Input* der Gesellschaft zur Verfügung stellen.

Okay. Ich will humane Arbeitszeiten. Und ein Handy, das am Wochenende nicht klingelt. Eigentlich will ich gar kein Handy mehr. Ich will keinen Chef, der wöchentlich meine Zahlen als Statistiken sehen will. Und schon gar keinen toxischen weißen, unfassbar attraktiven Vorgesetzten, in den ich mich dann auch noch verliebe.

Zwei *Burnouts* und viel Herzschmerz in der Privatwirtschaft später stehe ich also hier und habe Hoffnung. Hoffnung auf Wandel.

Ich bin der Change. Und ich werde es schaffen.

Mein Team besteht aus fünf Damen. Ich bin nicht unbedingt inhaltlich für ihre Aufgaben verantwortlich, sondern wurde als Referentin für Change Management und Innovation eingestellt. Parallel zu diesen Aufgaben leite ich aber mein kleines Team an, und ich sage euch, unterschiedlicher könnten die nicht sein.

Eine *mega-cute* Boomer-Omi namens Doris, die immer nur mit Zigarette in der Hand herumläuft. Sie riecht nach einer Mischung aus Kippenqualm und Jovan-Parfüm, das meine Mutter auch trägt. Sie ist wirklich lieb, ich habe aber sofort gemerkt, dass die Frau mental schon lange in Pension ist. Nur noch ihre Hülle sitzt hier, bespaßt das Team und raucht eine nach der anderen. Sie ist trotzdem Gold wert, weil sie den *Teamspirit* hochhält und viel *love spreadet*.

Dann gibt's da noch Gisela. Ich hatte schon bei unserer ersten Begegnung einfach nur Angst vor ihr. Ihr *scannender* Blick hat mich sofort verurteilt und in die Blöde-Tussi-Schublade gesteckt. Gisela muss der Chef hier sein, dachte ich mir. Sie ist burschikos, muskulös, groß und guckt, als würde sie dir gleich an die Gurgel springen. Sie muss ich *catchen*. Ich habe aber wirklich noch keine Ahnung, wie.

Petra ist mein *spirit animal*. Eine vegane *Yoga-Queen*, die in sich ruht, weltoffen und spirituell ist und für fast alles Verständnis zeigt. Ich wäre so gern mehr wie sie. Okay, abgesehen von ihren wirklich hässlichen Öko-Klamotten. Irgendwie riecht die auch immer ein bisschen nach Bauernhof und Lavendel.

Dilara ist eine liebe junge Türkin und nicht das, was man sich in Berlin unter einer Dilara vorstellt. *No hate*, aber der Begriff »Shisha-Dilara« ist sogar in meinem woken Umfeld gebildeter Bio-Deutscher weit verbreitet. Ich hoffe, dass sie mein Sprachrohr wird. Sie ist die Einzige, die meine Sprache spricht und weiß, wo ich hinwilll. Und Englisch kann sie auch (offensichtlich eine Seltenheit auf dem Amt!).

Conny ist irgendwie die Schweiz im Team. Manchmal *grumpy* und altbacken wie Gisela, manchmal ganz lieb wie Doris. Im Grunde verkörpert Conny genau das, was ich mir schon vorher unter Beamten vorgestellt habe. Größtenteils grummelig, wenig bis keine Lust auf Veränderung und bequem. Immerhin versucht sie aber, meine Aussagen und Anweisungen in Amtssprache zu übersetzen. Das rechne ich ihr hoch an.

Da sitze ich also hier in meinem Büro mit diesen scheußlichen Möbeln. Ich habe mir inzwischen eingeredet, dass es eine hippe Szenebar in Berlin-Kreuzberg sein könnte. Die haben ja auch oft alte, hässliche Möbel von irgendwelchen Flohmärkten, die dann zusammengewürfelt doch gut aussehen können.

Ich bleibe stark.

Mein vorheriges Hochglanz-Hightech-Büro konnte mich

auch nicht vor dem Burnout bewahren. Mehr Schein als Sein in der alten Firma. Teilweise richtig krank. Je länger du an einem Arbeitstag geblieben bist, umso erfolgreicher hast du gewirkt.

Immer mehr, mehr, mehr.

Ich werde die mich *judgenden* Blicke nicht vergessen, als ich mal um siebzehn Uhr Feierabend machen wollte, weil ich einen Arzttermin hatte.

»Na, Ronja, machst du schon wieder früher Schluss? Dein Leben hätte ich gern.«

Heute weiß ich, dass das Mobbing war. Diesen blöden *toxic Büro-Bitches* schicke ich bald mal an nem Freitag um vierzehn Uhr ein Foto von mir auf der Couch. Sie werden platzen, weil sie selbst den Absprung nicht schaffen und »Amt« ihnen zu uncool ist. Und meinem neuen Team zeige ich, was für ein Gewinn ich für eine Behörde sein kann.

Ich bin der Change, ihr werdet alle schon noch sehen.

Nachbarliebe: Oma Walli

Ich lebe in Berlin-Neukölln. Nicht im Zugezogenen-Paradies Neukölln, sondern schön im Ghetto. Da, wo noch das echte Berlin ist. Arabisch, türkisch, alt, jung, dreckig und laut. Genau gegenüber wohnt meine Nachbarin Gül mit ihrem Mann und ihren vier Kindern. Neben ihr Oma Waltraud, sechsundachtzig Jahre jung, verwitwet und mit viel Zeit. Zu viel Zeit. Immer wenn ich die Wohnung verlassen will, muss ich erst lauschen. Wer ist im Treppenhaus? Bringt jemand gerade den Müll runter? Muss ich mich jetzt etwa unterhalten? Nach all den Jahren in diesem abgeranzten Häuserblock mitten in Gropiusstadt kenne ich alle Türgeräusche und auch alle Nachbarn in- und auswendig.

Oma Waltraud ist ne Jute. Aber halt auch ne Oma. Immer will die quatschen und hat mir schon so einige Ohren abgekaut. Gül bringt ihr regelmäßig türkische Köstlichkeiten vorbei. Fast jeden Abend höre ich, wie sie »Hallo, Oma, hier Essen, ja? Musst du essen« sagt oder eines ihrer Kinder rüberschickt. Diese guten Taten halten Omi aber noch lange nicht davon ab, auch hier und da mal über die »janzen Ausländer« zu schimpfen. »Na, weeßte, früher war dit allet hier nich so, Conny«, flüstert sie mir manchmal zu.

Finde ja, sie könnte auch locker bei uns aufm Amt anfangen. Da höre ich die Sätze, dass früher alles besser war, auch ständig. Na ja, keine schlechte Laune jetzt. Heute ist Freitag. Freitag ist generell ein guter Tag. Erstens steht man kurz vor dem Wochenende und zweitens bedeutet Freitag immer: Früher Feierabend.

Ich sprinte also regelrecht aus meinem Büro, springe runter in die U7 Richtung Rudow und liebe diesen Tag. Herrlich. Heute kann nichts mehr passieren, was mich aus der Fassung bringen könnte. Die Woche war schlimm genug, weil wir wieder eine von Ronjas Schulungen machen mussten. Es kann also nur besser werden. Wenn ich gleich zuhause bin, werde ich mich auf mein Sofa schmeißen, den Fernseher einschalten und den wohlverdienten Beamtenfeierabend genießen. Denke ich mir.

Zuhause angekommen, riecht es auf dem Flur nach angebratenen Zwiebeln. Gül, die anatolische Kochfee, zaubert wieder irgendein Acht-Gänge-Menü für die Familie. Ich mach mir nachher ne Dose Ravioli auf oder hol mir einfach nen Döner. Woher die Frau die Motivation nimmt, täglich frisch zu kochen, und auch die Ideen? Wär mir viel zu anstrengend. Und dann bin ich auch noch alleine. Ich koche alleine, esse alleine und mach mir dann ne Kerze dazu an, oder wat? Nee.

Ich stecke also in der Hoffnung, dass Gül nachher vielleicht auch was geiles Türkisches für mich rüberbringt, den Schlüssel ins Schloss und zucke blitzartig zusammen.

»Na, haste schon Feierabend, Kleene?«

Oma Waltraud. Nein. Bitte nicht. Bitte nicht reden müssen. Ich will auf die Couch, bitte, Omi! Die muss mich durch den Spion beobachtet haben, das olle Biest. So schnell, wie die ihre Tür aufgerissen hat, als ich gerade meine aufschließe, kann das kein Zufall gewesen sein. Wie die trotz Schwerhörigkeit so wachsam sein kann, ist mir ein Rätsel.

Ich atme einmal ganz tief durch. Conny, das geht jetzt ganz schnell. Reg dich nicht auf. Du drehst dich jetzt ganz kurz um und sagst: Tach, Waltraud, hab's eilig. Hab'n Termin in zehn Minuten. Muss ganz schnell weg. Weeßt ja, wie dit is mit meen Job. Kaum kommste rin, musste gleich wieder los. Das sagst du ihr jetzt, Conny. Komm, du schaffst das. Ich atme also tief ein, drehe mich um und will meinen vorbereiteten Text runterrattern. Da weint sie los. Oma Waltraud weint. Was zur Hölle ist das denn für ein Horrorfilm? Der Freitag ist futsch! Was heult die denn jetzt rum? Und dann ist das halt so ne süße liebe Omi. Süße liebe Omis, die weinen, gehen einfach gar nicht. Ich kann doch jetzt nicht sagen, dass ich wegmuss.

Ich will panisch bei Gül klingeln. Die soll der ein Stück Baklava und ein Glas türkischen Tee geben, dann wird das schon wieder. Das ist bei den Türken doch das Allheilmittel gegen jede Art von Kummer. Das funktioniert doch bei mir auch immer, wenn ich Sorgen habe. Aber es ist zu spät. Zu spät für alles, Conny. Den Freitag kannste nicht mehr retten. Da willste gerade noch feierlich den Feierabend eröffnen, und eine Sekunde später wirst du an die Kittelschürze der weinenden Oma Waltraud gepresst.

»Ick hasse dit Amt«, schluchzt sie und entlässt mich endlich aus ihren zitternden Armen.

»Na, Mensch, Omi, wem sagste dit? Da ham wa wat jemeinsam, wir beede«, antworte ich, während Waltraud in ihr blau-weiß kariertes Stofftaschentuch schnaubt. Ach, komm, ist vorbei, Conny, gib dich geschlagen. Ich sehe mich heute Abend schon auf ihrer mit Steiff-Tieren zugebauten beigen Couch sitzen und den dritten selbstgemachten Kaffeelikör hinter die Binde kippen.

Wäre nicht das erste Mal, dass ich hier außerhalb des Amtes amtliche Hilfestellung geben muss. In regelmäßigen Abständen besucht mich Gül. Die Klingel meiner Wohnungstür ist für diese Frau so, als würde sie im Bürgeramt ne Nummer ziehen. »Conny, hab ich Frage wegen Brief Amt, ja?« Ist ja nicht so, dass ich nicht gern helfe, aber mein Job ist wirklich anstrengend genug. Da muss ich nicht noch privat Beamtin sein.

»So, nu erzähl mal, wat los is und wieso du dit Amt so hasst, Walli«, frage ich Waltraud, die sich inzwischen beruhigt und mich in ihre nach alter Frau riechende Muffelbude gezerrt hat.

»Hier, les dir dit mal durch, Kleene. Ick hab bald sechzig Jahre für dieset Land jeschuftet. Nich mal die olle Rente reicht, und jetze kürzen se mir ooch noch dit Wohnjeld«, erzählt mir Oma Waltraud. Ich wette innerlich fünfzig Euro drauf, dass gleich ein kleiner rassistischer Nachtrag kommt, und zack!: »Aber die janzen Asylanten, die nehmen wa uff«, setzt sie nach.

»Walli, Mensch, dit hat doch mit die Asylanten nüscht zu tun, jetzt hör aber uff«, antworte ich. »Jib ma her den Brief, ick les mir dit durch.« Ich öffne den Bescheid. Sie hat recht.

»Ihre Leistung an Wohngeld wurde eingefroren, weil Sie die angeforderten Nachweise über die Höhe Ihrer derzeitigen Einnahmen nicht fristgerecht nachgereicht haben.« So steht es auf wunderschönem Behörden-Altpapier gedruckt.

Ich koche innerlich. Ich koche deswegen, weil ich die Nachweise persönlich für Omi in den Briefkasten vom Wohnungamt geworfen habe. Also versuche ich, Waltraud zu beschwichtigen. »Na, wer von den Amtsmäusen hat denn da wieder jeschlafen?«

Mann, Conny, dit kannste keinem erzählen, ehrlich. Da kürzen die ner sechsundachtzigjährigen Oma die Kohle, weil Unterlagen fehlen.

»Samma, hackts bei denen, oder wat? Wie wär's ma mit vorher anrufen? Dit is ne einsame Omi«, sage ich leise vor mich hin. Gott sei Dank arbeite ich in nem anderen Amt und nem anderen Bezirk als meinem Wohnbezirk. Bin also ausnahmsweise mal nicht schuld. Mir würde so was auch niemals passieren. Ich hätte die Dame vorher angerufen und sie lieb und nett an ihre Unterlagen erinnert.

Ich nehme das Handy zur Hand und wähle die Nummer des Sachbearbeiters, der oben rechts in der Kopfzeile angegeben ist. Wer wagt es, meiner Oma Waltraud das Wohngeld zu kürzen? Dir zeig ich's jetzt nämlich!

Es klingelt und klingelt und klingelt.

»Ick werd gleich fuchsteufelswild, wenn da keener ranjeht. Dit is ne Sauerei, Walli. Mach dir keene Sorgen, ick klär dit, ick weeß ja, wie die arbeiten.«

Es klingelt weiter. Kein Anrufbeantworter, nix. Ich wette, die sind rauchen. Oder Kaffee trinken. Oder haben keine Lust.

Ich werde knallrot vor Wut. Meine Oma Waltraud zum Weinen bringen! Gloob ick spinne! Zeige euch jetzt, wer hier die Beamtin ist, ihr Pappnasen! Denke ich und gucke dabei auf mein Handy, das immer noch wählt. 14:02 Uhr. Verdammte Axt! Es ist Freitag. Es ist Freitagnachmittag um zwei. »Conny, du dumme Nuss. Du bist doch ooch schon zuhause. Als ob da jemand noch ans Telefon jeht um die Uhrzeit«, plappere ich vor mich hin. Ich habe vergessen, dass ich selbst schon längst im Feierabend bin! Natürlich ist das Amt, dem ich die Hölle heiß machen will, das auch schon lange.

»Ick jeh da Montach hin, Walli. Mach dir ma keene Platte, jut?«, stammle ich schuldbewusst. Ich gieße uns zwei Kaffeeliköre ein und fühle mich zum ersten Mal seit Langem richtig schlecht wegen meinem Job. »Unfassbar, diese Behörden, wa? Ick bin ja nur schon zuhause, weil ick so viel Überstunden hab, weeßte, Walli!«

Wochenende

»Hoch die Hände, Wochenende! Party! Eskalation! Ick dreh völlig frei!«, hätte ich vor zwanzig Jahren sicher noch gesagt.

Heute sag ich: Bloß keinen Menschenkontakt. Was hab ich mich früher volllaufen lassen und Feten gefeiert. Jetzt, mit fast Mitte vierzig, brauche ich nach zwei Gläsern Sekt gleich ne Reha. Jede Woche besteht eigentlich nur darin, erst dem Freitag und dann dem Samstag entgegenzufiebern. Um dann am Samstag völlig entnervt mit zweihundert anderen Entnervten im Supermarkt zu stehen und der entnervten Kassiererin Geld zu überreichen. Am Sonntag ruht man sich dann vom Samstagsstress aus, und dann ist auch schon wieder Montag.

»Nee, und weil dit allet so schön war, wiederholen wa dit jetzt einfach noch mal, wa?«, denke ich mir jeden Montagmorgen. Gefangen im Hamsterrad. Im Amtlerrad.

Jut, dieses Wochenende soll also anders werden, weil meine geliebte Nachbarin Gül mich zu sich eingeladen hat. Gül und ich leben seit fast zwanzig Jahren vis-à-vis im selben Wohnhaus. Wir beide haben eine, na ja, wie soll ich sagen, spannende Beziehung zueinander. Wir sind unterschiedlich wie Tag und Nacht, und doch sind wir irgendwie gleich. Sie ist eine dominante, laute, herrische Frau. Mit einem riesigen Herzen.

Na ja, und ich bin's ja auch irgendwo.

Was uns grundlegend voneinander unterscheidet, ist unsere Kultur. Gül ist Türkin. Eine anatolische Queen, die mit ihrem gebrochenen Deutsch kein Blatt vor den Mund nimmt. Dass jeder zweite Satzbau falsch ist, juckt Gül nicht. Sie plappert einfach drauflos und trägt das Herz auf der Zunge. Ihre vier Kinder hat diese Frau quasi allein großgezogen. Ihr Mann Hayri verschwindet morgens zur Arbeit und danach ins türkische Männercafé. Wenn sie über ihn lästert, nennt sie ihn immer »Öküz«, was wohl Ochse bedeutet. Gül putzt, kocht, wäscht, kümmert sich. Sie ist die Chefin im Haus.

Ausnahmslos jedes Wochenende lädt sie Gäste ein, die dann bis tief in die Nacht hinein bei ihr essen, trinken und Dreck machen. Es ist und bleibt mir ein Rätsel, wieso diese Frau sich das antut: sich wöchentlich freiwillig die ganze Mischpoke nach Hause rufen und dann auch noch verköstigen! Im Leben nicht! Mir reichen die jährlichen Bauchkrämpfe nach zwei Weihnachtsfeiertagen mit meiner Sippschaft. Dit hält doch keen Mensch aus! Keine Ahnung, ob das Tradition ist und Gül glaubt, sie müsse das tun, oder ob sie wirklich Freude dran hat.

Wer definitiv die Schnauze gestrichen voll vom Wochenend-Familienbesuch hat, ist ihre Tochter Dilara. Die arbeitet ja bei mir aufm Amt und kotzt jeden Montag über ihr letztes Wochenende. Dilara ist inzwischen, dank ihrer türkischen Mutter, quasi ausgebildete Kellnerin. Das gehört sich bei den Türken wohl so. Da wird dann der ganze olle Besuch von vorne bis hinten betüddelt. Ist nicht so, dass das nur die beiden Töchter tun müssen. Auch die Söhne müssen ran. Wenn Gül eingeladen hat, wird strammgestanden. Dann wird unendlich viel Essen, schwarzer Tee, Gebäck, noch mehr Tee, Obst, wieder Tee, noch mal süßes Gebäck und schließlich Kaffee serviert. Genau in dieser Reihenfolge, und davon wird auch nicht abgewichen.

Kein Wunder, dass die kleene Dilara sich so wohl fühlt aufm Amt. Routinierte Abläufe in vorgegebener Reihenfolge, ohne jegliche Veränderung. Das hat die doch in die Wiege gelegt bekommen!

Na ja, auf jeden Fall, bin ich heute bei diesem Spektakel dabei. Dilara, die sich die ganze Woche im Büro meine Schnute reinziehen darf, hat nun auch am Wochenende noch die Ehre. Hab's nicht ganz verstanden, aber scheint wieder irgendein Feiertag zu sein, weshalb Gül einlädt. Als wäre das bei all den Einladungen nicht sowieso egal.

Hab Blumen bei Blume2000 in den Gropiuspassagen gekauft und ne Packung Belgische Meeresfrüchte von Lidl. Das ist neben dem Aldi-Nussbeißer die Lieblingsschokolade von Türken. Hab ich von Gül gelernt. Muss reichen.

Gerade will ich klingeln, da sehe ich schon die dreizehn paar Schuhe vor der Tür stehen.

»Wie oft soll ick noch sagen, dass wa hier nich inne Moschee sind, ey!« Na ja, watn? Muss das sein? Bin nur wegen dem Essen hier, wirklich. Und weil ich Gül, die olle osmanische Diva, von Herzen liebe.

Dilara öffnet die Tür.

»Hi, Conny, komm rein«, sagt sie gestresst. Dieses arme Ding. Die gehört Samstagabend doch aufgetakelt auf die Piste! So findet die nie nen Mann. Das hab ich Gül auch schon tausendmal gesagt und immer Gegenwind kassiert.

»Ick hab Hausschuhe an und die lass ick ooch an, is mir ejal!« Ich drücke Dilara die Blumen und die Packung Pralinen in die Hand. Im Wohnzimmer angekommen, rufe ich ein super-deutsch ausgesprochenes »Merhaba« in die Runde. Bin der Quoten-Alman hier, man kennt mich schon. Wundert sich auch keiner mehr, dass die deutsche Beamtin schon wieder vorbeischneit. Gelungene Integration, würd ick mal behaupten.

Ich hoffe, Güls Cousin, wat-weeß-ick-welchen-Grades, kommt auch noch. Ein heißer Feger, sag ick euch! Meine Altersklasse. Steh ich drauf. Stand noch nie auf den Bio-Deutschen. Die sind mir zu lasch. Suche deswegen schon seit Ewigkeiten den Südländer meines Herzens. Würde auch groß und türkisch in ner Turnhalle oder so heiraten, wenn's sein muss. Mit ganz viel Gold, orientalischer Musik und dem ganzen anderen Klimbim.

Aufgetischt hat Gül: Linsensuppe (mein Leibgericht), gefüllte Weinblätter, mit Hackfleisch gefüllte Auberginen, Reis, Börek mit Hackfleisch, Börek mit Kartoffeln, gebratene Lammkottelets, noch mehr Reis, noch mehr Fleisch. Also quasi das perfekte Dinner für Hardcore-Veganer (haha, sehr witzig, Conny). Gül, du bist meine Königin. Welche Armee soll das bitte alles essen?

Wir schlagen uns also den Bauch voll. Die Hälfte des Besuches sitzt am weißen Hochglanzesstisch, die andere Hälfte am Couchtisch. Gül sitzt gar nicht, sondern serviert, legt nach, räumt ab und dirigiert ihr Sondereinsatzkommando, bestehend aus ihren vier Kindern. Es wird gebrabbelt und gelacht, zwischendurch schreit ein Kleinkind, Zimmertemperatur inzwischen bei gefühlten dreißig Grad, kein Wort Deutsch und Conny mittendrin. I love Neukölln.

Konzentriere mich voll und ganz auf all diese Köstlichkeiten. Ist mir völlig egal, worüber die quatschen. Ist im Nagelstudio ja nich anders. Da sitze ich auch immer und verstehe kein Wort. Ich kann euch aber beruhigen: Die reden nie über uns. Dachte ich ewig, bis ich mal eine gefragt hab. Die hat nur den Kopf geschüttelt. Also, nein, sie lästern nicht.

Zwischendurch habe ich Augenkontakt mit Dilara, die mich anlächelt. In ihrem süßen Lächeln ist aber auch ein »Friss schneller, du blöde Kuh!« versteckt, weil sie will, dass endlich alle gehen. Irgendwann gegen dreiundzwanzig Uhr und zehn kleine Teegläser später rolle ich mich aus Güls Wohnung. Bepackt mit drei überladenen Papptellern, umhüllt von Alufolie, und zwei Tupperdosen verabschiede ich mich an der Tür bei Gül und Dilara. Gül sieht aus, als könnte sie locker noch weitere achtundvierzig Stunden dieses Tempo halten. Dilara will einfach schreien und in ihr Zimmer.

»Ne, war lecker allet, och. Danke, ihr beeden, für die Einladung, wa? Revanchier mich bald«, sage ich und meine Letzteres natürlich nicht so. Was soll ich denn bitte servieren? Nach diesem Menü ne schöne Bolo als Dankeschön von mir, oder wie?

»Gibst du Tupperdose zurück morgen, muss ich Oma Waltraud noch Essen bringen, ja, Conny? Hadi, gute Nacht, hadi«, antwortet Gül und knallt mir die Tür vor der Nase zu.

So isse. Hart, aber herzlich. Schließe meine Tür auf und spüre Oma Wallis Blick durch den Spion im Nacken. Die zählt wieder, wie viele Türken rein- und wie viele wieder rausgegangen sind.

Verdammt, da war ja wat! Wallis Wohngeldbescheid! Mach ick Montag! Jetzt erst mal ab inne Heia.

Connys Lieblingsgericht:

Mercimek Çorbası – Türkische Linsensuppe

Zutaten:

2 Gläser rote Linsen
1 Zwiebel
2 Esslöffel Mehl
1 Karotte
½ Esslöffel Tomaten- oder Paprikamark (auf Wunsch)
1 Teelöffel Salz
½ Teelöffel Pfeffer
2 Liter Wasser
5 Esslöffel Pflanzenöl
1 Esslöffel Butter
1 Teelöffel Paprika edelsüß

Das Öl in einem großen Topf erhitzen und die grob geschnittenen Zwiebeln darin braten, bis sie glasig sind. Das Mehl hinzufügen und bei niedriger Temperatur weiterbraten. Karotte schälen, in grobe Stücke schneiden und zugeben. Anschließend die roten Linsen in einem Sieb waschen, abtropfen lassen, ebenfalls in den Topf geben und weitere fünf Minuten mitbraten. Das Wasser hinzufügen und bei geschlossenem Deckel und mittlerer Temperatur aufkochen lassen. Nach dem Aufkochen die Temperatur reduzieren und immer wieder umrühren. Alles mit einem Pürierstab pürieren und mit Salz, Pfeffer und auf Wunsch auch etwas Kreuzkümmel würzen. Wenn die Suppe zu dickflüssig ist, kann auch weiteres Wasser hinzugefügt und noch mal aufgekocht werden. Schließlich in einer kleinen Pfanne etwas Butter anschwitzen, bis sie leicht braun wird, und einen TL Paprika edelsüß mit anbraten. Anschließend die Suppe in Suppenschalen füllen und mit der Butter-Paprika-Mischung garnieren. Die Suppe schmeckt mit etwas Zitrone und Brot dazu noch besser!

Lass dir schmecken, Mausi – JUTEN!

Montag – hilft ja nüscht

Nachdem ich den gesamten Sonntag damit verbracht habe, die Fressorgie vom Vorabend zu verdauen, geht es nun in eine neue Runde. Eine neue Runde voller Glück, Freude und Motivation. Montagmorgen.

Mein Wecker klingelt um fünf. Im Laufe der letzten Jahre habe ich mir abgewöhnt, die Schlummertaste zu benutzen. Kinder, ick sag's euch! Diese Schlummerfunktion hat so einigen von uns schon das Genick gebrochen. Lasst es sein und stellt den Wecker einfach ein bisschen weiter weg – meine Empfehlung!

Morgens geht bei mir die Welt unter. Jeden Morgen, wenn ich mich aus dem warmen Bett quäle, zerplatzt ein kleiner Kindheitstraum. Nein, ich bin nicht reich. Und ich bin auch keine Prinzessin. Ich habe immer noch nicht geerbt oder nen reichen Kerl geheiratet. Das Klingeln dieses Weckers reißt mich nicht nur aus meinem Schlaf, sondern holt mich immer wieder zurück auf den Boden der Tatsachen.

Stellen sich reiche Menschen eigentlich noch den Wecker? Würd ick ja im Traum nicht tun! Würde nur noch schlafen, essen und dann wieder schlafen.

»Na jut, hilft ja nüscht, Conny.« Dieser Satz ist mein Morgencredo. Mein Motivationsspruch, mein Mantra: »Hilft ja nüscht.« Kannste fast überall anwenden, wo du kein Bock verspürst.

Jeden Morgen dasselbe: Licht an. Radio an. Kaffeemaschine

an. Blick in nen Spiegel: Um Jottes willen! Versuche also, die Kaffeetasse in der einen und das Puderschwämmchen in der anderen Hand den Kissenabdruck auf meiner linken Wange zu retuschieren. Sieht aus wie ne kleine Landkarte. Könnt ich eigentlich auch so lassen. Dann zeige ich nachher aufm Amt einfach mit dem Finger auf mein Gesicht und helfe verirrten Bürgern, die die Besucherklos suchen. Hier entlang quasi. Kann ich ja im Montagsmeeting, das Ronja uns eingebrockt hat, anbringen, diese Idee. Ist doch innovativ.

Bekomme es also gerade noch so hin, mich anzuziehen, und dackle Richtung U-Bahn.

Oma Walli! Denk an Oma Walli, Conny! Haste ihr versprochen, dass du dich drum kümmerst.

Ankommen im Büro, es ist 6:30 Uhr. Kann ich jetzt schon in dem ollen Wohnungsamt anrufen? Ist Montagmorgen, da wird jemand da sein. Ist immerhin ne Behörde, da geht's früh los. Bin immer noch sauer, wie man ner alten Frau einfach so das Wohngeld kürzen kann. Die Frau lebt mit sechsundachtzig Jahren am Existenzminimum und ist auf dieses Geld angewiesen. Zumal ich ihre Unterlagen ja persönlich im Behördenbriefkasten eingeworfen hab.

Diesen Anruf und alle weiteren persönlichen Erledigungen, die mit Papierkram zu tun haben, erledige ich übrigens konsequent im Dienst. Na, wattn? Schlage mich so schon den ganzen Tag mit Bürokratiekram rum, da muss ich nicht noch nach Feierabend Kopfschmerzen davon kriegen.

Und, nein. Dieses Mal werde ich nicht vom Handy aus anrufen, sondern schön vom Dienstapparat. Da erkennen die nämlich sofort an der Nummer, dass da ne andere Behörde anruft. Da wird dann ganz schnell rangegangen.

Alle kennen die Vorurteile über uns. Niemand will sich aber, verständlicherweise, diesen Schuh anziehen. Wir tun also immer alles dafür, möglichst besser als das andere Amt dazustehen. Ist ne Amtskrankheit.

»Also, bei uns is dit ja nich so wie mit die Termine bei die Bürjerämter. Da kriegste janz schnell eenen.«

Ach, komm, Beate XY aus Behörde YZ. Erzähl ma doch nüscht! Is doch allet eene Suppe, denke ich mir regelmäßig in irgendwelchen bezirksübergreifenden Gesprächen. Schön für dich, dass ihr schneller Termine habt. Wir landen trotzdem beide in der Unfreundliche-Beamten-Schublade.

Kannste nüscht machen.

Sitzen doch im selben Boot, diese Konkurrenz zwischen den Ämtern versteh ick nicht. Na ja, auf jeden Fall werde ich diesem Sachbearbeiter, der Oma Walli zu Unrecht das Geld gekürzt hat, mal zeigen wo der Hammer hängt.

Gisela läuft irritiert an mir vorbei, weil ich diesen Morgen nicht gegrüßt habe. Bin sauer. Weil sie aber selbst ne alte Grummelfee ist, hat sie am meisten Verständnis für schlechte Laune. Schüttelt den Kopf, zuckt mit den Schultern und läuft weiter.

Ich wähle die Nummer, die auf Wallis Bescheid steht, und bin bereit. Bereit für den Einzelkampf. Los, geh ran! Trau dich! Na komm, wat los, haste Schiss?

»Häusler, guten Morgen, wie darf ich weiterhelfennnnn?« Der melodische Singsang strömt in mein linkes Ohr. Igitt! Hat der gute Laune, oder wat?

»Hastn Clown jefrühstückt, Kolleje?«, platzt es aus mir heraus. Halt ich nicht aus, so was. Montagmorgen und der singt mir da in den Hörer. Der soll sich lieber konzentrieren und anständige Bescheide erstellen!

»Entschuldigung, bitte wie?«, antwortet er irritiert.

»Ja, Morgen erst mal. Ick ruf hier in privater Sache an. Jeht um meine Nachbarin Waltraud Mayer. Die ist sechsundachtzig Jahre und hat dit Wohnjeld jekürzt bekommen. Von IHNEN.«

Stille am anderen Ende der Leitung. Der Kollege will sich das anscheinend erst mal genauer anhören. Dann pfeffert er zurück, ich weiß es. So freundlich, wie der ans Telefon gegangen ist, kann's natürlich auch sein, dass er ganz neu ist. Dann kann ich die ganze Geschichte gleich noch mal erzählen, und zwar seinem Vorgesetzten.

»Na ja, eigentlich kann ich Ihnen da datenschutzrechtlich keine Auskunft zu geben. So leid es mir tut«, stammelt der Sachbearbeiter.

Nee, Mausi. Du bist da, um Sachen zu bearbeiten. Und die bitte richtig. Gloob, ick spinne. Ich sage: »Ick bin ne Kollegin und rufe vom Dienstapparat an, mein Juter. Hörn Se mir uff mit dem Datenschutz jetze. Die Frau is sechsundachtzig und schwerhörig. Sie wollen janz sicher nich mit der telefonieren! Dit können Se mir aber glooben! ... Ja, Mayer, jenau. Waltraud Mayer. Nee, nich mit ›ei‹. Mit ›ay‹. MAYER.«

Mann, ey, kann dit denn so schwer sein?

»Ick hab die Unterlagen von der Frau persönlich einjeworfen bei Ihnen. Und jetzt schreiben Se hier, dass nüscht da is. Wie kann dit sein? Verbrennen Se den Posteinjang bei Ihnen direkt oder wie soll ick dit verstehen? Wird dit gleich jeschreddert? Machen Se dit mit die Bürjer so, ja?« Ich ziehe den Typen gleich durchn Hörer, weiß doch, wie die arbeiten. Wallis Unterlagen liegen sicher in irgendner Umlaufmappe unter irgendnem Berg von anderen Akten, und obendrauf steht ne Kaffeetasse mit nem traurig guckenden Comic-Schaf drauf und dem Schriftzug »Ohne dich ist alles doof«.

»Wir haben tatsächlich keine Unterlagen von Frau Mayer bekommen, liebe Frau Kollegin. Ich muss Sie enttäuschen«, sagt Sachbearbeiter Häusler am anderen Ende der Leitung.

Während ich mich mental auf meinen nächsten Ausraster vorbereite, um diesem Saftladen mal ordentlich zu zeigen, wo der Hammer hängt, ploppt eine neue E-Mail auf meinem Bildschirm auf: »Wahlhelfer:innen gesucht«. Ich zucke zusammen. Wahlhelfer? Wahlen. Briefwahl. Brief. Umschläge.

»Ick hör mir dit nich länger an, Herr Häusler. Ick will jetze ma Ihre Gruppenleitung sprechen. Reicht mir jetze«, sage ich und mache gleichzeitig mit meinem linken Fuß die unterste Schublade meines Rollcontainers unter dem Schreibtisch auf. Um Gottes willen, Conny! Biste jetzt völlig verhuscht, oder wat?

»Herr Häusler, ähm. Ick, ick hab jetze gleichn wichtijet Telefonat. Ick bin noch nich fertig mit Ihnen. Dit wirdn Nachspiel haben. Ick melde mich.« Ich lege auf.

Ich Vollhorst! Ich dumme Schnepfe! Da liegt er. Der Brief mit den angeforderten Unterlagen von Oma Walli. In meiner Schublade. Ich war mal wieder so überdurchschnittlich engagiert, dass ich Oma Waltrauds Umschlag zur Briefwahl mitgenommen habe.

»Schmeiß ick für uns beede in Briefkasten, die Umschläge, Walli. Is ja uffm Arbeitsweg!« Ich muss die Umschläge vertauscht haben. Das Wohnungsamt hat jetzt zwei Umschläge mit unseren Stimmen zur Berliner Wiederholungswahl. Und das Wahlamt janüscht.

Nee, super, Conny! Haste richtig klasse hinjekriegt! Aus dir könnte mal so ne richtig jute Beamtin werden. Ich schiebe die Schublade leise wieder zu. Janz leise. Das wird niemals jemand erfahren. Weder das Amt noch Walli. Ick lass dit jetze einfach ruhen. Ich kann doch da nicht noch mal bei dem anrufen und zugeben, dass das meine eigene Dummheit war. Vorher fress ich nen Besen! Ich lasse alles so, wie's ist.

Mein Telefon klingelt. Der Häusler. Komm, Conny, du ziehst das jetzt durch. Du hast alles fristgerecht abgegeben. Glaub dran!

»Liebe Frau Kollegin, Häusler noch mal am Apparaaaat.« Der ist immer noch gut drauf, der Sack.

»Ich hab mir die Akte jetzt in Ruhe angeschaut und die Unterlagen fehlen tatsächlich.«

Na, Meister. Die liegen ja auch bei mir in der Schublade!

»Wir Behördenmenschen müssen zusammenhalten. Ich finde das immer ganz schlimm, wenn man sich nicht gegenseitig hilft, wo man kann, wissen Sie? Und ich möchte Ihnen gern weiterhelfen. Einfach im Sinne einer guten Dienstleistung!«

Ja, genau! Dienstleister biste! Hab nämlich eigentlich gar nix falsch gemacht, Häusler!

»Die liebe Frau Mayer kann also gern die Unterlagen nachreichen, und ich zahle ihr das Wohngeld rückwirkend aus! Und Ihnen wünsche ich jetzt einen ganz tollen Start in die Woche und viele liebe Bürger!« Er legt auf.

Dieser Schleimbolzen! Dass der nicht ausrutscht auf seiner Schleimspur. War der jetzt nur zu mir so nett oder ist der das grundsätzlich? Ist ja ekelhaft. Sachberarbeiter Häuslers Verunsicherung über seine eigene Schusseligkeit bügelt meine also wieder aus.

Und rettet mir den Arsch.

Glück gehabt, Conny!

Internet gelöscht

Die Werbung für Jobs auf Ämtern ist teilweise so absurd, dass ich mir nur an Kopp fassen kann. Hab mal in der U-Bahn son Hochglanzplakat gesehen: Beweg deine Stadt! Bewirb dich jetzt!

Na samma! Nüscht bewegt sich hier! Alle reden den ganzen Tag drüber, was sich alles bewegen könnte und auch dringend sollte. Aber am Ende kommt der neue motivierte Mensch dann in sein Büro und kollabiert fast vor Schreck. Faxgeräte, Möbel in Senats-Eiche, Petra aufm Gymnastikball, Windows XP! Das ist die Wahrheit.

Finde ja, man sollte das den Leuten auch von Anfang an sagen. DAS gehört auf die Plakate. Keine falschen Versprechen. Son sexy Foto von mir vor nem Aktenschrank. Schön in der Farbe Eiche-depressiv. Wie ich lächelnd nen Bescheid ins Faxgerät schiebe und auf die analoge Uhr hinter mir starre, die auf halb acht hängt wie die Cargo-Pants von unserem Iiih-Teeler. Die sollen UNS zeigen auf den Plakaten! Uns ollen Amts-Dinos, die hier seit nem Vierteljahrhundert hocken und versteckt werden. Dann ist der Schock beim ersten Arbeitstag auch nur noch halb so schlimm.

Wat denken die auch, wenn die hier ankommen? Kickertisch und Getränkeautomat? Und in der Pause gehen wir dann alle in unsere *Chill-Out-Areas* und lassen nach Feierabend den gelungenen Tag bei nem netten *get together* ausklingen? Wir haben ne Kantine, ja. Die sieht aber aus wie son

DDR-Wirtshaus. Da kriegste noch solide Mahlzeiten. Schön n paar Senfeier oder auch mal n Jägerschnitzel mit Zigeunersoße. Politisch korrekte Kantine eben. Mag sein, dass es in Bundesbehörden stylischer zugeht. Die Wahrheit ist aber, dass meine Beschreibung auf knapp 90 Prozent der Ämter in Deutschland zutrifft, könnta sagen, wat ihr wollt.

So sitze ich also zum zichsten Mal in meinem Leben in meiner Hightech-Behörde. Irgendwann habe ich aufgehört die Jahre zu zählen. Bei Gisela hängt ein Zettel an der Wand, gleich neben ihrem Schreibtisch. Dem kann man ganz genau entnehmen, wann wer in Rente oder in Pension geht. Das weiß die ganz genau. Im Grunde genommen ist das ja auch das Ziel eines jeden Amtsmenschen. Alles über sich ergehen lassen, nichts verändern und dann schnellstmöglich halbwegs gesund in Rente. Ganz oben auf der Liste steht Doris. Die ist nämlich die nächste, die in die Amtserlösung darf.

Bevor ich aber weiter über den Ruhestand nachdenke, muss ich heute tatsächlich noch etwas arbeiten. Ich öffne Word an meiner alten Krücke, die sich PC nennt. Windows XP und ich hoffe, dass das bis zu meiner Pension nicht aktualisiert wird, weil ich mich in den letzten zehn Jahren dermaßen in dieses Betriebssystem eingefuchst habe, dass es nahezu unmöglich ist, noch mal was Neues zu lernen. Sollte aber aufm Amt kein Thema sein. Bis das nächste Update bei uns ankommt, bin ich schon lange im Pensionsland der Träume: Mit Cocktail in der Hand und Liegestuhl unterm Po. Schön auf Balkonien.

Dachte ja in meiner Jugend immer, dass es in den 2000ern bestimmt schon fliegende Autos gibt. Wir von Robotern regiert werden und uns überall hinbeamen können. Hab neulich im Fernsehen gesehen, dass es jetzt immerhin künstliche

Intelligenzen gibt, die ganze Reden oder Gedichte schreiben können. Bei mir is allet Natur, dit sag ich euch aber! Hier schreibt die Beamtin noch selbst!

Also was macht Conny: Sitzt vor ihrem Oldschool-PC, haut wie wild in ihre Gammel-Tastatur und schreibt ihren Bescheid. Den speichert sie dann nur kurz ab, um ihn anschließend sofort auszudrucken. Vom Ausdruck zieht sie sich dann noch ne Kopie und heftet die schön als Verfügung in der Akte ab. Die Akte kommt dann, zusammen mit der Kopie vom Ausdruck, in den Aktenschrank. In dem Aktenschrank hängen weitere hundert Akten, die Kopien von Ausdrucken beinhalten. So geht digital auf Amt! Auf ganz natürliche, analoge Weise!

Ich tippe also meinen dreißigsten Vermerk diese Woche. Die müssen wir schreiben, um zu erklären, wieso wir was, wo getan haben. Um die Sache quasi festzuhalten. In der Akte. Wo sonst. Der Grund ist folgender: Falls ich mich morgen früh dazu entscheide, Superstar zu werden und nicht zurück aufs Amt komme. Dann öffnet mein Nachfolger die entsprechende Akte und sagt:

»Ach kiek an. Dit und dit und dit hat die also jemacht. Dann wees ick jetze Bescheid und kann hier ansetzen.« So in etwa. Alles halte ich schriftlich fest. Auch irgendwo zum Selbstschutz. Damit mir später niemand an den Karren pissen kann, wenn ich wieder was ablehnen musste. Eigentlich verbringe ich die meiste Zeit auch nicht am Bürger, sondern damit zu erklären, was ich nun genau an dem gemacht habe. Wie son Arztbericht, wissta?

13.02.2023: Bürger Schmidt die Leistung gestrichen, weil er zum wiederholten Male Fehlinformationen geliefert und den Großteil der Wahrheit unterschlagen hat. Bürger ansonsten unauffällig. Bei Aufsuchen der Behörde orientiert und ansprechbar, Puls im oberen Normbereich.

Auf jeden Fall habe ich für den heutigen Vermerk sage und schreibe vier Stunden gebraucht und mir die Finger wundgetippt. Na gut, zwischendurch war ich Mittagessen und kurz bei Rossmann Klopapier holen. Ansonsten war der wirklich anstrengend und hat mich fast zur Weißglut getrieben.

»Du samma Mausi, wat isn mit meine olle Schreibtischlampe los? Weeste dit?«, hör ich's aus undefinierbarer Richtung.

Rolle mit meinem Stuhl nach hinten, beuge mich runter – ein Anblick für die Götter: Doris, mit unangezündeter Kippe im Mund, auf allen Vieren unter meinem Schreibtisch. Normalerweise sitzt die mir gegenüber und wir teilen uns quasi den gleichen Kabelsalat.

»Wat machst du denn da, Doris? Willste verstecken spielen? Komm da wieder hoch, brichst dir gleich noch wat.«

»Dieset olle Ding an Lampe, sach ick dir. Is bald doppelt so alt wie ick. Versteh janich, wat die wieder nich jeht. Hab schon drei ma inne Haustechnik anjerufen. Aber die trinken ooch nur Kaffe den janzen Tach, die Säcke!« Doris brabbelt vor sich hin.

»Maik aussa Iiih-Tee sacht immer, erstmal an- und denn wieder ausschalten, wenn wat nich jeht. Zieh mal'n Stecker, Doris!«

»DORIS!!! DORIS, VERDAMMT!«

»Watn los? Jeht se wieder? Ick seh nüscht von hier unten.«

»Welchen Stecker haste denn jezogen, Doris! Gloob ick spinne!« Alles Futsch. Alles weg. Doris hat mit einer Handbewegung meine gesamte Arbeit und wer weiß, wat noch gelöscht.

»Dit war der PC-Stecker, Doris, samma biste jetze völlig bekloppt oder wat?«

Doris kichert. Frech wie ne Fünfjährige, die der Mutter an der Kasse den Rock hochzieht und sich über die Peinlichkeit amüsiert. »Na wat wees ick, welcher Stecker hier von wat is. Hab dit jetze ma ausprobiert. War wohl der falsche, wa, Mausi? Hab ick dein Internet jelöscht oder wat?«

Während Doris mühsam wieder unter ihrem Tisch hervorkrabbelt und sich die Wollmäuse von der Jeans klopft, nehme ich schon den Hörer in die Hand und wähle.

»Hallo.«

»Ja, hallo zurück, mit wen sprech ick?«

Sich mal mit Abteilung und Namen am Telefon zu melden wär vielleicht ein Anfang in diesem Saftladen.

»Na, Sie haben doch mich angerufen. Maik hier. Maik von der IT«, antwortet er genervt.

Maik ist immer genervt. Aber nicht so eklig genervt, sondern eher peinlich berührt und deswegen genervt. Sitzt völlig unterfordert in dieser Iiih-Tee-Stelle, wie wir sie nennen, und hört sich täglich an, wie die Dino-Beamten ihre nicht vorhandenen Computerskills herausfordern. Der Mann könnte im Anonymous-Kollektiv als Profi-Hacker arbeiten und die Welt verändern. Stattdessen sitzt der hier in der ollen Amtsstube und nippt an seinem Energydrink.

»Ick brauche mein Vermerk wieder, Maik. Doris hatn Stecker jezogen und jetzt is allet weg. Wat mach ickn nu? Komm jetze schnell her.«

Klar kommt der gerne her. Ist ja auch Hals über Kopf in Dilara verliebt, die ihm einzig und allein aus Mitleid Beachtung schenkt. Maik isn IT-Nerd, wie er im Buche steht. Wohnt bei Mutti im Keller, ernährt sich von Chips und Monster-Energy, zockt die halbe Nacht und geht auf so komische Fantasy-Festivals, wo sich alle verkleiden. Keine Chance hat er bei ihr. Meine Meinung.

Keine zwei Minuten später, steht er mit Schweißperlen auf der Stirn vor der Tür. Sein ehemals schwarzes T-Shirt mit dem Aufdruck »WACKEN« hat drei Löcher und hängt sehr knapp über der kurzen Cargohose, die das ganze Jahr getragen wird. Scheißegal, welches Wetter. Maik ist ein Schwitzer und jetzt auch noch nervös, weil er ja Dilara über den Weg laufen könnte.

»Ähm. Habt ihr den Stecker wieder r...rei...reingesteckt?«, stottert er.

Doris gackert: »Neee, Conny sacht, ihr Computer funktioniert ooch ohne Saft.«

Will die echt würgen gerade. Diese Gelassenheit. Drei Jahre vor der Pension muss einem alles so egal sein, dass man nur noch lachen kann.

»Samma haste jesoffen, Doris? Meine janze Arbeit is hinüber. Ick find dit janich ma so witzig gerade.«

Blöde Trulla, ehrlich.

»Ach is doch nich schlimm, Mausi. Maikichen is doch jetze da. Willste nen Mong-Scherri, Süßer? Hab gerade ne Packung uffjemacht.«

Gott, bitte gib mir den Kopf dieser Frau. Da müssen den ganzen Tag Vögelchen von links nach rechts fliegen und zwischendurch läuftn Zirkusäffchen durchs Bild, der auf die Pauke haut.

»Nee, also. Das is echt halb so wild. Ähm. Ich kann dir die Sicherheitskopie raussuchen, Conny. Dann hast du deinen Text wieder.«

Würde dich jetzt am liebsten gern mal ganz dolle knuddeln, du komischer, schwitziger, Außenseiter-Typ. Aber ich mag deinen Geruch nicht so ganz.

Maik wird plötzlich ganz blass, während er meinen Bürostuhl passend für sich einstellt.

Da ist sie. Die Angebetete. Dilara läuft wie in nem schlechten Bollywoodstreifen aus ihrem Büro in unseres. Ich weiß genau, was der verknallte Maik gerade sieht. Ihre Haare im Windkanal, während sie in Zeitlupe wie Beyoncé den Raum betritt. In Maiks Ohren läuft die Titelmusik von Game of Thrones. Dilara ist seine Khaleesi. Die Sturmtochter. Die Mutter der Drachen. Die Sprengerin der Ketten. In seiner Fantasie hat Maik vier wohlerzogene Kinder mit Dilara. Eins schöner als das andere. Sie leben in einem großen Königreich, das er nur regieren kann, weil Queen Dilara ihm den Rücken stärkt. Maik ist ein König, der selbstbewusst und hart, aber gerecht sein Volk führt. In seinen Computerspielen zumindest.

Doris und mein Büro ist mit Abstand das wichtigste, denn hier befindet sich neben dem Gemeinschaftsdrucker (ja, wir teilen uns zu sechst einen Drucker), der heiß begehrte Besprechungstisch. An diesem Tisch wird alles zelebriert, was zelebriert werden muss. Außer halt Besprechungen. Hier wird zusammen gefrühstückt, getratscht, Geburtstag gefeiert und auch mal gestritten.

Dilara will also nur kurz an den Drucker in unserem Büro. So wie weitere acht bis zehn Mal am Tag.

»Hey Maik, na?« reißt die Königin in spe ihren König aus seinen Tagträumen.

Alter, wehe du schwitzt mir meinen kostbaren Bürostuhl vor Nervosität voll. Soll ich den danach verbrennen oder wat?

Die Frau will einfach nichts von dir, Maik. Will den schütteln und ihm sagen, dass er sich auf irgendnem Festival ne süße Nerd-Schnecke suchen soll. Dilaras Mama Gül reißt dem das letzte Haar aus seinem Zottelbart, wenn die erfährt, dass der ihrer heiligen, türkischen Tochter den Hof machen will.

»H...ha...hallo. Hallo, Dilara. Na?«, stammelt König Maik.

Meine Güte, das ist ja kaum auszuhalten. Wieso antworten diese jungen Menschen auf ein »Na?« immer zurück mit nem weiteren »Na?«. Was soll denn dabei fürn Gespräch entstehen, Maik, samma! Na? Na! Wow, toller Deeptalk. So kriegste deine Angebetete sicher rum. Ach, mir doch egal. Inzwischen ist auch fast schon Feierabend. Bin ja quasi nicht arbeitsfähig.

»Na jut, dann mach dit ma Maiki, danke dir. Is aber ooch schon gleich um drei und ick mach Schluss. Also mach langsam, ja?« Maik schaut mich an, guckt aber eigentlich durch mich hindurch. Dilara steht genau hinter mir am Kopierer. Keine Reaktion.

»Hallo? Hallo? Erde an König Maik?« Ich fuchtele mit meiner Hand vor seinem Gesicht herum.

»Oh man, sorry, Conny. War kurz in Gedanken. Nee, geh du ruhig schon. Morgen ist dein Vermerk wiederhergestellt.«

Da war der kleine Casanova mal kurz dabei, Dilaras Betriebssystem zu checken und nicht meins. Naja, kann ja jetzt auch nix dafür, dass die Kollegin den Stecker zieht. Ist ja irgendwo auch ne Form von Arbeitsunfall. Also vor allem auch psychisch und so. Muss das jetzt erstmal verkraften und dann kann ich morgen den Vermerk ausdrucken. Danke, Doris. Feierabend.

Couscous-Salat

Meine türkische Nachbarin Gül beglückt nicht nur Oma Walli und mich mit ihren Köstlichkeiten, unser Alman-Amt profitiert auch davon. In regelmäßigen Abständen packt Gül ihrer Tochter türkische Hausmannskost für die Arbeit ein. Zum Leid von Dilara, die sich dann meist was von draußen holen muss, weil wir ihr alles wegfuttern.

Das ist halt so ein traditionelles Ding bei den Türken: Alles muss geteilt werden. Gül hat mir mal erklärt, dass sie keinen Bissen runterbekommt, wenn ihr Gegenüber nicht auch was davon abkriegt. In türkischer Gesellschaft ist dein Mund immer voll, mindestens mit irgendner Backware. Aber Essen soll ja bekanntlich glücklich machen. Alles dreht sich ums Essen bei Gül. Um den Einkauf fürs Essen. Um Rezepte und Menüs. Essen, Essen, Essen. Wenn sie nicht gerade isst, dann kocht sie. Und wenn sie nicht gerade kocht, dann redet sie darüber, was sie gekocht hat oder kochen wird. Ihre absolute Spezialität und in Berliner U-Bahnhof-Bäckereien der Dauerbrenner: Kısır. Tja, weiß wohl kein Schwein, wat dit bedeutet, wa? Dilara hat heute Kısır dabei. Oh happy day!!

Wir sitzen an meinem Besprechungstisch, der kein Besprechungstisch ist, sondern nur ne Alternative. Eine Alternative zum fehlenden Pausenraum oder – wie es in Start-ups so schön heißt – Chillout-Area. Davon träumen wir hier aufm Amt höchstens. Es gibt zwar die olle Kantine, aber da kannste erstens nicht in Ruhe lästern. Und zweitens läufste da Gefahr, irgendwelche Führungskräfte oder Amtsleitungen zu treffen. Da wird dann schon mal auf die Uhr geguckt, wie lange man nun schon am Mittagstisch sitzt.

Pah! Nicht mit Conny, ey! In unseren heiligen Bürohallen haben wir unseren safe space. Da kommt dann ein Schild an die Tür mit »Bitte nicht stören« und dann wird zur Sicherheit auch noch von innen abgeschlossen. Wehe, es wagt jemand zur Mittagszeit, das Büro zu stürmen. Dann kann's schon mal passieren, dass ein Tacker gegen die Tür fliegt. Gisela, Weltmeisterin in Tacker-Weitwurf, kennt da keine Gnade.

Petra verziert ihren veganen Sojajoghurt mit Ashwagandapulver (Was zur Hölle?) und Gojibeeren (Was zur Hölle?). Ich glaube ja, dass sie den selbst ansetzt, den Joghurt. Der muss dann bei Vollmond dreiunddreißigmal gegen den Uhrzeigersinn gerührt werden. Währenddessen hüpft sie auf einem Bein und summt irgendein altes Schamanenlied. Und wenn sie den dann am nächsten Tag im Büro isst, hat sie alle weltlichen Sorgen aus sich herausgespült. Herausgespült deshalb, weil Petra zu jeder vollen Stunde aufs Klo verschwindet. Sie nennt es Ausreinigung. Ich nenne es Dünnpfiff. Böse Zungen nennen es *noch mehr Pause*.

Gisela packt ihre Currywurst von »Manni's Currybudike« von gegenüber aus und regt sich (wie immer) auf: »Meine Fresse, wat packt der da immer tonnenweise Alufolie druff. Dit klaut mir die halbe Mayo vonna Portion. Soll ick dit da vonne Folie ablecken, oder wat? Manni is ooch nich mehr dit, watta ma war.«

»Pfui, Jisela. Ma abjesehn davon, dass Tier essen schon ne Schandtat is, find ick Currywurst noch ma ne extra Portion widerlicher. Dit tote Tier rinjestopft in eigenen Darm. Ekelhaft is ditte! Mord is ditte!«, antwortet Petra mit ihrem weißen Sojajoghurt-Bart.

»Ja schön, dann friss halt weiter dein ollet Gras oder rauch dit oder weeß der Kuckuck, Petra. Ick ess jern Fleisch, und daran wirste ooch nüscht ändern können. Punkt, basta!«

Geht schon gut los hier. Jeden Tag dasselbe Gequatsche. Dieselben Kommentare von denselben Leuten. Ich glaube ja, dass wir das alle insgeheim lieben und auch brauchen. Dieset Schrullige. Dit jibts nur uffm Amt, herrlich!

Doris unterbricht die beiden und dreht sich zu Dilara. »Ohhh, Mausi! Wat isn ditte Leckret wieder?«

Die traut sich kaum noch, irgendeine Tupperdose von Gül zu öffnen, weil es immer in einem »Ohhh!«, »Aaaah!« oder »Dit riecht aber köstlisch!« endet. Ich weiß, dass sie sich ganz tief im Inneren wünscht, auch einfach nur ne Currywurst zu essen, damit sie keine Fragen beantworten muss.

»Dit is doch Couscous-Salat, is ditte. Kenn ick von die Mütter von Marvins Fußballturniere immer. Dit is son Reis«, sagt Gisela.

Schweigen.

Petra holt schon zum Konter aus und räuspert sich. Räuspern tut sie sich ja am Ende jedes Satzes. Aber Petras Räuspern ist facettenreich. Da gibt's zum Beispiel das »Ich unterdrücke meine Aggressionen, weil ich nicht auf dein negatives Niveau sinken will«-Räuspern. Damit erdet sie sich immer kurz. Darauf folgt in der Regel trotzdem ein saftiger Konter. Dann gibt's noch das »Ich weiß nicht, was ich sagen soll«-Räuspern, wenn Petra sprachlos ist. Das räuspert sie kurz weg. Und dann noch das »Ich bin gerade nervös, kann's aber nicht zeigen, weil alle denken, ich bin die Ruhe in Person«-Räuspern. Ich kann die inzwischen alle unterscheiden. Die

Räusperer dauern unterschiedlich lang, und je nachdem merkste dann, was sie gerade bewegt.

Der »Ich muss mich kurz erden«-Räusperer kommt immer kurz vor nem Ausbruch. Der hat drei Silben. Sie räuspert sich also dreimal kurz hintereinander. (Räusper, räusper, räusper): »Dit is allet, aber keen Couscous-Salat, Jisela.«

»Na, watn sonst, Frollein Neunmalklug? Ne Currywurst isset nich, dit steht fest.« Schallendes Gelächter am Tisch.

Ist das hier eigentlich schon Rassismus? Die gebürtige Berlinerin Dilara sitzt mit ihrer deutschen Staatsangehörigkeit in dieser deutschen Behörde an diesem deutschen Tisch und ist deutsche Staatsdienerin. Deutscher geht's nicht. Und seit ner Viertelstunde sitzt sie vor ihrer geöffneten Tupperdose und hört sich die Debatte über ihr Essen an. Wortlos. Sieht dabei zu, wie sich zwei Über-Almans darüber streiten, wie das Gericht denn nun falsch heißt. Dilaras Gesicht spricht Bände. Ihre ohnehin großen Augen werden noch größer. Na ja, und auch ein bisschen glasig. Eigentlich will Dilara gerade einfach nur gehen.

Normalerweise ist es absolut kein Problem für sie, Dinge zu erklären. Wie oft hat sie mir schon Kulturnachhilfe gegeben, wenn ich den vierten Ramadan in Folge gefragt habe, ob sie denn nicht mal Wasser trinken darf. Aber jetzt ist Mittagspause! Auch für Dilara! Das Mädel ist einfach müde vom Erklären. Kann ich nachvollziehen.

»Na klar heißt ditte Couscous. Meine Nachbarn reichen dit oft übern Jartenzaun inne Laube. Da sagen se ooch immer Couscous-Salat«, springt Doris ein.

»Na, wenn deine Nachbarn dit so nennen, dann wird dit sicher stimmen, Doris. Die sind ja quasi die Botschafter für alle Türken«, antworte ich.

»Samma, haste nich ma jesagt, deine Nachbarn sind Libanesen, Doris?«, will Petra wissen. Jetzt geht's ab hier. Gleich knallt's. Sie räuspert sich. »Weeßt schon, dass et da nen Unterschied jibt? Zwischen de beede Kulturen?«

Stille.

Nein, weiß sie nicht, liebe Petra. Und am liebsten würde ich das Gespräch hier mal kurz beenden. Richtig unangenehm. Bin nun selbst die deutscheste Beamtin der Welt, aber manchmal schäme ich mich wirklich sehr für die Scheuklappen einiger Kollegen.

»Das ist Kısır!«, sagt Dilara in leicht verzweifeltem Ton.

»Wat? Nee, dit is mir zu kompliziert, Mausi. Nich böse jemeint!« Kussi hinterher.

»Hier, probiert doch mal«, sagt Dilara.

Das hat sie von Gül. Sieben Jahre Pech und einen einäugigen Ehemann bekommt man nämlich, wenn man sein Essen nicht anbietet.

»Da sach ick nich nein!«

Gisela lässt den Currywurstpiekser fallen, schnappt sich ne Gabel aus der Besteckstasse auf dem Tisch und langt zu.

»Jott, is ditte jeil. So rischte saftig ooch. Sonst is dit immer so furztrocken, weeßte? Püppi, schreib mir ma den richtijen Namen uff. Ick lern dit ooch!«

Was ist denn mit Gisela los? Gisela will ne türkische Spezialität nachkochen? Oder war das gerade eine fürsorgliche Geste, weil sie sich niemals sagen lassen würde, dass sie intolerant ist?

»Ick lern dit jetze ooch auszusprechen. Denn hol ick mir die Zutaten bei mein Türken unten, wissta?«

»Jisela, watn los? Dit sind ja janz neue Töne. Haste dich in nen Türken verkiekt, oder wat?«

Doris ist schrecklich. Schrecklich gut darin, schreckliche Situationen noch schrecklicher werden zu lassen, damit sie wieder witzig werden.

»Na watn, meinste nich, aus mir kann ooch ne Ayshe werden, oder wat? Allet kann ick sein. Ick lern dit jetze.«

Gisela is on fire und Dilaras Tupperdose fast leer. Hauptsache, es geht wieder ums Essen und nicht um unangenehme Kultur-Fragen.

Ruhe kehrt ein, endlich. Und es klopft an der Tür.

»Ey! Is Mittach!«, brüllt Gisela wie aus der Pistole geschossen Richtung Tür.

Es klopft noch mal. Dieses Mal ein bisschen entschlossener. Da will es jemand wissen und mit Gisela aufnehmen.

»Samma, jehts noch?«, fragt sie entsetzt in die Runde und springt zeitgleich auf.

Wer auch immer du bist da draußen, renn einfach los. Glaub mir. Renn!

Gisela dreht den Schlüssel, der im Schloss steckt, voller Wut um und reißt die Bürotür auf. Ready to fight. Ready to kill.

»Hey, so-sorry, Gisela. Stör ich?«, stottert Maik aus der IT. In der Hand eine kleine rote Einwegtüte mit irgendwas drin, die er vor der Brust hält wie die Schultüte zur Einschulung. Er hebt sie hoch und wird knallrot, während er in die Runde guckt. Alle starren ihn an, und Gisela ist wirklich nur noch einen Schritt davor, den Tacker zu holen.

»Maik, is Mittachszeit, samma. Dacht schon, wärst n Bürjer, oder wat. Wat willstn?«, fragt ihn Gisela.

Gott, wie peinlich. Niemals hat der arme Kerl damit gerechnet, dass er uns alle auf einem Haufen erwischt.

»Wat hastn da inne Tüte? Haste mir wat mitjebracht? Is dit wat zu essen?«

»Ähm, ja. Ich war gerade beim Bäcker und hab ne Packung Kısır mitgenommen, für … für …«

»Für uns? Na, dafür darfste stören, Maiki. Entschuldijung anjenommen! Jib ma her dit Zeugs.« Gisela reißt ihm die Tüte aus der Hand.

»Haste die Dilara mitjebracht, Mausi? Bistn janz Süßer, biste! Is ja süß!« Unsere Doris mal wieder.

Dilara wird rot. Maik schwitzt. Da nimmt der arme Kerl seinen ganzen Mut zusammen und will seiner türkischen Angebeteten imponieren. Ja, und dann so was. Gisela, die überhaupt nichts checkt, bedankt sich noch mal und knallt Maik die Tür vor der Nase zu.

»Boah, jeil, dann können wa jetze ja vergleichen, welcher Couscous-Salat besser schmeckt, wa, Mädels?«

Und hier für alle, die auch mal vergleichen wollen!

Güls vereinfachtes Kısır-Rezept

1 kg Köftelik Bulgur (gibt's beim Türken)
1 Bund Petersilie
1 Bund Lauchzwiebeln
1 Zwiebel
1 Zitrone
1 Pckg. passierte Tomaten
1 Esslöffel Paprikamark
3 Esslöffel Granatapfelsirup
Salz, Pfeffer
Paprika-/Chiliflocken

Pro Kopf ungefähr ein türkisches Teeglas Bulgur in eine große Schüssel geben. Eine Packung passierte Tomaten auf den Bulgur geben, vermengen und einweichen lassen. Zwiebel reiben, Petersilie fein hacken, Lauchzwiebeln in dünne Scheiben schneiden und zugeben. Saft einer Zitrone, Granatapfelsirup und Gewürze hinzufügen, gut mischen und abschmecken. Nach und nach Wasser hinzufügen und die Mischung gut quellen lassen. Muss saftig schmecken!

Beste Rezept ist Rezept nach Gefühl und Augenmaß.
Eure Gül

Dilara

Mein Name ist Dilara. Nicht die Lara, sondern Dilara. Ich sag's gern dazu, weil ich damit aufgewachsen bin, meinen Vor- und Nachnamen immer zu buchstabieren. Irgendwie total nachvollziehbar, dass türkische Namen fremd fürs deutsche Ohr klingen. Aber auch anstrengend für mich.

Ich bin sechsundzwanzig Jahre alt, gebürtige Berlinerin und die Tochter von Gül und Hayri. Gemeinsam mit meinen Eltern, einer Schwester und zwei Brüdern leben wir in Berlin-Neukölln. Nach dem Abitur habe ich mich dazu entschieden, BWL zu studieren. Kein bisschen aus Überzeugung, sondern weil ich nicht wirklich wusste, wohin mit mir, und BWL halt solide ist. Wer nichts wird, wird Wirt. Das ist aber total anerkannt in der Community meiner Eltern, nämlich der türkischen. Wenn man BWL studiert, dann ist das auch was Sicheres. Da fragt keiner, was das denn nun genau sein soll. Denselben Luxus, keine Erklärungen abliefern zu müssen, hätte ich gehabt, wenn ich Arzthelferin oder, noch besser, Krankenschwester geworden wäre.

Das ist mit Abstand DER Ausbildungsberuf für meine migrantischen Eltern. Immer mit dem Hintergedanken, dass es hilfreich sein könnte, wenn man mal zum Arzt oder ins Krankenhaus muss. Nach ersten Berufserfahrungen in der Privatwirtschaft sollte es aber anscheinend noch besser für meine Eltern kommen.

Denn noch viel stolzer mache ich sie mit meinem jetzigen Nonplusultra-Job in der Nonplusultra-Branche: Sachbearbeiterin auf dem Amt! Für meine Einwanderer-Eltern ging ein Traum in Erfüllung. Da kommen sie zum Arbeiten in ein fremdes Land, wollen eigentlich irgendwann zurück, bleiben aber hängen. Gründen ihre Familie hier, gehen Jobs in deutschen Unternehmen nach, haben deutsche Freunde, Nachbarn und Kollegen. Schlagen sich ein Leben lang mit Behörden rum, weil das Deutsch, mal abgesehen von der eh schon vorhandenen Sprachbarriere, erst recht nicht für Behördendeutsch ausreicht.

Zu jedem Termin kam eines der Kinder mit und übersetzte. Und irgendwann nur noch ich. Kein Plan davon, wie man dieses Formular ausfüllen soll: »Dilaraaaaaaaa!« Keine Ahnung, was die Versicherung hier wieder von uns will: »Dilaraaaaaaa!« Was weiß ich, wie ich meine Symptome dem Arzt erklären soll: »Dilaraaaaaa!« Meine Eltern hatten mich zwischen vier Kindern auserkoren. Zur Dolmetscherin, Begleiterin, Erklärerin, Formularausfüllerin. Da passte es natürlich ganz prima, dass ich das beruflich mache. Und schwupps, fand ich mich in einer Behörde wieder.

Für meine Eltern ist ein Job beim Staat nicht nur ein Job. Es ist eine Berufung. Es ist aber vor allem ein Zeichen von Prestige. Staatsbedienstete und Beamte genießen in dem Heimatland meiner Eltern ein sehr hohes Ansehen. »Hast du gehört, Gül? Mustafas Tochter ist jetzt Beamtin und arbeitet beim Bürgermeister der Stadt.« Das sind Messlatten für meine Eltern. Mustafas Tochter ist jetzt also KRASS. Auf dem Heiratsmarkt hat sie einen ganz neuen Stellenwert. Um die Hand seiner Tochter anhalten dürfen nur noch studierte Männer mit gewissem Background. Auch Mustafas Ansehen hat sich durch den Job seiner Tochter verändert. Er ist nicht mehr nur der Vater. Er ist jetzt der Vater der Beamtin, die beim Bürgermeister der Stadt arbeitet.

Um noch eine Extraschippe draufzulegen, erzählen meine Eltern nun in den fast täglichen Telefonaten mit der buckligen Verwandtschaft in Anatolien, dass ich jetzt so was wie eine Richterin wäre. Das hört sich noch mal anders krass an. Sachbearbeiterin lässt sich so schlecht übersetzen. Falls also einer in der Türkei fragt: Ich bin Richterin.

Meine Eltern sind voller Stolz, wenn sie darüber sprechen, dass das Kind es geschafft hat. Nicht nur das Kind hat es geschafft, sondern auch sie. Sie haben es geschafft, Menschen großzuziehen, die sich voll und ganz in diesem Land integriert haben. Die angekommen sind. Die etwas zu sagen und zu entscheiden haben.

Während es meinen Eltern nur darum ging, unter relativ schlechten Arbeitsbedingungen genügend Geld zu verdienen, um uns Kinder zu ernähren, hatten wir den Luxus, uns endlich integrieren zu dürfen. Die Tochter ist auf dem Amt. Mehr Integration geht nicht. Sicherer kann es nicht sein. Und deutscher kann es einfach nicht mehr werden. Dilara hat es für sie geschafft.

Bei meiner türkischen Verwandtschaft in Deutschland zieht das mit der Richterin natürlich nicht so. Hier bin ich keine Richterin, sondern arbeite im Amt. Also, im Bürgeramt.

Was absolut nicht stimmt, aber das ist jedem egal. Ich bekomme wöchentlich mindestens eine Nachricht von irgendeiner Cousine dritten Grades, die dringend ihren Reisepass verlängern muss und deswegen einen Termin auf dem Bürgeramt benötigt. Zu erklären, dass ich gar nicht auf dem Bürgeramt arbeite und auch keine Termine vergeben kann, habe ich irgendwann gelassen.

Neulich habe ich selbst zwei Stunden in der Hotline zur Terminvergabe gewartet, nur um meiner Tante Leyla nicht erklären zu müssen, dass ich gar keinen schnellen Termin organisieren kann und überhaupt nicht auf dem Bürgeramt arbeite.

Das, was ich mit meinen Eltern und unserem Migrationshintergrund erlebt habe, zieht sich wie ein roter Faden durch mein junges Leben. Die Aufgabe als Übersetzerin und Brückenbauerin habe ich auch auf dem Amt ständig. Auch hier muss ich erklären: Doris, wieso ich kein Kopftuch trage. Gisela, dass ich nichts zur politischen Lage in der Türkei sagen kann. Oder wieso ich im Ramadan nicht mal Wasser trinken darf. Das alles ist ziemlich anstrengend, aber auch nicht neu für mich. Eigentlich kenne ich es nicht anders, und rege mich nicht drüber auf, wenn man mir sagt, dass ich so schönes akzentfreies Deutsch spreche.

Sie meinen es nicht so, das weiß ich. Doris stellt die schlimmsten Fragen. In ihrer Naivität hat sie mich schon einige Male vorgeführt und in unangenehme Situationen gebracht. »Mausi, wie stehste eigentlich zu die Kurden?«, war die Krönung. Trotzdem nehme ich es ihr nicht übel, denn Doris meint es wirklich nicht so. Es ist anscheinend mein Schickal, Brücken zu bauen, und jetzt tue ich das halt auf dem Amt.

Ich bin glücklich hier. Noch nie hatte ich einen so unattraktiv wirkenden und gleichzeitig so attraktiven Job wie diesen. Er ist krisensicher, die Bezahlung ist okay und die Arbeitszeiten ein Traum. Meine Freundinnen, die sich mit ihrer Work-Life-Balance und all den Goodies ihrer Unternehmen schmücken, sitzen freitagabends immer noch im Büro, während ich längst im Feierabend bin.

Klar, es ist alles andere als modern. Alles andere als cool. Ich habe hier Faxgeräte kennengelernt, das muss man sich mal vorstellen! Dennoch ist es eine dankbare Branche, und mit einer gewissen Geduld lernt man auch den Umgang mit einer Doris oder einer Gisela. Sie sind liebenswert, und ich habe oft das Gefühl, dass sie einfach zu lange alleine gelassen wurden. Eingesperrt hinter diesen Amtsmauern, köchelten sie irgendwie in ihrer eigenen Suppe vor sich hin. Und jetzt rollen hier nach und nach die ganzen »jungen Hühner« rein, was sie überfordert. Ronja überfordert alle maßlos. Sie bekommt die Brücke zwischen moderner Arbeitswelt und Steinzeit-Amt nicht gebaut. Ich glaube, das ist hier meine Mission im Team, und ich bin voll okay damit.

I love Amt.

OMG, Schlado!

Dilaras Couscous-Salat, der eigentlich Kısır heißt, hat anscheinend ne Welle im Team ausgelöst. Gezwungenermaßen musste Dilara das türkische Rezept ihrer Mutter einmal für uns alle übersetzt mitbringen.

Mit einem Ohr höre ich Ronja aus ihrem Büro rufen: »Ich würde gern einen kleinen kulturellen Exkurs mit euch machen, ihr Lieben. Einfach, um uns etwas mehr für fremde Kulturen und Gebräuche zu sensibilisieren.«

Mein anderes Ohr hat gerade noch nen Bürger am Telefon, der anscheinend Hobbyjurist ist und mir erklären will, was ich falsch entschieden habe.

»Kommen Se später einfach inne Sprechstunde, ja? Heute bis achtzehn Uhr, Raum E088.« Hab ich ja richtig Lust drauf, juhu.

»Mausi, jetze aber keene neuen Sachen an Schlado erfinden, ja?«, ruft Doris in Richtung Ronja zurück.

Kurz aufzustehen, zum Schreibtisch der anderen zu gehen und dort wie normale Menschen zu antworten, ist bei uns nicht. Nö, machen wir nicht. Wir rufen uns den ganzen Tag ein Ding nach dem anderen zu. Bloß nicht bewegen. Beamten-Mikado, kennt ihr ja. Oder könnte ja sein, dass es gut für unsere Beamtenrücken wäre. Nee, so was machen wir nicht, hier aufm Amt.

Hier wird gebrüllt.

»Oh-emmm-dschiiii! Was soll denn Schlado jetzt bitte

wieder sein?«, fragt Ronja, die plötzlich mit ihrem angeknabberten Müsliriegel in der Hand im Türrahmen steht.

Wir sind wirklich die gearschten in diesem Bürostrang, weil Ronja direkt im Nebenbüro sitzt. Würde Doris' Gelassenheit Ronjas Enthusiasmus nicht so abblocken, wäre ich schon völlig durchgedreht. Jede Idee, alle Neuigkeiten, jeglicher irre Wahnsinn aus diesem Ronja-Kopf – alles schwallt zuerst in unser Büro. Wir sind hier quasi die Erstaufnahmeeinrichtung für nervige Ideen. Hier wird alles, was Ronja impulsiv von sich gibt, gefiltert und schwappt bereits zensiert rüber ins nächste Büro. Da sitzt nämlich Gisela, und die braucht diesen Filter, sonst würde es täglich knallen.

Dieses Mal klappt es anscheinend nicht, und Gisela ruft rüber: »OOOOH EEEEM DSCHIIII. Wat dit heißen soll, frag ick mich eher? Jeder kennt Schlado. Jeder hasst Schlado!«

Petra mischt sich ein: »Scheiß-langer-Donnerstag heißt ditte.«

In diesem Büro kommste einfach nicht zum Arbeiten, ehrlich. Wir könnten hier täglich ne Reality-Show drehen und hätten die krassesten Einschaltquoten. Comedy ausm Amt.

Der Begriff »Schlado« ist ne Institution. Kennt man nur aufm Amt. In fast jeder Behörde mit Sprechstunden für Bürger ist donnerstags der lange Tag. Deutschlandweit. So hat sich der Schlado eingeBÜRGERT (haha). Aber seinen Ursprung hat Schlado anscheinend im Einzelhandel und hat irgendwas mit den Ladenöffnungszeiten und dem damaligen langen Donnerstag zu tun. Für mich bleibt es auf ewig ein Amtswort.

Unsere Sprechstunden am Donnerstag müssen dem Amtsgott sei Dank nicht von allen Kollegen besetzt sein. So trifft es jede Woche ein anderes Zweier-Büro, das bis achtzehn Uhr in den sauren Apfel beißen muss. Doris und ich sind diese Woche an der Reihe, und ich bete einfach dafür, dass der Tag so schnell wie möglich vergeht.

»Ick hab heut wirklich jar keen Nerv für Kulturkram, Ronja. Heut is Schlado. Können wa morgen drüber sprechen?«, sage ich zu Ronja.

»Meinetwegen. Aber wir bleiben dran.« Sie setzt ihr gnädiges Grinsen auf, das falscher nicht sein kann, dreht sich um und geht zurück in ihr Büro.

Angriff abgewehrt. Der Adler ist gelandet. Mission erfüllt. Idee bereits am Türrahmen blockiert. Doris zwinkert mir zu und feiert unseren Sieg.

Gegen sechzehn Uhr ist das Büro wie ausgestorben. Dilara verabschiedet sich als Letzte mit: »Viel Spaß heute, Mädels, ich haue jetzt auch ab.«

Viel Spaß? Am Schlado gibt's keinen Spaß. Da kommen die, die sich für ihren Besuch aufm Amt nicht freinehmen können oder wollen. Da kommt die arbeitende Bevölkerung. Da kommen die ganzen Klugscheißer, die es gar nicht nötig haben, sich extra freizunehmen. Auf Montag, dem allergrößten Hasstag, folgt auf der Hassskala direkt der Donnerstag. An jedem Donnerstag, an dem ich mit der Sprechstunde dran bin, verliere ich mich komplett in meiner Opferrolle. Bis achtzehn Uhr aufm Amt arbeiten – wo gibt's denn so was? Nach Feierabend fühle ich mich dann immer wie ne Intensivkrankenschwester nach ner Nachtschicht. Nee, obwohl. Intensivschwester ist bestimmt noch schlimmer.

»So, Mausi, biste bereit, jeht glei los«, sagt Doris. Am Spiegel überm Waschbecken zieht sie sich noch schnell den Lippenstift nach.

Ja, richtig gehört: Waschbecken. Wir haben in jedem Büro

ein Waschbecken. Den wahren Grund dafür kennt niemand. Ich schiebe es immer auf die früher fehlende Teeküche. Da haben die sich damals gedacht: Was braucht man als Mensch aufm Amt? Wasser. Wasser zum Kaffee kochen, Tee aufgießen, Hände waschen. Das muss dann aber auch reichen. Also bekommt jeder so ein scheußliches Waschbecken in sein Büro gehängt und denn is aber ooch jut mit Wellness! Sind hier schließlich auf der Arbeit und nicht im Spa. Hätten uns auch noch jeweils n Klo hinbauen sollen, ganz ehrlich. Dann könnte man beim Pullern weitertippen und sich den Weg in die erste Etage sparen. Effizienz ist alles! Inzwischen gibt es immerhin eine aus übertrieben hässlichen Möbeln übertrieben zusammengewürfelte Teeküche. Oder sagen wir Teezeile.

Es klopft. Da issa! Mein 16:30-Uhr-Termin! Mein Hobbyjurist vom Telefonat heute Mittag. Ach du grüne Neune! So unsympathisch der am Telefon klang, so verdammt heiß sieht der jetzt aus. Eine Schande! Kann so gar nicht mit gut aussehenden Bürgern. Die bringen mich als Dauer-Single-Lady komplett aus dem Konzept.

»Guten Tag! Oder lieber guten Nachmittag?«, sagt er in einer unverschämt attraktiven Stimmlage und grinst verschmitzt.

Prost Mahlzeit, Conny! Wie kann man durch den Hörer so schrecklich wirken und in persona so sympathisch sein? Ich schätze ihn auf Mitte, Ende dreißig. Genau mein Beuteschema. Hab ja gar kein Bock auf son alten Sack. Jung hält jung. Dunkles, volles Haar, gut gebaut, sportlicher Look. Wat willste hier? Gott sei Dank ist Ronja schon im Feierabend. Die hätte sich ihm sofort an den Hals geschmissen.

Er setzt sich hin und ich schwitze. Fühle mich wie IT-Maik,

der Dilara anschmachtet. Reiß dich zusammen, Conny, bist ne erwachsene Frau und keine pubertierende Göre.

Irgendwie kommt der mir bekannt vor. Ich krieg's aber nicht mehr zusammen. Dieses Gesicht, diese mandelförmigen braunen Augen, dieser dunkle Teint, dieses Lächeln. Ick kenne den doch! Oder ich habe einfach wieder von irgendnem Kerl geträumt und verwechsle den hier gerade.

Er guckt mir so tief in die Augen, ich fall gleich vom Stuhl. Als würde er nach irgendwas in meinem Gesicht suchen. Hab ich n Popel an der Nase? Hätte lieber noch mal in den ollen Waschbecken-Spiegel gucken sollen. Ich werde knallrot. Was will denn der von mir? Was guckt denn der so, ohne einen Ton zu sagen.

»Sag mal. Conny? Bist du Conny?«

So, jetzt geht's aber los hier. Woher kennt der meinen Namen? Ich bin in Schockstarre. Kein Wort, keine Mimik. Ick glotze nur! »Wat? Wie?« ist alles, was ich herausgestammelt bekomme.

»Na, Mensch, Conny! Bist du nicht aus Neukölln?«

Du kleener Zuckerbär, ey! Für dich bin ich sogar aus Marzahn, wenn's sein muss!

»Ja.« Ich bin sprach- und fassungslos. Meine Fresse, woher kenne ich denn diesen gut aussehenden Typen? Ich rattere im Kopf meine letzten Dates durch und swipe dabei wie auf Tinder von rechts nach links. Da war ganz sicher nicht son Augenschmaus wie der dabei. Den hätte ich doch nicht vergessen, samma!

»Warst du nicht auf der Alfred-Nobel? Die c-Klasse? Bei Frau Blume?«

Gott, ja. Ja, war ich. Eine von drei Quoten-Bio-Deutschen. Die Schulzeit habe ich hardcore verdrängt.

»Ich bin's, Hakan! Reihe hinter dir!«

Um Gottes willen! Jetzt dämmert's. Hakan! Der dicke Typ, der zusammen mit Selcuk und Milan die Alman-Mädels genervt hat. Wat ist denn aus dem geworden, hömma! Mutter Natur, ey! Hättest damals in der Oberschule ruhig sagen können, dass du den pickligen Hakan noch so zurechtformen wirst! Ich sehe aus den Augenwinkeln, wie Doris die gesamte Situation verfolgt.

»Conny sucht schon immer son Hakan, Mausi! Is ja ihr Traum, orientalisch zu heiraten, weeßte?«

»Samma, Doris, wat soll denn ditte jetze?«, antworte ich, empört wie eine Sechzehnjährige, die sich für ihre peinliche Mutti schämt.

»Ick lass euch ma alleene. Bin roochen!«

Na, besser isses, Doris!

»Ach Mensch, Hakan, dit is ja ne Überraschung! Is ja verrückt, dass de mich wiedererkennst nach all den Jahren!«

Nach all den Jahren, in denen ich mir Single-Frustfett angefressen habe. Nach all den Jahren, in denen ich wie der letzte Wischmopp zur Arbeit gegangen bin. Nach all den Jahren, von denen ich ausgerechnet heute nicht mal in Erwägung gezogen habe, in den Spiegel zu schauen. Nach all den Jahren sitzt du jetzt vor mir und siehst so verdammt gut aus. Und ich wie ein voller Sack neben der Tonne, den die Müllabfuhr stehen gelassen hat. Merhaba, Hakan. Hier bin ich, Baby.

»Ich wusste gar nicht, dass du hier arbeitest! Is echt lange her.«

Dieses Blitzen in seinen Augen. Ein Teufelskerl, das sehe ich sofort! Ich will im Erdboden versinken. Hatte heute morgen sogar noch kurz die Parfümflasche in der Hand und hab sie wieder weggelegt. Jetzt rieche ich nach der Imbissbude, in der ich heute Mittag ne Viertelstunde auf meinen Döner gewartet habe.

»Ja, bin schon echt lange hier, Hakan. Nee. Is ja toll. Das is ja n Zufall jetze!«

Mann, ey, komm, hör auf zu quatschen und heirate mich, Haki. Du und ich und der große türkische Hochzeitssaal! Das ganze Gold! Stell dir mal vor, ey!

»Ich wollte ja mit dir noch mal über den Antrag sprechen, Conny.«

Welcher Antrag? Der Heiratsantrag? Ich sag Ja! Antrag angenommen! Hakan, alles, was du willst.

»Ich glaube, du hast dich da in der Berechnung ein wenig geirrt.«

Ist der jetzt auch noch schlau, oder wat?

»Ach, ich hab ja immer nen Ermessensspielraum, weeßte? Ick guck mir dit einfach noch ma in Ruhe an. Beamte machen halt ooch Fehler, wa? Und dit, obwohl ick so jut inne Schule immer uffjepasst habe.«

Wow, Conny, du Flirtgöttin.

»Wir können doch bald mal nen Kaffee trinken gehen und du meldest dich einfach wegen der Berechnung? Vielleicht kommt dieses Mal ja was anderes raus?«

Er zwinkert mir zu. So ein Schuft!

»Tipp doch einfach kurz deine Nummer hier ein, dann lass ich klingeln.«

Mache ich gerade ein Date mit diesem heißen Typen klar? Passiert das gerade wirklich?

Doris kommt mit fetter Rauchwolke im Anhang durch die Bürotür zurück und guckt mich grinsend an. Dabei hebt sie beide Augenbrauen dreimal hintereinander hoch. Sie will mir signalisieren, dass sie es total abfeiert, dass ich hier gerade Nummern austausche.

Hakan verabschiedet sich, und ich verspreche, ihm die Berechnung neu aufzusetzen. Im Gegenzug dazu lädt er mich ganz bald auf einen Kaffee ein.

Ein Hoch auf Schlado! Schönster langer Donnerstag!

Hauptsache, atmet

Völlig benebelt von dem, was da vorhin in meiner Sprechstunde passiert ist, sitze ich auf meiner Couch. Es ist neunzehn Uhr. Der Tag ist absolut hinüber, aber so ist das nun mal an Schlados. Ich muss das alles erst mal verarbeiten. Der einst unschöne Hakan ist jetzt ein heißer Feger und will Kaffee mit mir trinken! Mit MIR! Das muss ich Gül erzählen. Dafür lasse ich auch die Abendschau um 19:30 Uhr sausen, ziehe die Schlappen an und flitze in Jogginghose über den Hausflur.

So was kannste nur bei Gül bringen. Spontanbesucher, denen ich niemals die Tür öffnen würde, sind wiederum ein Traum für Gül. Türkische Gastfreundschaft wäre jetzt sicher die einfachste Erklärung dafür. Glaube aber, in Wirklichkeit ist Gül oft alleine. Hockt dann mit ihrem Glas Tee und der Schale Sonnenblumenkerne vorm Fernseher und sieht sich die 236. Folge ihrer türkischen Liebesschnulze an. Die vier Kinder machen ihr Ding, und ihr Mann Hayri arbeitet eigentlich nur. »Hauptsache, Mann atmen« sollte laut Gül auch meine Anspruchshaltung gegenüber der Männerwelt sein. Nur weil ich so hohe Ansprüche habe, sei ich schon so lange Single.

Ich klingle dreimal kurz hintereinander. Gül öffnet. Tatsächlich mit halber Sonnnenblumenkernschale im Mund.

»Gonny, komm, komm, hadi«, sagt sie und zieht mich am Arm in die Bude.

Scheine an einer sehr spannenden Stelle der Serie gestört zu haben. Ich setze mich zu ihr auf die Couch, als würde ich hier leben, und starre auf den überdimensional großen Fernseher.

»Hat er betrogen Frau, diese Arschlock. Schayze Kerl, diese Hakan!«

Hakan? Hakan würde mich niemals betrügen. Das heute war Fügung, das war Schicksal, das war Kismet! Wieso heißt der Typ in der Serie auch so?

»Du, samma, Jül, apropos Hakan ...«, versuche ich, ins Thema einzusteigen.

»Türkische Mann immer Frau betrügen. Du nix türkische Mann finden, Gonny. Deutsche Mann besser. Immer Kinderwagen schieben, einkaufen, putzen. Türkische Mann nur Männercafé und schnarchen ganze Tag.«

Aber mein Hakan ist anders. Also, er könnte anders sein. Ich hab keine Ahnung. Kenne ja nur den Siebzehnjährigen von damals. Diese neue Version von ihm könnte mein orientalischer Traumprinz sein.

Jetzt läuft Werbung. Jetzt kann ich einsteigen: »Jül, du gloobst nich, wer heute uff Amt vor mir saß!«

»Wer? Bundespräsident? Oder Maikel Dschekson?«, kichert sie hässlich.

»Nee, Hakan! Hakan aus meiner Oberschulklasse. Jül, der will mit mir Kaffee trinken jehn. Ick hab mich sofort verknallt in den!«

»Was verknallt? Aboooo. Isch dir knallen eine gleisch! Bist du nix so leichte Mädchen!«

»Samma, wat soll denn leichtet Mädchen heißen? Der muss nur schnipsen und ick springe, ey. Weeßte, wie heiß der aussieht?«

»Türkische Mann mag nix leichte Mädchen. Musst du bisschen kalte Schulter zeigen erst mal.«

»Jül, ick bin Mitte vierzig! Ick hab jar keen Bock uff diese Spielchen mehr in mein Alter. Also wirklich! Außerdem will ick heiraten!«

»Ja, du heiraten Hakan. Dann du sehen, was passiert. Ganze Tag kochen, putzen. Heiraten, dann du sehen.«

War wohl doch nicht so ne gute Idee, Gül mein Herz auszuschütten. Ich dachte, ich soll meine Anspruchshaltung runterschrauben? Bei türkischen Männern anscheinend nicht.

Dilara kommt aus ihrem Zimmer gekrochen, begrüßt mich und setzt sich zu uns. »Na, Conny, wie lief die Sprechstunde? Alles gut gewesen?«

»Hat sie Mann kennengelernt. Jetzt sie will heiraten türkische Mann!«, antwortet Gül, ohne den Blick eine Sekunde vom TV-Hakan abzuwenden.

Fühle mich, als hätte ich mir mit fünfzehn heimlich ein Bauchnabelpiercing stechen lassen, und jetzt gibt's Ärger von Mutti.

»Oh Gott, Conny, was? Du hast in der Sprechstunde einen Mann kennengelernt? Erzähl! Los!«

Ich erzähle Dilara von meiner Begegnung mit Hakan und beantworte ihre Fragen: »Was macht er beruflich? Woher aus der Türkei stammt er? Trinkt er Alkohol? Mag er Fußballwetten?«

Diese Fragen würde mir sicher keine deutsche Freundin stellen. Ist auch eigentlich völlig egal, wie Hakan aussieht. Hier geht's um Kriterien, die Hakan in der Kategorie »Heiratsmaterial« klassifizieren. Dabei ist es anscheinend essenziell, aus welchem Ort der Türkei seine Familie stammt und ob er ins Männercafé geht oder nicht. Das Verhör endet damit, dass

Gül der Meinung ist, Hakan sei ein Nichtsnutz. Genau wie ihr Mann Hayri. Sie vergibt nur zwei von zehn Heiratssternen – durchgefallen, Hakan! Oder wie wir aufm Amt sagen würden: Abgelehnt!

»Triff dich doch erst mal auf einen Kaffee mit ihm. Du musst echt vorsichtig sein bei türkischen Männern. Die sind nicht ohne!«

Dilara, die nach dem Kenntnisstand ihrer Mutter noch nie einen Freund hatte, scheint sich gut auszukennen. Stille Wasser sind tief. Tief und dreckig. Bin mir sicher, dass Dilara nicht so artig ist, wie sie vor uns und ihrer konservativen Familie immer tut.

Mein Handy piept. Ich hab ne Nachricht. Oh Gott! Das muss Hakan sein! Es ist Doris. »Juppieee, endlich Freutag« steht in pinkfarbenem Comic Sans neben einem lachenden Snoopy mit Cocktailglas in der Hand. Jemand muss Doris das Handy und das ganze Internet wegnehmen. Sie schikaniert uns alle fast täglich mit unlustigen Grußbildern. Das muss ein Ende haben. Reicht, dass Mutti mir diese ollen Bilder ständig schickt. Brauche ich nicht noch von meiner Kollegin.

Dilara und Gül starren mich erwartungsvoll an. Würde beiden am liebsten noch jeweils ne Tüte Popcorn in die Hand drücken.

»War nicht Hakan. Entspannt euch.«

Bin sauer. Ist jetzt fast drei Stunden her, dass wir Nummern ausgetauscht haben. Da hätte der mir ruhig schon was schreiben können. Freitagsgrüße von Hakan wären mir herzlich willkommen.

»Na jut, muss denn ooch rüber jetze. Morgen is wieder Arbeit!«

Verabschiede mich und stampfe wieder rüber in meine

eigenen vier Wände. Vielleicht hat Gül recht und Hakan ist auch nur wieder ein »Arschlock«. Ich verknalle mich, und er meldet sich nie wieder. Klassiker.

Beim Zähneputzen überlege ich mir, was ich ihm schreiben könnte, um wenigstens einen ersten Kontakt herzustellen. »Hi, Hakan«, »Hey, Hakan«, »Selam Hakan«? Boah nee, das wirkt so erzwungen multikulti. Ist mir peinlich. Lege mich in mein Bett und will gerade das Ladekabel in mein Handy stecken. BING BING! »Hat mich sehr gefreut, dich wiederzusehen, liebe Conny!« Kuss-Smiley hinterher.

Oh Gott, das kann ich jetzt nicht öffnen. Der denkt ja, ich hätte den ganzen Abend nur drauf gewartet, dass er schreibt. Dabei war ich hochbeschäftigt. Na ja, eigentlich schlafe ich schon. Egal! Mach ich morgen. Bin ja keine leischte Mädschen.

Freitagsgrüße

»Hayirli Cumalar«. Eine rote Rose vor einem Wasserfall. Dazu diese zwei Wörter. Jeden verdammten Freitag. Von Gül via WhatsApp. Gül ist meine türkische Doris. Nach dem dritten Gruß in Folge habe ich sie mal gefragt, ob sie mir freitags ihre Liebe gesteht oder was diese schnulzigen Rosenbilder immer sollen. »Gesegneten Freitag« – das wünscht man sich wohl in der islamischen Welt. Der Freitag ist also heilig. Sehe ich genauso. Da gehe ich voll mit – und der Rest der Büroberufswelt wahrscheinlich auch.

Ich schlurfe zum Gemeinschaftskühlschrank in Giselas und Petras Büro und schnappe mir mein Brot und die angefangene Packung Butterkäse. Jetzt wird erst mal gefrühstückt. Verstehe immer nicht, wie man das anders schaffen soll. Amerikanische Serien machen's uns vor: vor der Arbeit nen halben Liter frisch gepressten O-Saft, Kaffee ist fertig und die vierzig perfekt aussehenden Pancakes natürlich auch. Dann setzen sie sich alle zusammen an den Frühstückstisch, und die Mama reicht noch frisches Rührei und Bacon dazu. Der berufstätige Papa sitzt fertig geduscht und gestriegelt im Anzug da und liest Zeitung. Und das soll alles vor sieben Uhr passieren, ja? Nee, ist klar! Bin froh, wenn ich's zu dieser unchristlichen Zeit überhaupt ausm Bett schaffe. Deswegen sind wir im Büro mit allen möglichen Grundnahrungsmitteln ausgestattet. Gefrühstückt wird entweder alleine am Arbeitsplatz oder an meinem Besprechungstisch – Hauptsache, in der Arbeitszeit!

Während ich mir meine Stulle schmiere, fährt der PC hoch. Auch der braucht seine Zeit, sag ich immer. Morgens bitte keinen Stress. Gisela steckt den Kopf durch die offene Tür und grinst blöd. Es ist zehn nach sieben – schlechtes Zeichen. »Na, du kleene Aufreißerin? Haste uns wat zu erzählen?«

Boah, was? Es ist keine vierundzwanzig Stunden her.

Langschläferin Ronja, die heute zur Abwechslung auch mal früh da ist, hüpft von ihrem Stuhl hoch und kommt angetippelt. »Conny! *Girl!* Wir wollen ALLES wissen! ALLES!«

Das gibt's doch nicht. So ein Hühnerhaufen, dieser Laden. Gül kann's nicht gewesen sein, die arbeitet nicht hier. Dilara würde einen Teufel tun und irgendwas erzählen. Außerdem ist die noch gar nicht da. In welchem Zeitfenster sollte die also den Weibern erzählt haben, was gestern passiert ist? Unmöglich. Kann also nur diese eine Frau gewesen sein, die mir täglich gegenübersitzt. Diese eine, die gerade so tut, als würde sie hochkonzentriert ne Bachelorarbeit lesen, während sie auf ihr Kaufland-Prospekt guckt. Miststück!

»Doris, samma! Haste jleich wieder allet weiterjetratscht? Doris? DORIS!«

Sie guckt hoch und hat keine Ahnung, was ich meinen könnte. Muss so tief versunken sein in der wissenschaftlichen Analyse des Prospekts – unfassbar! »Watn los, Mausi? Wat isn? Hatte jestern Abend noch mit Jisi telefoniert. Hab ma so jefreut für dich!« Kussi.

Donnerstagabends findet meist noch irgendeine Auswertung der Sprechstunde statt. Mindestens eine der Amts-Mäuse, die Schicht hatte, telefoniert dann mit einer anderen. Mein Zusammentreffen mit Hakan war gestern Abend anscheinend Top-Thema. Number one. Pünktlich zur Prime-time muss Doris also Gisela angerufen und losgeschnattert haben. Ich hasse das! Keine Privatsphäre haste hier. Nichts funktioniert auf diesem Amt so gut wie der Flurfunk. Wenn wir so arbeiten würden, wie wir tratschen, wären wir alle längst befördert worden.

Doris ist immer ganz vorne mit dabei. Sie kennt sie alle, ganz egal von welchem Büro. Wer mit wem auf welcher Feier war. Wer sich gerade scheiden lässt. Wer befördert wird. Was in der Kantine abgeht. Alles weiß die. Kein Wunder. Will auch immer jeder alles Doris erzählen. Doris ist die Kummerkastentante der Behörde. Alle rennen zu Mutti, wenn's brennt, und wollen eine mit ihr rauchen gehen. Auch die Nichtraucher. Als Vertrauensperson ist sie eine Institution in diesem Laden. Wobei Vertrauen nicht mit Diskretion zu verwechseln ist.

Und Doris lädt alles brühwarm bei uns ab. Irgendwo müssen ja auch ihre Emotionen bleiben. Wir sind die Therapeuten der Therapeutin. Ihre Supervisoren. Und genau so muss es gestern auch abgelaufen sein. Doris hat meinen Schweißausbruch vor Hakan mitbekommen und musste es gleich verarbeiten. Ist also nach Hause gerannt, um den Fall gemeinsam mit Gisela auszuwerten.

»Nu erzähl doch ma, Conny! Die Akten warten!« Gisela macht Druck.

»Wat soll ick denn erzählen, meine Jüte! Hab meinen alten Schulkameraden jestern inne Sprechstunde wiederjetroffen.«

»Oh mein Gott, wie romantisch ist das denn bitteeeeee?«, singt Ronja vor sich hin. Die Frau träumt davon, dass ihre toxische Ex-Affäre Gérard, der auch ihr Chef war, eines Tages auf nem weißen Gaul angeritten kommt und sie abholt.

»Und? Issa heiß?«, grunzt Petra, die inzwischen auch der Runde beigetreten ist.

Komme mir vor wie im Kindergarten hier. »Gilmore Girls« für Anfänger. Hab die Sache selbst noch nicht verarbeitet. Außerdem hab ich Hakan auch noch nicht auf seine Nachricht geantwortet. Hab jetzt echt Besseres zu tun, als diese neugierigen Hühner aufzuklären.

Na ja, aber eigentlich will ich auch losquatschen und alles erzählen. Nach Güls eher negativen Bewertung gestern wäre ein bisschen Zuspruch ja nicht schlecht.

»Rattenscharf issa! Bin fast vom Stuhl jeplumpst, Mädels.« Doris.

Was soll's, ey, da steige ich jetzt drauf ein. Wenn du seit Jahren täglich acht Stunden miteinander verbringst, dann ist das irgendwann mehr als nur ein Job. Mit niemandem auf dieser Welt verbringe ich so viel Zeit wie mit diesen ganzen Leuten hier.

»Mädels, ey, ick bin so uffjeregt! Der sah inna Schule nich so jeil aus wie jetze. Und charmant issa! Und meene Nummer wollta haben! Und jeschrieben hatta ooch schon!«

Dilara kommt zur Tür rein und begrüßt uns. »Was ist denn hier los? Gibt's ne Besprechung?«, fragt sie mit großen Augen.

»Wir besprechen gerade, wie Kleen-Conny sich ins nächste Unglück stürzt. Diesma isset n Hakan jeworden!«, antwortet Gisela.

Verbitterte Männerhasserin. So würde ich Gisela beschreiben, wenn ich ihr ein Tinder-Profil anlegen müsste. Betrogen nach zwanzig Jahren Ehe – mit der Sekretärin. Seitdem den Glauben an alles Männliche verloren und es sich zur Lebensaufgabe gemacht, das auch jeden wissen zu lassen. Im Kern ist Gisela eine ganz weiche, zerbrechliche Frau. Die größte

Heulsuse, wenn keiner hinguckt. Die hat eigentlich das allergrößte Herz, nur darf es niemand wissen. Als die Mauer fiel, ist Giselas persönliche Schutzmauer stehen geblieben. Keine Emotionen, keine Angriffsfläche. Niemand verletzt Gisela noch einmal so wie ihr Ex, dieser – O-Ton – Saftsack.

»Wieso denn ins Unglück stürzen, samma, Gisela? Nur weil du den Glauben anne Liebe verloren hast, oder wat? Bleib ma schön bei dir!« Petra hat gesprochen. »Bleib bei dir.« Der beste Satz, den diese Frau jemals erfunden hat. So tief. Und so unmöglich umzusetzen. Wenn wir alle bei uns bleiben würden, worüber sollten wir dann den ganzen Tag tratschen und lästern? Ist doch schon immer einfacher gewesen, sich mit dem Leben von anderen zu beschäftigen als mit dem eigenen. Ist halt auch bequemer. Sonst müssten wir alle über uns nachdenken und feststellen, dass wir gar nicht so glücklich sind, wie wir immer behaupten. Wo kommen wa denn da hin?

»Was hat er denn geschrieben? Jetzt spann uns nicht so auf die Folter, girl!«, sagt Ronja.

»Na ja, er hat sich wohl jefreut, mich wiederjetroffen zu haben.«

»Zeig mir den Text, los! Ich muss das analysieren.«

Ronja, die Männerheldin. Die soll sich mal selbst analysieren. Hüpft von einer toxischen Liebelei in die nächste, um am Ende wieder bei Gérard zu landen, der sie zerstört. Ich möchte deine Analyse nicht, Ronja.

»Los, jetzt zeig. Los, los, los.«

Ich komme nicht drumherum und öffne zum ersten Mal den WhatsApp-Chat mit Hakan. Ach Mensch, Haki. Du hast mir ja geschrieben. Sehe ich jetzt erst. Bin so beschäftigt den ganzen Tag, weißte! Komme kaum hinterher, den ganzen tollen, gut aussehenden Männern zu antworten. Deine Nachricht scheint leider untergegangen zu sein.

Die sonst so ruhige Dilara brüllt: »Oh Gott, mit Kuss-Smiley, oooohaaaaa!«

Ronja und sie haben mein Handy in der Hand, und ich fühle mich jetzt wirklich wie sechzehn. Kannste einfach niemandem erzählen. Wenn Hakan sehen würde, wie hier seine zwei Sätze unter die Lupe genommen werden. Im Erdboden versinken würde ich!

»Ick schick ooch immer Kussi-Smileys, Mausis. Is dit wat besonderet bei die jungen Kerle?«, fragt Doris.

»Na ja, obviously flirtet er direkt bei der ersten Nachricht. Da geht was, giiiiiirl.« Ronja on fire. Ich leb jetzt ihren Traum. Sie hat die Nachricht quasi selbst bekommen.

»Ick würd den zappeln lassen. Wenn de dem jetze gleich antwortest, haste schon verloren, Conny. Mach dir nich so abhängig von die Männerwelt. Is ja kaum auszuhalten mit euch notjeilen Weibern. Sabber, sabber, sabber!« Gisela regt sich auf. Ihr Blick dabei: angewidert.

»Neinnnnn. Du MUSST ihm antworten. Es ist heutzutage so schwer, einen coolen Mann zu finden, Conny. Lass ihn bloß nicht so lange warten«, sagt Ronja.

Ich bin verwirrt. Maximal überfordert. Was ist denn das hier? Inzwischen ist es halb neun, und alle aufgescheuchten Hühner machen sich bei mir im Büro nen Kopp. Was werten wir hier eigentlich aus? Wie ich auf die Nachricht von Hakan antworte? Bist bald fuffzig, Conny, komm zu dir!

»Ich habe mich auch gefreut, dich wiederzusehen?«

»Nee, das kannst du nicht schreiben, Conny. Das ist super *lame*. Dann ist das Gespräch beendet. Schick ihm doch ein Foto vom Schreibtisch und schreib dazu, dass du gerade arbeitest und ihm ein schönes Wochenende wünschst. Dann habt ihr direkt ein Gesprächsthema.«

Keine blöde Idee, Ronja. Wenn du die Tipps, die du mir gibst, bei dir selbst anwenden würdest, würdest du eventuell nicht jeden zweiten Samstag besoffene Nachrichten an deinen Ex schicken. Aber na jut.

»Ja, mach dit ma, Mausi, wat Ronja sacht! Dit is ne jute Idee, is ditte.«

Ich schicke Hakan einen netten Text und ein Live-Bürofoto. Gute Idee. Er soll ja auch sehen, dass ich ne Menge zu tun habe. Reiße Dilara und Ronja mein Handy aus der Hand und tippe »Ganz meinerseits, lieber Hakan«. Das ist doch prima. Und jetzt noch ein Foto hinterher, damit ich im Anschluss fragen kann, was er heute so treibt. Platziere meine Kaffeetasse schön rechts neben der Tastatur und puste den Staub am Monitor noch schnell ab.

»Pack noch n paar Akten mehr uffn Tisch, damit der sieht, wie beschäftigt du bist«, sagt Gisela in teuflischem Ton.

Gute Idee. Ich drapiere die Akten aus meiner Ablage neben der Kaffeetasse. Das perfekte »Ich bin eine beschäftigte Beamtin«-Foto. Nach dem dritten Anlauf und Ronjas Zustimmung, dass das Foto cool genug wirkt, öffne ich wieder den Hakan-Chat. Ich wähle das letzte Foto aus meinem Album aus und es ploppt im Chatfenster auf. Und darunter eine rote Rose vor nem Wasserfall mit dem Text »Hayirli Cumalar«.

»Ach du Scheiße! Wat isn jetze passiert? Wat isn ditte?«, brülle ich panisch.

Hakan ist online. In unserem Chatverlauf ein kurzer netter Dank, ein Bild von meinem Schreibtisch und ne türkische Grußnachricht auf ner roten Photoshop-Rose.

»Haste jetze nich wirklich mitjeschickt, wa? Wat is denn ditte, samma!« Gisela steht hinter mir und lacht sich halbtot.

»Da hat die dem noch ne rote Rose mit türkischem Text hinterherjeschickt.«

»Oh shit, Conny! Wieso schickst du dem denn das?« Ronja bekommt kaum Luft vor Lachen.

Alle lachen Tränen.

Doris röchelt nur noch. »Mensch, Mausi, na, dit is doch nich schlimm. Oder etwa doch?«

Gelächter.

Habe ich meinem sexy Schwarm gerade die Freitagsnachricht von Gül hinterhergeschickt? Das ist gerade nicht passiert, oder? Jetzt denkt der, ich will dem mit meinen Türkisch-Skills imponieren. Meine verdammten Wurstfinger müssen Güls Freitagsgruß mit ausgewählt haben. Ich will sterben. Was mache ich denn jetzt?

Hakan offline.

So, das war's. Noch keine drei Sätze gesprochen, und ich bin unten durch.

Hakan online.

»*Tesekkür ederim, sanada hayirli cumalar*«, schreibt er.

»Dilara, Dilara. Wat heißt ditte? Wat schreibt der?«

»Vielen Dank, ich wünsche dir auch einen gesegneten Freitag, heißt das.«

Oh Gott. Glück im Unglück. Hakan fand's wohl gut. Der kann ja ruhig ma sehen, wie multikulti Conny ist. Kann nämlich auch n bisschen Türkisch. Kenne mich aus mit seiner Kultur. Mann, komm, lass ma jetzt heiraten, Haki-Mausi.

»Kommt eener später mit inne Kantine? Muss mich abreagieren«, frage ich den immer noch gackernden Haufen. Will keiner, weil Freitag. Da wird bekanntlich schnell geackert, um schnell gehen zu können. Pause ist nicht. Ich arbeite jetzt schnell meinen Posteingang und die wichtigsten Mails ab. Um Punkt elf wird in die Kantine gerannt. Erst mal atmen. Das war vielleicht ein Start in den Tag! Zeit für'n richtig schönen Latte macchiato bei meiner Therapeutin Gaby!

Im Casino

Unsere Kantine ist ein Mikrokosmos. Mitten im Mikrokosmos Amt also noch ein weiterer, ganz eigener fremder Planet. Lichtjahre entfernt von Szenerestaurants und stylischem Essen, beheimatet in einer fremden Galaxie: das Casino.

Ja, richtig gelesen. So heißt unsere Amtskantine, genauso wie jede zweite Amtskantine im Land. Im Casino haut der Beamte also die Kohle auf den Kopf.

Fast täglich treffen sich hier die Mitarbeiter dieser Behörde. Zwischen Retro-Möbeln und einer komplett mit Holz vertäfelten Decke fällt schnell auf: Hier ist die Zeit so richtig stehengeblieben. Es sieht ja nun schon in unseren Büros nach Zeitreise aus, aber das Casino ist wirklich Endstufe! Nach einem veganen Angebot oder 'ner Salatbar sucht man hier vergeblich. Klassische deutsche Hausmannskost. Königsberger Klopse mit Kapern, Kasseler mit Sauerkraut, freitags Fisch.

Las Vegas sieht hier verdächtig nach DDR aus. Wie übrigens auch das Jägerschnitzel. Das wird mit Tomatensoße und Spirelli serviert. Übrigens, serviert wird natürlich gar nix. Selbstbedienung, ist ja wohl klar! Auf den Tisch kommt aber vor allem der neueste Klatsch und Tratsch.

Unser Team geht eher selten in die Kantine. Dafür, dass es oft nach Krankenhausessen schmeckt, ist es nämlich unverschämt teuer. Dann lieber nen Döner oder ne gute Currywurst vom Imbiss. Oder halt Mikrowellen-Fraß. Der Beamte ist sparsam.

Trotzdem ist das der einzige Ort in dieser Behörde, wo man mal andere Kollegen treffen kann. Zwar bin ich seit zwei Jahrzenten in diesem Puff, kenne aber nur zwanzig Prozent der Kollegen. Wenn's hoch kommt. Meine Freunde, die nix mit Amt zu tun haben, denken immer, ich erzähle Quatsch. Nein, liebe Leute. Das ist ein weiteres Amtsphänomen: Anonymität. Solange man jobmäßig nichts miteinander zu tun hat, kommt man sich auch sonst nicht in die Quere.

Jetzt denkt ihr natürlich: Jut, Conny. Tolle Geschichte. Aber spätestens zur Weihnachtsfeier sehen sich doch alle. Aber uffjepasst, liebe Leute: Wir sind finanziert von Steuergeldern. Und mit diesen Geldern ist bekanntlich sorgfältig umzugehen, sonst knallt's irgendwo, und wir landen in der Abendschau. ALSO, WAS FÜR EINE VERDAMMTE WEIHNACHTSFEIER, BITTE? Es gibt höchstens ne selbst bezahlte Weihnachtsrunde im eigenen Büro oder beim Billo-Italiener ums Eck. Und dit wart jewesen!

Die Leute auf meinem Gang, die kenne ich. Dann noch die ausm Personalbüro, weil man mit denen immer mal wieder wegen eigenem Kram zu tun hat. Und, klar, Maik aus der IT. Und da hört's dann auch schon wieder auf. Was interessiert es mich auch, wer nun Rolf ausm Bau- oder Stefan ausm Grünflächenamt ist. Gucke höchstens ein zweites Mal hin und versuche, den Namen herauszufinden, wenn die heiß aussehen. Kommt aber auch so gut wie nie vor. Neunzig Prozent Kurzarmhemden tragende, ältere weiße Männer. Gar nicht mein Beuteschema – siehe Hakan. Wenn man also komplett lebensmüde ist und die große Liebe trotzdem auf der Arbeit finden möchte, geht man bei uns ins Casino. So sieht's aus.

Deswegen bin ich aber heute nicht hier. Sondern wegen gutem Kaffee. Und wegen Gaby.

Gaby ist die gute Seele des Casinos. Die Mutti des Essens. Die Doris der Mittagspause. Gaby ist auch eine Institution. Ü60, Ost-Berlinerin, fesche Frisur. Eine Strähne inmitten ihrer mit (tonnenweise) Haarspray zugekleisterten blonden Hochsteckfrisur hat jeden Monat ne andere Farbe. Passend zur Strähne trägt sie Turnschuhe in derselben Farbe. Die Gelnägel, die sie sich »bei die Asiaten« machen lässt, haben ebenfalls dieselbe Farbe. Gaby, die geile Sau. Das Motto dieses Monats ist pink. Schweinchenpink. Ihre rosa gefärbte Strähne ist heute toupiert und nach hinten weggesteckt. Hat was von nem Gockel. Wie der Kamm von nem Hahn, ganz wild. Ihre rosafarbenen Sneaker sind mit Strasssteinchen besetzt. Die langen pinken Nägel ebenfalls. Über ihrem (auch rosafarbenen) Samt-Jogginganzug trägt sie ne weiße Kittelschürze, die sie sofort seriöser wirken lässt. »Dr. Gaby ausm Casino! Bitte kommen Sie umgehend in den OP! Dr. Gaby, bitte!«

Ich betrete die Kantine und entdecke mein rosa Glitzerschweinchen sofort. Na ja, ist halt auch schwer zu übersehen, wa? Sie steht, wie fast immer, an der Kasse und brüllt den älteren Herren an, der schwerhörig zu sein scheint: »Nee, jibt keene Jötterspeise heute! Da müssen Se Montag wiederkomm! Heut jibts Kompott!« Hach, herrlich.

Das Casino ist nämlich nicht nur Behördenkantine, sondern auch öffentlich zugänglich für alle, die mittags Bock auf deutsches Kantinenfutter haben. Die meisten, die regelmäßig hier essen gehen, sind alleinstehende Rentner. Ne solide Mahlzeit, unter Menschen kommen und natürlich: Gaby. Der Großteil der Kantinenbesucher kommt wegen ihr. Ein kurzes Raufklatschen der Mahlzeit aufn Teller, dann ein Anranzer an der Kasse, wieso man mit so nem großen Schein bezahlt, und ein tadelnder, aber irgendwie auch liebevoller Blick hinterher. Fühlt sich für viele Gaby-Fans an wie ne Umarmung. Mich eingeschlossen.

»Conny, du treuloset Ding! Beehrste mir ma inne Hölle, oder wat? Gloob, ick seh nich rischte!«, brüllt sie durch den halben Saal, während der nächste Kunde ihr nen Zehner vor die Nase hält.

»Sie müssen jetze ma kurz warten. Muss erst meene Conny ma drücken!«, sagt sie zu dem Herrn und lässt ihn mit seinem Schein in der Hand stehen. Gaby darf so was. Wer Widerworte gibt, kann gehen und sich sein Essen selbst kochen. Pech gehabt.

Sie springt aus ihrer Kassierecke und rennt auf mich zu. Presst ihre Make-up-Wange so stark an meine, dass ich jetzt auch halbseitig geschminkt bin.

»Mensch, jut siehste aus, Jaby! Is jetze Rosa anjesacht, wa?«

»Ach, hör ma uff! Frau muss sich n bisschen pflegen und Acht uff sich jeben, sonst haste verloren uff diese Welt. Ick kassier den ollen Sack schnell ab und denn trinken wa beede nen schönen Kaffe, wa?«, sagt sie und springt zurück zu ihrer Kasse wie ein junges pinkes Reh. Wenn ich mit über sechzig noch so motiviert durch die Weltgeschichte hüpfe, dann ist ja allet jut.

Inzwischen habe ich mich an einen der vielen Tische gesetzt, die mit – Überraschung! – großen rosafarbenen Stoffservietten bedeckt sind. Gaby lebt ihren Traum in dieser Kantine. Und lässt uns alle daran teilhaben.

Sie zieht uns zwei Kaffee aus dem Vollautomaten.

»Willste wieder Zucker in dein Mattschiatto? Bist doch so ne Süße, wa?«

Gaby liebt mich. Und ich liebe Gaby. Sie setzt sich zu mir und reicht mir meinen Latte im Pappbecher. Ich bin angekommen. Angekommen in meiner Therapiestunde, die mich nur 2,90 Euro kostet. Ohne Termin. Ohne sechsmonatige Wartezeit.

»Na, erzähl ma, Kleene! Wo hastn den Rest von die Verrückten jelassen? Waren se sich wieder zu schade, Jaby ma juten Tach zu sagen, wa?«

»Ach, Jaby, weeßte doch, wie dit is uffn Freitach. Da wollen se alle schnell nach Hause. Is aber ooch jut, dass se nich dabei sind. Muss dir nämlich wat erzählen. Hab jemand kennenjelernt. Bin janz ausm Häuschen, ey!«

Gaby lächelt verschmitzt. Verschmitzt, aber auch skeptisch. Sitze hier nämlich sicher schon das fünfte Mal und bringe diesen Satz.

»Na, kiek an! Hauptsache, nich wieder son oller Beamter! Weeßt ja, wat passiert, wenn zwei von eure Sorte aufenandertreffen! Dit jeht nich jut!«

Recht hat sie. Hab mal ein halbes Jahr lang nen Typen gedatet, der meinen Job in nem anderen Amt gemacht hat. Die reinste Katastrophe, sag ich euch! Es ging von morgens bis abends um nichts anderes als um irgendwelche Fälle, Akten oder Gesetze. Er mache es aber so. Bei ihm im Amt gehe das aber so. Er würde das ja so entscheiden und nicht so. Hab ihn irgendwann nicht mehr ertragen und ihm nen saftigen Arschtritt verpasst. Schnarchnase!

»Nee, Hakan! Hakan heißta! Aus meiner Oberschule noch!«

Gaby verschluckt sich halb an ihrem Kaffee und macht riesige Augen.

»Hakan? Wieder son Ausländer? Conny, du weeßt ...«

Ja. Ja, ich weiß. Ich weiß, dass Gaby schlechte Erfahrungen gemacht hat. Immerhin war sie knapp zwanzig Jahre mit einem Ägypter verheiratet, den sie in ihrem damaligen

Gastrojob kennengelernt hat: Yunes. Von Yunes zu Hakan in nur zwei Sekunden. So schnell geht das. Wenn Yunes mit seinen ausländischen Wurzeln Gaby traurig gemacht hat, dann wird Hakan, ebenfalls mit ausländischen Wurzeln, sicher auch mich traurig machen.

Eigentlich egal, wem ich das erzähle. Dieses Phänomen ist zur Abwechslung mal kein deutsches. Hab's ja schon bei Gül versucht. Auch die fand meinen Hakan nicht besonders toll. Warum? Weil sie aus *ihrer* Erfahrung mit Ehemann Hayri *meine* gemacht hat. Und Gaby tut nix anderes. Am besten, ich behalte diese ganze Hakan-Nummer einfach für mich. Kriegst halt keine unabhängige Einschätzung, Conny, musste akzeptieren!

»Samma, zeig ma her deine Näjel, du alte Modeikone!«

Gaby steigt auf mein Ablenkungsmanöver ein. Gott sei Dank, Thema beendet.

»Der Lachs is schon aus, Jungs! Spät dran heute, wa? Senfeier könnta haben!«, ruft Gaby ihren drei neu dazugestoßenen Fans zu und fängt an zu strahlen. Fans, weil die drei Herren täglich hier sind. Gaby liebt sie. Wir alle lieben sie: Klaus, Werner und Herr Piontek – das Casino-Traum-Trio. Alle drei um die achtzig Jahre jung und Gabys allerliebste Stammgäste. Die sehen aus wie ne Boyband, die ordentlich in die Jahre gekommen ist. Jeder im Haus kennt sie. Sie gehören genauso wie Gaby zum Inventar dieser Kantine, und man könnte glatt glauben, dass sie auch hier aufm Amt arbeiten.

Klaus und Werner sind beide verwitwet. Herr Piontek, dessen Vornamen niemand kennt, ist zweifach glücklich geschieden. Die drei Herren sind allerbeste Freunde und ehemalige Arbeitskollegen, die jetzt nur noch diese eine Aufgabe haben: zu Gaby ins Casino gehen. Dafür wird sich auch täglich herausgeputzt. Das Alphatier unter den Jungs und quasi der Frontmann der Band, Herr Piontek, ist ein richtiger Charmeur der alten Schule. Täglich im feinsten Anzug, mit Krawatte und immer dazu passendem Einstecktuch. Die Schuhe ordentlich geputzt und die dünnen grauen Haare fein von der einen auf die andere Seite der Halbglatze gekämmt. Immer eine Tageszeitung unter den Arm geklemmt. Er steht auf Gaby, das ist kein Geheimnis. Na ja, und auf jede andere schön hergemachte Dame. Hauptsache, jünger als er. Klaus ist der Ruhige. Manchmal entzieht er sich dem Tischgespräch auch einfach mit einem mitgebrachten Kreuzworträtsel, das er aus seiner Aktentasche kramt. Ja, genau: Klaus kommt mit Aktentasche zum Mittagessen. Werner ist der Witzige, aber auch der Diskutierfreudigste von den dreien. Mindestens einmal während des Essens diskutiert er lautstark mit Herrn Piontek. Die Themen sind breit gefächert. Entweder wird darüber debattiert, wie das heutige Gericht klassisch zubereitet sein müsste (»Dit Jägerschnitzel isst man eigentlich mit brauner Sauce und Champignons, mein Lieber!«) oder über aktuelle amtliche Ereignisse (»Die werden die Wiederholungswahl ooch noch ma wiederholen, ick sag's euch!«).

»Conny, Mensch, ick gloob, ick träum! Wat hat Se denn hierhherverschlajen, wunderschöne Frau?«, fragt mich Herr Piontek und setzt sich mit dem Rest der Crew an den Nachbartisch.

»Tach, Herr Piontek! Wollt ma Gaby Hallo sajen und se wiedersehen!« Ich hoffe, in kein längeres Gespräch verwickelt zu werden. Ist ja Freitag.

»Na, wolln wa dit nich alle, Kleene?« Werner lacht.

»Meine liebe Frau Conny. Ist denn nicht schon amtlicher Freitags-Feierabend? Wat machen Se denn noch hier?«

Gutes Stichwort. Wenn ich Sie nicht hätte, lieber Herr Piontek.

Ich verabschiede mich bei den reizenden Herren mit »bis bald«, weil die ja eh immer hier sind.

Während ich zum Ausgang laufe, winke ich Gaby zu und versuche, per Handbewegung zu vermitteln, dass ich losmuss.

»Mausi, kommste nächste Woche noch ma rum, ja? Denn erzählste ma in Ruhe von deen Ali!«, sagt sie und winkt zurück.

Genug Casino für heute. Jetzt noch schnell zwei Mails schreiben, und dann ist aber auch gut für diese Woche!

334

Es ist kurz nach zwei. Ich sitze in der U-Bahn auf dem Weg nach Hause. Endlich Freitag. Endlich Wochenende. Weil ich ne Stunde im Casino bei Gaby vergammelt habe, wurde heute nichts aus Feierabend um dreizehn Uhr.

Vor dem Wochenende muss die Ablage leer sein, das ist Gesetz. Ich würde kein Auge zubekommen bei dem Gedanken, am Montag ins Büro zu kommen, und da liegen noch Sachen von letzter Woche herum. Jetzt könnte man meinen, ui!, das ist aber eine fleißige Beamtin! Leider muss ich euch enttäuschen. Es geht mir gar nicht darum, alles so schnell wie nur möglich abzuarbeiten. Es geht eher darum, nicht schon am Montagmorgen mit schlechter Laune in die Woche zu starten. Sobald die erste Post reintrudelt, füllt sich die Ablage so oder so von selbst. Und die Schlechte-Laune-Kurve steigt im Laufe des Montags eh schnell genug an. Wie soll ich also schon vor meinem ersten Kaffee am Montag diesen Berg ertragen? Das geht gar nicht!

Obwohl es erst vierzehn Uhr ist, ist die Bahn rappelvoll. Ein grimmiges Gesicht neben dem anderen. Zwei Schuljungs gucken sich TikTok-Videos an, in denen ein Mädchen »Du bist verlobt, aber mit siebzehn!« brüllt. Das ist die Reaktion auf ein anderes Mädchen, das sie beleidigt hat, indem es ihr vorwirft, sie wäre leicht zu haben. Sie flippt komplett aus. Das Video ist so rasant viral gegangen, dass es inzwischen Hunderttausende Versionen davon gibt. Es ist jetzt ein *Trend*. Die

Jungs lachen sich halbtot darüber. Muss ich nicht verstehen, diese Jugend. Und dieses Video oder dieses TikTok schon gar nicht.

Trotzdem hat es das Video irgendwie auch zu mir geschafft. Verrückt, diese Internet-Generation. Die Oma, die sie dabei aus Versehen anrempeln, ist so gar nicht begeistert. Neben mir eine Frau mit Kopftuch und locker zehn Tüten Obst und Gemüse. Das Handy eingeklemmt zwischen Ohr und Kopftuch, telefoniert sie so laut, dass wir sie alle verstehen könnten. Wenn wir sie verstehen würden. Was ist das überhaupt für ne geile selbstgemachte Freisprecheinrichtung, die die Frau da hat? Da klemmt die einfach ihr Handy zwischen Kopftuch und Ohr, und da bleibt's dann auch stecken. Praktisch! Für solche Zwecke könnte ich mir das mit dem Kopftuch auch mal durch den Kopf gehen lassen.

In der Sitzreihe gegenüber genervte Blicke. Niemand sagt was, aber alle sind sauer. Lasst die arme Frau doch telefonieren! Wahrscheinlich zitiert sie nur ihren Sohn zum Bahnhof, damit er die Tüten für sie nach Hause schleppt. Ganz im Gül-Style. Ich gucke ja auch oft wirklich unfreundlich. Aber die Laune von uns Deutschen bleibt mir trotzdem ein Rätsel. Wir haben sogar die schlechte Laune perfektioniert. Auch am Freitag. Morgen ist Wochenende! Die Woche ist geschafft! Was soll denn dieser Frust?

Ich freue mich, als meine Station angesagt wird und ich endlich aufstehen und aussteigen kann. Vor mir ein Rollstuhlfahrer, der ebenfalls darauf wartet, dass sich die Tür gleich öffnet. Er muss warten, bis ihm der Bahnfahrer die Rampe hinlegt, damit er mit dem Rollstuhl rausfahren kann. Die Tür öffnet sich, und keine fünf Sekunden später knallt der Lokführer dem Rollstuhlfahrer die Rampe hin. Der rollt raus, nickt ihm zu, ohne eine Miene zu verziehen, und fährt los. Der Bahnmann nickt zurück. Ebenfalls ohne eine Miene zu verziehen. Beide gucken wie drei Tage Regenwetter.

Überall negative Energien, unfassbar! Sage mir innerlich: Bleib bei dir, Conny! Den Spruch habe ich von Petra geklaut. Ganz egal, was draußen gerade passiert, man soll immer bei sich sein und am besten gleich da bleiben. Recht hat se! Würde ich ihr niemals verraten, aber der Satz hilft wirklich.

Ich laufe am U-Bahnhof Johannisthaler Chaussee Richtung Rolltreppe und reihe mich rechts ein. Vor mir ein hängendes Gesicht, hinter mir genauso. Was ist denn los, samma? Sind das alles Amtskollegen, oder wieso gucken die so? Muss noch zu Kaufland. Meine Lieblingschips mit Trüffelgeschmack sind im Angebot. Da muss ich schnell sein. Nobel geht die Welt zugrunde, ey! Fühle mich immer ziemlich dekadent, wenn ich Trüffelchips esse. Aber diesen 1,99-Euro-Luxus gönne ich mir!

Die Info über die besten Schnäppchen bekommt man bei uns auch auf dem Amt. Und zwar von Doris. Die hat einen Bachelorabschluss in Prospekte-Studieren und sagt dir jeden Morgen, welchen Artikel es wo günstiger gibt. Doris ist eigentlich die geborene Influencerin, die dir täglich Rabattcodes zuschiebt. Vielleicht sollte sie es mal mit Instagram probieren. Ich sehe da große Karrierechancen.

Kaufland ist rappelvoll. Das müssen alles Leute sein, die freitags früher Feierabend machen können. Oder Rentner. Oder halt Arbeitslose. Ich drängle mich an den Einkaufswagen und Hunderten von Menschen vorbei und schaffe es zu meinen Chips. »Mehr kaufste jetzt nicht, Conny! Schnell raus hier!«, flüstere ich mir selbst zu. Ich flitze zu den Kassen, um den Laden so schnell wie möglich zu verlassen. Auf dem Weg schnappe ich mir aus dem Getränkekühlschrank noch so eine

Dose pinken Eistee, den mir Dilara kürzlich empfohlen hat. Absoluter Impulskauf. Keine Ahnung, ob der schmeckt. Da habe ich mich wohl schon wieder influencen lassen.

Vier Kassen sind offen und alle voll.

Ein älterer Herr hinter mir ruft durch den halben Laden: »Können Se ma noch ne neue Kasse uffmachen?«

»Die Selbstbedienungskassen können auch genutzt werden!«, schallt es zurück.

Gesagt, getan. Stelle mich an die leere Kasse, bei der man wie bei Ikea alles selbst machen muss. Scanne meine Tüte Chips ein und fühle mich vom Aufsichtspersonal beobachtet. An diesen Selbstbedienungskassen werde ich immer kurz nervös. Wie bei so einem Einstellungstest als zukünftige Kassiererin fühlt sich das an. Ich schiebe meine EC-Karte in das Lesegerät und zahle 1,99 Euro. Der Kassenbon kommt aus dem Drucker. Damit kann man dann die Schranke öffnen, um den Kassenbereich wieder zu verlassen. Geschafft, Conny! Ab in den Feierabend!

Will gerade den Bon auf das Lesegerät halten, da packt es mich am linken Arm. »Na, Frollein? Wo wollen wa denn hin?«

Die Aufpass-Kassiererin guckt mich durch ihre rot gerahmte Brille an und hebt die Augenbrauen.

»Na, raus? Wohin denn sonst?«

Sie lässt meinen Arm nicht los. Was soll denn das jetzt?

»Na, Sie bleiben jetze ma kurz stehen!«, ruft sie.

»Wat? Wieso denn ditte? Ick hab's eilig. Und außerdem können Se ma meenen Arm loslassen. Gloob, ick spinne!«

Sie zieht mich zu der Kasse nebenan, und ruft zu ihrer Kollegin: »Süße, kannste ma die 334 ausrufen!«

»Hallo? Wollen Se mir ma sagen, wat los is? Is dit versteckte Kamera hier, oder wat? Wo muss ick winken?«

»Sie können gleich ma bei die Polizei winken!«

»Wat?«

»Na, nich wat! Meinen Se, ick hab nich jesehen, wie Sie den Eistee einjepackt haben in Ihre Jackentasche? Steh doch nicht umsonst hier den janzen Tach!«

Ach du Scheiße! Der Eistee! Die Dose muss ich in meiner Hektik tatsächlich in meine Jackentasche getan haben – und dann vergessen haben zu scannen. Und jetzt Gefängnis oder wie? »Ach Mensch, den hab ick janz verjessen!« Mit großen Augen gucke ich sie an.

»Na, dit sajen se alle!«

Ich bin sprachlos. Conny ist sprachlos. Wird mir hier gerade echt ein Ladendiebstahl angehängt? Mir? Conny? Conny, der amtlichsten Beamtin überhaupt? Ich schüttle mich kurz und besinne mich. Vor Schreck ist mir die Schlagfertigkeit flöten gegangen. Aber ich sammle mich.

»Wollen Se mir gerade unterstellen, dass ick wat klauen wollte? Gloob, et hackt bei Ihnen! Ick hab den in meine Jackentasche verjessen! Oder meinen Se, ick zahl ne Tüte Chips und klau denn dit Jetränk?«

Inzwischen hat auch der gesamte Kassenbereich mitbekommen, worum es hier geht. An Peinlichkeit kaum zu übertreffen. Und das im Kaufland! In MEINEM Kaufland!

Ich will diese Karte nicht ziehen, aber die blöde Kuh verdient es nicht anders! Ich muss es tun.

»Wissen Se überhaupt, wer hier vor Ihnen steht? Also, entschuldijen Se mal, ick bin Beamtin!« Ich zücke meinen Dienstausweis aus dem Portemonnaie. Meine Hände zittern dabei. Ich halte ihr den Ausweis mit meinem ziemlich ungünstig geschossenen Foto so dicht vor die Nase, dass sie einen Schritt zurückgehen muss, um ihn überhaupt zu sehen.

Sie nimmt ihn mir aus der Hand und schiebt sich die rote Brille auf der Nase hoch.

»Kurzsichtig also ooch noch! Dit erklärt so einiget!«

Ich bin wieder da. Alles gut. Alle können sich beruhigen. Gehen Sie weiter, hier gibt es nichts zu sehen. Ich konnte die Kampf-Conny wieder aktivieren.

»Ach, Sie sind Polizistin. Nee, dit kann ick ja nich wissen. Dit tut mir leid jetze.« Sie versucht, krampfhaft zu lächeln.

Na gut, das mit der Polizei stimmt nicht ganz, aber ist auch egal.

Sie geht nun selbst an das Mikrofon ihrer Kassiererkollegin, beugt sich über deren Schulter, drückt den Ansageknopf. »334 hat sich erledigt!«

Na, kiek an.

»So und den ollen Eistee können Se selbst trinken! Dit wird n Nachspiel haben!« Dabei gucke ich vorwurfsvoll auf ihr Namensschild. Schimanski. Den Namen merk ich mir!

Ist natürlich nur Show, bin ja froh, dass ich so glimpflich davongekommen bin. Drücke ihr die Dose in die Hand, scanne meinen Kassenzettel, die Schranke öffnet sich und ich laufe los.

»Hat sich schon erledigt, Haki, warn Fehlalarm!«, höre ich beim Weggehen.

Nicht umdrehen, Conny, nicht umdrehen.

Ich laufe weiter, bis ich aus dem Sichtfeld der Kasse bin, und gucke noch mal hektisch zurück. Ach du meine Jüte! Die 334 ist Hakan! Mein Hakan! Hakan ist Hausdetektiv in meinem Kaufland und hätte mich fast beim Ladendiebstahl erwischt.

Schöne Scheiße.

Hoch die Hände, Wochenende!

Anormal

Wie sicherlich jedem von uns ist das Wochenende auch mir heilig. Diese zwei Tage, an denen man versucht, alles außerhalb des Jobs zu regeln, und dabei vergisst, sich auszuruhen. So unterschiedlich wir alle im Büro sind, so verschieden laufen auch unsere Wochenenden ab. Während meine Prio darin liegt, samstags erst mal auszuschlafen, folgt Doris ihrem straffen Zeitplan. Nach über vierzig Jahren Ehe haben sie und ihr Mann Günther sich nämlich für eine neue Form der Beziehung entschieden. Und die braucht Organisation und Struktur.

Doris lebt in der ehemals gemeinsamen Wohnung und ihr »Mausebär« in der Gartenlaube. Kann ich schon irgendwie verstehen. Wünsche mir als Dauersingle zwar auch einen Kerl, aber den dann 24/7 um mich herum haben? Da wird mir gleich ganz anders. Man gewöhnt sich über die Jahre halt auch irgendwie daran, allein in den eigenen vier Wänden zu sein. Geht man sich in einer Ehe oder Partnerschaft nicht irgendwann nur noch auf den Sack? Laut Doris schon. Die liebt ihren Mausebär zwar abgöttisch, ist aber auch echt froh darüber, ihn nur an den Wochenenden zu sehen. »Dit hält die Ehe frisch, Mausi!«, sagt sie immer. Ach komm, eigentlich hat sie den alten Sack in den Garten abgeschoben und tut nur so, als würden das beide toll finden. Frage mich eh, wie der olle Günther im Winter in dieser Gartenlaube überlebt. Die Sache stinkt schon irgendwie.

Jeden Samstag steht Doris in aller Herrgottsfrühe auf, knallt sich zwei Tassen Kaffee und drei Zigaretten rein und steht als Erste vorm Supermarkt. Dort macht sie in Ruhe ihren ganzen Wochenendeinkauf und fährt zu ihrem Günther in den Garten. Kennengelernt habe ich ihn noch nie. Wir alle kennen Günther nur aus Erzählungen und von Handyfotos, die einen verwackelten älteren Mann mit Schnauzer und Halbglatze zeigen. Meist oberkörperfrei im Garten.

Gisela hat mal das Gerücht in die Welt gesetzt, Günther existiere gar nicht. Die beiden hätten sich entweder schon vor Ewigkeiten getrennt oder der lebe gar nicht mehr. »Ick gloob ja nich, dass der da dit janze Jahr alleene lebt! Und wenn, dann hatta ne Jeliebte oder wat!«, meinte sie mal im Vertrauen zu mir.

Böse Gisela. Geht auch wieder nur von ihren eigenen schlechten Erfahrungen aus und projiziert die auf andere. Na ja, aber komisch ist das trotzdem alles irgendwie. Doris und Günther sind für mich aber trotzdem das Paradebeispiel einer toll laufenden Ehe und der großen Liebe. Doris' Augen strahlen, wenn sie von ihrem Mausebär und ihren Wochenenden in der Gartenlaube erzählt.

»Datsche heißt ditte!«, korrigiert Gisela sie jedes Mal.

Datsche oder Laube? Kaufhalle oder Supermarkt? Broiler oder Hähnchen? Das sind so die Themen zwischen Wessi-Doris und Ossi-Gisela. Nicht nur ihr geopolitischer Background unterscheidet die beiden. Sie sind auch sonst wie Tag und Nacht. Die eine liebt die Ehe, die andere glaubt schon lange nicht mehr dran. Für Doris ist nichts wirklich schlimm, für Gisela gefühlt alles. Der einzige Mann, der in Giselas Leben noch eine Rolle spielt, ist ihr einunddreißigjähriger Sohn Marvin.

Marvin ist so richtig typisch Berlin: Bier, Berghain und Boys. Fast jeden Montag erzählt Gisela, wie sie am Wochenende morgens bei Sohnemann auf der Matte steht, um die Wäsche zu machen. Und fast jedes Wochenende hat er anderen männlichen Besuch, der dann mit am Frühstückstisch sitzt. Richtig unangenehm, Giselas Wochenendaktionen! Das mit der Wäsche ist ja ganz schön für ihn, aber irgendwie tut mir Marvin auch leid. Offensichtlich möchte er Gisela nicht vor den Kopf stoßen und nimmt die Haushaltshilfe stillschweigend an. Nach einer durchzechten Partynacht verkatert mit dem One-Night-Stand und Mutti frühstücken! Albtraum!

Und nachdem sie ihren Sohn bemuttert hat, kümmert sich Gisela um ihre Fitness. Das ist voll die Hünin mit ihren eins achtzig! Schwimmen ist ihre Leidenschaft. Hab mal ein Foto von ihrer Wohnung gesehen, wo eine Wand komplett mit Goldmedaillen und Pokalen voll hing.

Während Gisi ihre Bahnen im Hallenbad schwimmt und sich über zu langsam kraulende Männer aufregt, lässt unsere Öko-Petra ihr Wochenende ruhig angehen. Petra *ist* die Ruhe. Zumindest hat sie irgendwann gelernt, so zu tun. Die wacht morgens auf und bedankt sich erst mal bei der Sonne fürs Licht. Dann bei den Bäumen für den Sauerstoff. Und dann wird meditiert. Kann ich absolut nichts mit anfangen. Hat doch eh die ganze Nacht dagelegen und gepennt! Was soll daran so anstrengend gewesen sein, dass sie gleich nach dem Aufwachen noch mal in sich gehen muss?

Manchmal glaub ich ja, dass Petra irgendwie irre ist. Aber sie scheint zufrieden zu sein in ihrer Welt. Am Ende schadet sie niemandem damit. Petra würde keiner Fliege was zuleide tun. Toleriert alles und jeden und findet jede noch so skurril wirkende Lebensweise in Ordnung. Du lebst mit drei Wölfen im Wald und ernährst dich von Regenwürmern? »Jeil!« wäre Petras Reaktion. Ihre Augen, die ziemlich weit auseinanderstehen, schauen voller Liebe auf diesen Planeten und alles, was ihn bewohnt.

Nach ihrer morgendlichen Meditation geht Petra samstags auf ihren Kreuzberger Bio-Wochenmarkt. Halte diesen ganzen Bio-Kram ja für den größten Beschiss, aber jut. Petra kauft nur Bio, Fairtrade, vegan und unverpackt. Während ich meine Wohnung mit Meister Proper wische, reinigt Petra ihre Bude spirituell und befreit sie von negativen Energien und bösen Geistern. Eigentlich ist es absurd, dass dieser Freigeist aufm Amt arbeitet. Sie passt so gar nicht ins Klischee. Irgendwie ist sie in meinen Augen eher ne Sozialarbeiterin, die die Welt retten und heilen will. Und gerade deswegen ist sie wahrscheinlich genau richtig bei uns im Team. Aufm Amt haste ne Menge zu heilen!

Die anstrengendsten Wochenenden hat meiner Meinung nach Ronja. Sie tut immer so, als würde sie sich auf die freien Tage freuen. In Wirklichkeit sind die aber härter als Ronjas Arbeitstage. Mit dem ständigen Druck nach Perfektion und Erfolg dreht die Frau bald komplett am Rad. Meine Meinung. In den sozialen Medien zeigt sie allen, wie toll ihr Leben ist. Sie versucht auf Teufel komm raus, schlank zu bleiben. Sich gesund zu ernähren. Und bei all dem den Spaß ihres Lebens zu haben. Die angesagtesten Restaurants und Bars zu besuchen. Einen anständigen Mann zu finden. Schwanger zu werden und ein Baby zu bekommen. Dann ein Haus zu kaufen. Aber auch weiterhin Karriere zu machen. Sich weiterzubilden. Es hört nie auf bei der.

Ronja bräuchte Wochenenden mit zweimal achtundvierzig Stunden, um ihre To-do-Listen abzuarbeiten, die sie sich selbst aufgebürdet hat. Oder die Gesellschaft? Keine Ahnung. Auf keinen Fall möchte ich in Ronjas Haut stecken. Die ist montags heilfroh, wenn sie wieder im Büro ist und nur einer Aufgabe nachgehen kann. Ganz ohne Smoothie-Wahn, Antifaltencreme und dem Druck, eine perfekte Mittdreißigerin zu sein. Im Büro ist sie halt auch abgelenkt. Abgelenkt von der Tatsache, dass sie als Einzige in ihrem Freundeskreis noch kein Kind hat. Dass sie immer noch an ihrem giftigen Ex hängt, der ihr nicht guttut. Und dass sie sonntagabends vorm Fernseher ne Tüte Chips und ne Tafel Schokolade vernascht, aber auf Instagram eine *super healthy Bowl* postet. Ich will die manchmal so richtig durchschütteln, damit sie zur Besinnung kommt. Die hatte schon zwei Burnouts in der Firma vorher, und ich sehe die hier bei uns auch bald abklappen, wenn sie so weitermacht.

Dilara kann man um ihre Wochenenden auch nicht wirklich beneiden! Als Tochter traditioneller türkischer Eltern wohnt sie bis zur Ehe noch mit denen zusammen. Muss man sich mal reinziehen. Das Ausfahrticket in die Freiheit ist das Einlassticket in die Ehe. Von einem Käfig in den anderen. Na, halleluja! Trotzdem kein Wunder, dass die türkischen Mädels alle immer so früh heiraten wollen. Unehelich mit dem Freund zusammenleben – ein absolutes No-Go für ihre Eltern.

Die Wochenenden von Dilara sind meistens genauso fremdbestimmt wie der Rest ihres Lebens. Gül verdonnert ihre Tochter permanent dazu, sie im Haushalt zu unterstützen und ihre Gäste zu bewirten. Samstags wird gefrühstückt, geputzt, einkaufen gegangen. Fast jeden Samstagabend kommen dann irgendwelche Verwandte oder Freunde zu Besuch, die Gül eingeladen hat und die Dilara zusammen mit ihren

Geschwistern bedienen muss. Sonntags erholt sie sich vom Samstag und trifft ein paar Freunde oder geht was essen. Wie die sich mit ihren sechsundzwanzig Jahren in ihrem Kinderzimmer entfalten soll, bleibt mir ein Rätsel. Wenn man Dilara montags fragt, wie ihr Wochenende so war, kommt meistens »wie immer, ganz normal« als Antwort.

Da lob ich mir doch unser Amt. Hier ist jar nüscht und niemand normal. Was soll das auch sein, dieses *Normal*? Ist doch gerade das Geile, dass wir alle so unnormal sind. Wir haben uns wenigstens was zu erzählen im Büro. Ick liebe dit! Anormal ist geil.

Beförderung, bitte!

Wenn ich aufs Klo will, muss ich bei uns auf die zweite Etage. Da sind die nächsten Toiletten. Natürlich nur für das Personal und nur mit Schlüssel zu öffnen. Bürgerklos sind woanders, und das ist auch gut so. Sich die Schüssel mit Publikum (so heißen die, die in der Sprechstunde etwas von uns wollen) zu teilen, wäre ein Desaster. Aufs Klo gehen heißt aufm Amt nämlich nicht nur aufs Klo gehen. Das heißt auch kurz durchatmen. Kleine Pause. Sich zurückziehen und sammeln. Die einzige und beste Ausrede, um sich mal eben aus der Affäre zu ziehen: »Bin ma kurz uff Klo!«

Würde zuhause niemals so oft auf Toilette gehen wie auf Arbeit. Aber wenn du den ganzen Tag nur sitzt und auf den Bildschirm glotzt, musst du dir halt auch mal die Beine vertreten. Meistens macht man auf dem Rückweg noch einen kleinen Schlenker und stattet Kollegen, mit denen man gern mal schnackt, einen kurzen Besuch ab. Auf diesen Umwegen besteht natürlich immer die Gefahr, Vorgesetzte oder Amtsleiter zu treffen. Damit es aber nicht so aussieht, als würde man heiter in der Arbeitszeit spazieren gehen, gibt es eine Geheimwaffe, die jeder Amtsmensch kennt. Also, falls ihr auf nem Amt arbeitet oder da arbeiten wollt und die Geheimwaffe nicht kennt, heißt es jetzt: Merken und mitschreiben! Das Schutzschild eines jeden Behördenmenschen. Die Universalausrede für jeden Spaziergang. Das Nonplusultra von »Ich bin dienstlich unterwegs und habe es eilig!«. Meine Damen und Herren – Trommelwirbel –, bitte begrüßen Sie mit mir unseren besten Freund und Helfer: die Umlaufmappe!

Normalerweise ist sie dazu gedacht, Dokumente von einem Bereich in den anderen zu schicken. Ohne diese Mappe verlässt hier niemand das Büro. Was ich in dieser Mappe schon alles mit mir herumgeschleppt habe – unfassbar! Mal liegt ne Tafel Schokolade für ne Kollegin drin. Mal mein Handy, das ich mit aufs Klo nehme, um »Candy Crush« auf dem Pott zu zocken. Jeder auf diesem Amt weiß, dass Doris raucht. Die Frau ist ne wandelnde Kippe! Trotzdem packt sie ihr Zigarettenetui inklusive Feuerzeug regelmäßig in eine Umlaufmappe. Die wird dann unter den linken Arm geklemmt und los geht's. Damit läuft die in die Raucherecke, packt die Zigaretten aus und die Akte wieder unter den Arm. Man weiß ja nie!

Die Hauptsache ist, ganz egal, was man auf dem Amt tut: Beschäftigt aussehen! Immer ist Stress! Ich habe es eilig! Diese Dokumente in der Umlaufmappe sind so wichtig, dass ich sie persönlich zur Kollegin bringen muss, Chef! Deswegen stehe ich gerade mit dieser Mappe unter dem Arm aufm Gang! Ich nehme sie sogar mit aufs Klo, stellen Sie sich vor! Damit ja nix verloren geht!

Diese grüne Mappe. Ich liebe sie. Ich brauche sie. Sie ist essenziell. Wie oft ich schon auf der Schüssel saß und die mir dabei zugeguckt hat. Was die überhaupt schon alles gesehen haben muss. Welche Gespräche diese Mappe mitbekommen hat. Bücher schreiben könnte die.

Auf jeden Fall muss ick uff Klo! Mit meiner Umlaufmappe unter den Arm geklemmt, laufe ich über den Gang und will die Treppe in die zweite Etage hoch.

»Entschuldigen Sie!«, höre ich hinter mir.

Verdammte Axt. Mein Toilettenritual darf nicht unterbrochen werden. Wenn ich mein Büro verlasse, kommt die Mappe untern Arm – und die Scheuklappen werden aufgesetzt. Nicht nach oben gucken, nicht nach links und rechts. In jeder Ecke könnte ein Bürger warten, der sich verirrt oder ne Frage hat. Das braucht man nicht, wenn man gerade in die wohlverdiente inoffizielle Zusatzpause auf dem Klo geht. Was? Hab ich nicht gehört. Muss total in Gedanken gewesen sein, sorry!

»Entschuldigung! Junge Frau!« Jetzt etwas energischer und lauter.

Ich bleibe stehen. Seufze so laut, dass man es hören kann, und drehe mich um. »Ja, bitte?«, antworte ich, und man merkt mir an, dass ich genervt bin. Tut mir ja auch leid irgendwie, aber ich habe die Akte ja nicht umsonst unter meinem Arm. Bin auf einem Geschäftsgang und habe es eilig. Sieht man doch!

Vor mir steht eine junge Frau, schätze, Mitte, Ende dreißig. Südländisch. Vor ihr im Kinderwagen ein kleines Baby, das mich anstrahlt. Süß. Aber ich muss weiter.

»Bitte helfen. Entschuldigung. Vielmals!«

Sie faltet den altpapiergrauen Brief auf und zeigt auf den Briefkopf. Sehe natürlich sofort, dass das ein Behördenbrief ist. Du erkennst die Dinger schon aus Kilometern Entfernung am hässlichen Papier. Umweltschonend und so. Hässlich.

»Büro nicht finden. Elterngeld«, sagt sie. »Entschuldigung, ja. Bitte Entschuldigung. Ich Sie stören. Entschuldigung«, fügt sie hinzu.

Ich werde butterweich. Wieso entschuldigt sich diese arme Frau so oft bei mir? Ja, na gut. Habe geseufzt und ziemlich genervt geguckt. Aber sehe ich wirklich so böse aus, dass sie sich so oft entschuldigen muss? Mein schlechtes Gewissen springt an. Sie spricht nur gebrochen Deutsch und beugt sich beim Entschuldigen immer leicht vor. Sie ordnet sich unter. Mit ihrer Körpersprache versucht sie, mir zu signalisieren, dass sie etwas braucht. Abhängig ist. Von diesem Land. Von diesem Amt. Von mir.

Bekomme Gänsehaut und will ihr sagen, dass sie aufhören soll, sich so vorzubeugen. Und dann will ich sie eigentlich kurz in den Arm nehmen und ihr sagen, dass sie sich nicht zu entschuldigen braucht. Wo sind wir denn hier, samma? Ist doch ihr gutes Recht nachzufragen. Schäme mich für meinen Seufzer von vorhin. Bin ja auch für sie hier. Für sie und alle anderen Menschen dieser Stadt, die halt was brauchen und deswegen herkommen.

»Zeigen Se mal her! Allet jut! Bin ja da!«

Ich nehme den Brief aus ihrer Hand. »Jugendamt« steht im Briefkopf.

»Sie müssen eene Etage höher! Da is dit Jugendamt. Hier sind Se falsch!«

Ich merke, dass ich lauter spreche. Eigentlich brülle ich sie gerade an. Aber irgendwie passiert das automatisch, wenn ich das Gefühl habe, dass jemand meiner Sprache nicht mächtig ist. Ich versuche dann immer, langsamer zu sprechen, werde aber auch immer lauter. Bis ich brülle. Meine das gar nicht böse. Meine das gut.

Sie guckt mich fragend an. Ihre riesengroßen dunklen Augen werden glasig. Sie ist sichtlich überfordert. Überfordert mit der Situation, dem Brief, der Sprache und sicher auch dem Baby, das inzwischen schreit wie am Spieß. Wollte doch nur mal kurz aufs Klo! Mann, ey! Bloß nicht losheulen jetzt! Ich heule sofort mit. So was halte ich nicht aus.

Sie hat mich nicht verstanden.

Ich zeige mit dem Zeigefinger nach oben und wiederhole noch lauter: »Eene Etage höher müssen Se! Hier sind Se falsch!«

Solltest vielleicht mal den Dialekt weglassen, wenn dein Gegenüber dich nicht versteht, Conny. Mann, ey. Weiß doch auch nicht, welche Sprache die nun spricht. Auf Englisch kann ich mich gerade so bedanken und einen schönen Tag wünschen. Das war's dann aber auch.

»Elterngeld!«, sagt sie und die erste Träne kullert ihr über die Wange. Pure Verzweiflung. Nicht heulen, Mausi!

»Is doch allet jut! Ick helfe Ihnen! Nicht schlimm! Nicht weinen!«

Was mache ich denn jetzt? Das Baby schreit sich die Seele ausm Leib. Vielleicht erst mal das beruhigen? Kann ja nicht gut mit Kindern. Bin auch verzweifelt. So was von absurd, diese Situation. Eigentlich sucht eine Frau mit Baby nur einen bestimmten Raum. Nix Wildes. Und jetzt stehe ich vor einer weinenden Mutter und heule selbst fast los. Bin überfordert. Beuge mich runter zum Baby, nehme mein Handy aus der ollen Umlaufmappe und halte sie ihm vor die Nase.

Ruhe! Geschafft! Die heilige Umlaufmappe hat es abgelenkt. Ist ja auch spannend, das Teil! Die Ecke der grünen Mappe wandert direkt in den kleinen Mund und wird erst mal angeknabbert. Egal! Habe Hunderte davon. Kannste haben, du süßes Ding! So, jetzt ist Schluss mit Beamtin. Bin jetzt Conny. Bin jetzt Mensch.

»Kommen Se mal her! Se müssen doch nich weinen, meene Jüte!«

Ich nehme die schluchzende Frau fest in den Arm. Wenn jetzt ein Chef vorbeikommt, ey. Die vollgesabberte Umlaufmappe im Babymund. Die weinende Mutter in meinen Armen.

Voller Körpereinsatz hier! Das schreit doch nach ner Beförderung!

»Se kommen jetze ma mit mir mit!«

Ich befreie die aufgelöste Bürgerin aus meiner Umarmung und mache ein Handzeichen, dass wir jetzt gehen. Schiebe den Kinderwagen mit der rechten Hand und hake mich mit der linken bei ihr ein. Alles wird gut! Conny ist jetzt da!

Ich öffne die Tür zum Büro, schiebe den Kinderwagen vorsichtig rein. Doris sitzt an ihrem Rechner und guckt mich verdutzt an. »Na, samma, Mausi, so lange warste doch janich weg! Wann hastn dit bekommen?« Doris lacht aus den Tiefen ihrer Raucherlunge.

»Reinkommen, reinkommen!«, sage ich der Frau und winke mit der Hand.

Ihre knallroten, verheulten Augen schauen nun verschämt Doris an.

»Ach Mensch, wat isn hier los, Mausis?« Doris steht besorgt von ihrem Platz auf. »Hat die jeheult? Wer isn ditte, Conny?«, fragt sie und streichelt der Frau dabei über den Rücken. Amts-Mutti halt. »Bei uns sind Se sicher! Jenau der Richtigen übern Weg jelaufen. Wir sind n nettes Büro. Armet Ding!«

Die Frau heult schon wieder los. Da muss mehr dahinterstecken als ein Raum, den sie in einer Behörde nicht finden kann. Mehr Verzweiflung. Mehr Leidensgeschichte. Vielleicht mehr Unverständnis. Mehr negative Erfahrungen mit Ämtern. Schlechte Behandlung vielleicht. Und ganz viel Überforderung.

»Ach Mensch, Sie müssen doch nich heulen, Kleene! Is doch allet bestimmt nich so schlimm, Mausi! Ick mach uns nen Kaffe!« Kussi hinterher. Doris weiß überhaupt nicht, worum es hier geht. Oder wer die Frau ist. Wieso ich eigentlich auf Toilette wollte und mit einem Kinderwagen und einer weinenden Mutti zurückkomme. Ist doch auch egal!

Doris kramt drei Kaffeetassen aus dem Schrank unter ihrem Schreibtisch, geht damit an die Maschine und gießt ein. »Erst ma nen jepflegten Kaffe! Dann sieht die Welt ooch jleich janz anders aus!«, sagt sie lächelnd.

Ich bezweifle, dass die Frau uns versteht, aber auch das ist egal. Kaffee und über den Rücken streicheln kapiert jeder. Das ist international.

Während Doris sich mit der Frau an unseren Besprechungstisch setzt und ihr die Tasse rüberschiebt, guckt sie zum Baby im Wagen, das immer noch völlig fasziniert die Umlaufmappe inspiziert und daran knabbert. »Na, du wirst ooch ma n kleener Beamter, wa? Süßer Wurm! Kiek ma, Conny, der hat die halbe Umlaufmappe volljesabbert! Zum Piepen is ditte!« Doris lacht wieder los.

Ich sitze an meinem Schreibtisch und suche im Telefonverzeichnis nach dem Kollegen vom Briefkopf. Falsches Dienstgebäude!

»Ach du Scheiße, Doris! Die is im falschen Jebäude! Die muss doch inne Außenstelle uffs Jugendamt. Dit is doch janich hier!«, sage ich.

Postanschrift und Gebäudeanschrift verwechselt. Wie erkläre ich das denn der Frau? Das kapiert die niemals. Kann die doch nicht so verheult hier wegschicken.

»Zeig ma her, wo isn ditte?«, sagt Doris, während sie sich über meine Schulter beugt und versucht, die Adresse auf dem PC-Bildschirm zu lesen.

»Ick fahr da dran vorbei uffn Heimweg. Ick kann die mitnehmen. Und den süßen Kleenen ooch!«, schlage ich vor.

Wollte heute eh nichts Neues mehr anfangen. Dann kann ich die auch gleich da vorbeibringen. Ist das denn jetzt Arbeitszeit? Klar ist es das, Conny! Wir sollen doch dienstleistungsorientierter werden, oder nicht? Feierabend ist erst dann, wenn ich die Frau da hingebracht habe, wo sie hinmuss!

Nachdem wir ihr mit Händen und Füßen erklärt haben, dass ich sie jetzt mitnehme, packe ich meine Sachen zusammen.

Inzwischen stehen auch Dilara, Petra, Gisela und Ronja in meinem Büro und haben sich um den Kinderwagen versammelt. Das ist die Aktion der Woche hier! Darüber können wir n paar Tage sprechen. Soll mal einer behaupten, Beamte sind unfreundlich und zeigen keinen Einsatz!

Ich nehme meine Tasche, den Kinderwagen und meine neue Freundin, die mich nicht versteht, und gehe los. Ich helfe dir jetzt, denn das ist mein Job, Mausi! Müssen uns nicht verstehen – Amtssprache ist Mensch!

Oscarreif

Ich stehe vor dem Aktenschrank, in dem die Akten hängen, für die ich zuständig bin. Alphabetisch geordnet nach Nachnamen. Jede von uns bearbeitet eine bestimmte Buchstabenreihe. So betreue ich alle Bürger mit den Anfangsbuchstaben A bis D. Zum großen Glück aller arabischstämmigen Besucher dieser Behörde. Alles mit »Al«-irgendwas landet nämlich bei mir. Und bekanntlich bin ich ja die Multikulti-Queen hier.

Es klopft an der Tür. Ich stoße mir den Kopf an einer der Zippelschienen im Hängeschrank, als ich hochgucken will. Richtig gelesen – Zippelschienen. Das sind die Schienen in jedem Aktenschrank, an die man die Akten hängt. Zippelschienen, weil die Zippel AG die herstellt. Und wie wir alle wissen, sind Behördenmitarbeiter kaum an Kreativität zu übertreffen und haben sich irgendwann überlegt: Wir nennen diese blöde Schiene einfach so wie die Firma, die sie herstellt. Finde ja, »Zippelschiene« hört sich an wie ne Beleidigung. »Jib jetzt her, die olle Akte, du blöde Zippelschiene!« Ist doch eine 1A-Beleidigung, oder?

»Autsch! Diese ollen Teile reißen mir irgendwann noch die Birne uff!«

Mit »Jaaa?« reagiert Doris auf das Klopfen, nicht aber auf meinen Kampf mit der Zippelschiene. Völlig ungerührt flüchtet sie ins Nebenbüro, natürlich mit ihrer Umlaufmappe unterm Arm. Klar, könnte ja ein Bürger sein.

Die Tür öffnet sich in Slow Motion. Mann, ey, wer ist

das denn jetzt? Ich halte mir immer noch den Kopf, weil es echt verdammt wehgetan hat. Ist eigentlich ein Arbeitsunfall. Lebensgefahr im Amt! Beamtin verletzt sich tödlich an Zippelschiene!

Mir fällt die Kinnlade runter.

»Walli! Wat machstn hier?«

Oma Waltraud grinst mich hechelnd an. Mir der einen Hand hält sie die Tür auf, und mit der anderen stützt sie sich auf ihren Rollator. Der ist mal wieder voll beladen. Habe der schon so oft gesagt, dass das kein Einkaufswagen, sondern eine Gehhilfe ist. Aber auf mich hört ja eh keiner. Schon gar nicht Oma Waltraud.

»Tach, Conny. Tach, Kollegin!«, sagt sie völlig außer Atem und guckt dabei in Doris' Richtung, die gar nicht da ist.

»Ick wollt ma kurz Hallo sagen. War grad inna Nähe!«

Vor meiner eigenen Wohnungstür bin ich nicht sicher, und jetzt auch noch das. Oma Walli entpuppt sich immer mehr als Stalkerin. Reicht doch, dass sie mich immerzu durch den Spion beobachtet. Aber auf der Arbeit? Irgendwo is och ma jut!

»Mensch, Oma, kannst doch nich einfach so uffm Amt aufkreuzen, samma!«

»Wat, wieso? Wusste nich, dass dit hier deen Jebäude is! Dit is öffentlich, ick komm her, wann ick dit will!«

Da haste deine Antwort, Conny. Stimmt ja auch, was Walli sagt. Ich vergesse manchmal, dass ich nicht bei einer privaten Firma arbeite, sondern in einer öffentlichen Einrichtung. Leg dich nicht mit Oma Walli an, ey!

Sie schiebt sich mit ihrem Rollator ins Büro und lässt sich auf einen der Stühle am Besprechungstisch plumpsen. Ganz selbstverständlich. So, als würde sie das immer tun. Als würde sie hier arbeiten. Ihr Einkaufsnetz am Rollator ist rappelvoll. Orangen, ne Packung Milch, drei Dosen Hühnerfrikassee und ganz viel anderer Krimskrams.

»Wo isn die kleene Doris, die Süße?« Walli deutet auf den leeren Bürostuhl.

»Die is roochen, Walli. So wie immer.« Ich setze mich zu ihr. »Willste wat trinken? Is noch Kaffe da.«

»Nee, lass ma jut sein. Muss immer so oft uffs Klo, wenn ick Kaffe trinke. Dann schaff ick's nich nach Hause. Ick war bei mein Orthopäden, weeßte. Der is doch hier inne Nähe! Dit is zwar n Stück, aber jut is der. Der soll wat mit die eene Arzthelferin jehabt haben! Hat mir die andere Schwester vorne am Empfang erzählt!«

»Neeee, sach bloß! Dit is ja spannend, Walli!«, lüge ich.

Was wird das hier? Wie lange will die denn hier so sitzen? Ist der bewusst, dass das mein Arbeitsplatz ist? Kann sie ja nicht verjagen, aber hierbehalten will ich sie auch nicht.

Ronja, die anscheinend vor Neugier platzt, kommt in mein Büro gelaufen und tut ganz überrascht. »Ach, hallo! Guten Tag!« Sie strahlt beim Vorbeigehen ins Büro nebenan.

»Is ditte deine nervige Chefin mit die Piepsstimme?«, fragt mich Walli. So laut, dass Ronja es gehört haben muss.

»Walli, samma! Reiß dich ma zusammen!« Ich kann mir jetzt nicht noch ne Erklärung für Wallis Sprüche bei Ronja einfallen lassen. Muss arbeiten, Leute!

»Ick hab dir wat Kleenet mitjebracht. Als Dank für deine Hilfe mit dem ollen Amt!« Walli kramt eine Packung Merci aus ihrem Rollator-Einkaufsnetz. Auf der Schachtel ein Umschlag mit Sonnenblumen-Stickern. Die sammelt sie immer aus der *Bild der Frau* und klebt sie überall drauf.

Ich schäme mich sofort für meine Genervtheit. »Ach

Mensch, Walli! Dit brauchste doch nich! Wat is denn dit fürn Umschlag? Haste noch ne Karte jeschrieben?« Ich reiße den (sicher mit Spucke zugeklebten) Umschlag vorsichtig oben auf.

»Na, hoffentlich keen Jeld!«, ruft Gisela, die mit dem Kopf in der Tür hängt und zu uns rüberschaut.

Dieser alte Wachhund! Wie kann man denn so neugierig sein.

Ich hole Oma Wallis Karte raus, auf der ein großes, glitzerndes »Danke« steht. Meine Finger sind sofort voller Glitzerzeugs. Ich öffne die Karte und siehe da: Ein Fünfzigeuroschein fällt mir entgegen und schwebt in Zeitlupe zu Boden.

»Ach Gott! Wat isn ditte, Wallichen?«

Ich gucke Oma Walli erschrocken an und dann rüber zu Gisela, die schon in den Startlöchern steht. »Lässte dich neuerdings von alten Damen bestechen, oder wat, Conny? Weeßt schon, dass du dit nich darfst als Beamtin!«

Gisela, die Amtspolizei. Regt sich als altes DDR-Kind immer über die Stasi auf, verhält sich aber in vielen Fällen genau so.

»Wer isn ditte, Conny? Is dit der olle Griesgram, von dem du immer erzählst? Ick bin die Nachbarin, nüscht da mit Bestechung, junge Frau!«

Ja! Gib's ihr, Walli! Nicht mal Gisela hat ne Chance bei so viel Schlagfertigkeit.

»Beamte dürfen keene Jeschenke annehmen. So steht's im Jesetz. Dit hab ick mir nich ausjedacht. Und wenn, dann nur bis zu fünf Euro!«, antwortet Gisela.

Klugscheißerin!

Ronja, die selbstverständlich alles aus dem Nebenbüro mitgehört hat und deswegen schon seit zehn Minuten so tut, als würde sie dort etwas suchen, kommt dazu. »Oh Conny.

Da muss ich als deine Vorgesetzte aber der lieben Gisela recht geben. Geschenke sind ein absolutes Tabu für Beamt:innen! Das ist echt ein *No-Go*!«

»Also, jetzt is aber ma jut hier! Oma Waltraud is meine Nachbarin! Dit hat mit meinem Job janüscht zu tun!« Ich bin so richtig empört. Scheißen die mich hier gerade echt an, weil Oma Walli sich einfach nur bedanken will? Saftladen!

»Hab doch jehört, wie's ums Amt jing, Conny! Will dich doch ooch nur schützen! Junge Frau, die Kollegin kann dit Jeschenk leider nich annehmen!«, sagt Gisela und guckt dabei zu Oma Walli.

Die hat die Situation schnell kapiert und als Herrin der Lage ... heult sie einfach los! »Dit is meine Nachbarin, die jute Conny! Die hat doch nur wat uffs Amt jebracht für mich! Dit warn janz anderet Amt! Ick bin bald neunzig, und so wat hab ick noch nich erlebt! Dit is ja ne Art und Weise hier. Unverschämt is ditte! Mir wird janz anders, wird mir!« Die Tränen kullern ihr die faltigen Wangen runter.

»Oh mein Gott, das wussten wir natürlich nicht. Das ist echt unangenehm! Tut mir furchtbar leid!«, sagt Ronja und wird knallrot.

Gut so! Blöde Kuh! Hast ne Oma zum Weinen gebracht. Geschieht dir recht, der rote Kopp! Schämen solltest du dich!

Walli übertreibt ihre Rolle etwas und schluchzt weiter.

Gisela reicht ihr ein Taschentuch, entschuldigt sich ebenfalls und dackelt peinlich berührt zurück an ihren Schreibtisch.

»So, Walli, komm, ick begleite dich ma raus!«, sage ich und helfe ihr wieder zu ihrem Rollator. Ich öffne die Tür und streichle ihr über den Rücken, während sie mein Büro verlässt.

»Die Kohle können wa später zusammen versaufen, Kleene! Da koofen wa uns n schönet Eierlikörchen von, wa?« Sie lacht und zwinkert mir zu. »Dit sind ja n paar dumme Hühner. Haste jesehen, wie se jekiekt ham, als ick losjeflennt hab?« Sie kichert und rollt den Gang zum Aufzug runter.

Das war vielleicht ne Aktion. Oma Walli hat's mir eingebrockt und dann aber auch selbst wieder geklärt – großartig, diese Frau!

Meine Damen und Herren, *the Oscar goes to*: Oma Waltraud!

Nicht mal Wasser

Ich bin Atheistin. Glaube zwar an irgendeine höhere Macht, aber ob das jetzt unbedingt ein Gott oder so sein muss – keene Ahnung. Das Thema Religion wird in unserem Büro mindestens genauso heiß diskutiert wie alles andere. Eigentlich sind wir uns in kaum einer Sache einig. Na gut. Außer das mit dem frühen Feierabend am Freitag. Da gibt's gar nichts zu diskutieren. Daran wird nicht gerüttelt. Amtsräson.

Heute ist wieder einer dieser Tage, da merkste schon morgens, dass irgendwas passieren wird. Es liegt etwas in der Luft. Negative Schwingungen, wie Petra sagen würde.

Ronja hat gestern kurz vor Feierabend eine Rundmail an uns alle geschickt. Sie möchte sich heute mit uns zusammensetzen und sich über das Thema »interkulturelle Kompetenz« austauschen. Wie soll man bitte nach so einer Nachricht motiviert zum Dienst erscheinen? Dass mir Ronjas Drang nach Veränderung und Verbesserung mächtig zum Halse raushängt, ist ja kein Geheimnis mehr. Bei vielen ihrer wilden Ideen und Projekte habe ich inzwischen das Gefühl, sie macht das nur, weil sie denkt, sie müsste das machen. Über interkulturelle Themen und Diversity sprechen ist nämlich im Trend! Und Ronja ist ja bekannterweise unsere Trendsetterin aufm Amt. Also gibt's ein Gespräch und, wenn's ganz mies läuft, sogar eine Schulung dazu.

Es ist zehn Uhr. Gisela schlurft genervt und stöhnend mit ihrer Kaffeetasse an unseren Besprechungstisch. Jeder Schritt ein Seufzer. Sie zieht den Stuhl aggressiv zu sich heran und lässt sich fallen, als wäre sie gerade einen Marathon gelaufen. Noch ein Seufzer. Die zehn Meter aus dem Nachbarbüro in meins müssen echt anstrengend gewesen sein. Gisela ist aber nicht etwa erschöpft. Gisela protestiert. Ihre Körperhaltung, ihre Mimik und ihre Seufzer sagen: Ick hab keen Bock! Also, wat soll die janze Scheiße hier wieder?

Wir versammeln uns am Tisch, und Ronja kommt mit ihrer Kladde unterm Arm dazu.

»Ihr Lieben, toll, dass es geklappt hat! Danke, dass ihr alle gekommen seid!«, eröffnet sie die Runde.

Na, samma, Ronja. Als wäre das freiwillig. Sitzen alle nur hier, weil wir hier sitzen müssen. Du bist unsere Chefin und hast ne Mail rumgeschickt. Also sind wir hier. Wozu der Dank? Als Nächstes bedankt sie sich noch bei ihrer Mutter und ihren Fans, ohne die das alles gar nicht möglich gewesen wäre, oder wat?

»Gerne. Finde ich spannend, das Thema!«, sagt Dilara und greift sich einen von den Konferenzkeksen, die schon locker seit zwei Wochen da auf dem Tisch stehen.

»Hab mich ooch sehr über die Nachricht jefreut, Ronjachen. Dit is wichtig, dass wa dit anjehn.« Petra guckt, während sie das sagt, vorwurfsvoll zu Doris rüber, die gerade ihre Kaffeetasse zum Mund führen will.

»Wat kiekste mich so an, Mausi? Multikulti find ick super!«

Freudig wie immer, unsere Doris!

»Multikulti ist das Schlagwort, liebe Doris! Ich möchte unsere Sinne für den Umgang mit verschiedenen Kulturen schärfen. Insbesondere im Umgang mit Bürgern, aber auch innerhalb des Teams.«

Ronja richtet sich auf und setzt sich noch senkrechter hin,

als sie eh schon saß. Die hat so nen richtigen Stock im Arsch, die Frau.

»In der kommenden Woche beginnt der heilige Monat Ramadan, der für viele Muslime von großer Bedeutung ist. Ich möchte uns für diese Thematik sensibilisieren, *guys*. Immerhin arbeiten wir alle in Berlin.« Sie lächelt und schaut stolz zu Dilara, die nur große Augen macht. Ronjas Blick soll sagen: Guck mal, Dilara, was ich für eine tolle Führungskraft bin. Ich habe das Thema bewusst aufgenommen und dabei insbesondere an dich gedacht. Ich hoffe, du bist stolz auf mich! Sie schmachtet regelrecht nach Dilaras Anerkennung. Immerhin ist die auch die Einzige, die einen Vergleich zur Privatwirtschaft herstellen und beurteilen kann, ob Ronja denn nun wirklich so gut und modern führt, wie sie immer tut. Davon haben wir ja keine Ahnung. Alles, was ich sehe, ist Mehrarbeit. Nur noch mehr Aufwand, seitdem Revoluzzerin Ronja da ist.

»Wat is? Rammeldan?« Tausend Fragezeichen in Doris' Gesicht. Sie versteht mal wieder nur Bahnhof. »Dit is doch da, wo die dit Lamm schlachten, wa? Dit kenn ick!«, fügt sie stolz hinzu.

So. Da wären wir wieder. Hab doch gesagt, dass ich heute Morgen schon gespürt habe, dass das kein guter Tag wird. Es ist gerade mal zehn Uhr, und wir haben schon ein Thema, über das wir uns streiten können. Herrlich!

Petra räuspert sich laut. »Dit, wovon du sprichst, is dit Opferfest, Doris! Und es heißt ooch nich Rammeldan, sondern RA-MA-DAN! Mein Jott.« Sie ist sauer.

»Das ist der Fastenmonat Ramadan, Doris. Ich faste ab nächster Woche. Das meint Ronja.« Dilara will wieder beschwichtigen. Bloß keine Diskussion, bloß kein Streit.

»Ick hab ooch ma jefastet und nen janzen Monat uff Schokolade verzichtet. Da konnste nix mit mir anfangen, dit sag ick euch. Fuchsteufelswild war ick!«, sagt Gisela und guckt immer noch so, als würde sie an einer politischen Podiumsdiskussion teilnehmen und vehement ihren Standpunkt vertreten müssen.

»Na, dit is ja wat janz Neuet. Jisela fuchsteufelswild erleben – dit wär ja ma wat!« Ich lache und Gisela kann es sich auch nicht verkneifen. Merkste selber, oder, Gisi? Um Gisela aufgebracht zu erleben, muss man nicht erst darauf warten, dass die auf Schokolade verzichtet. Ein ganz normaler Arbeitstag reicht da vollkommen aus.

Durch meine langjährige Nachbarschaft zu Gül kenne ich mich natürlich aus mit dem Ramadan. Und ich freue mich sogar auf diesen Monat. Gül wird sich wieder hungrig und durstig in Ekstase kochen und mich sicher einladen. Kann's also kaum erwarten.

»Die Muslime essen und trinken in dem Monat nüscht. Von Sonnenaufgang bis Sonnenuntergang«, erkläre ich.

»Wat? Wie, die trinken nüscht? Nich ma Wasser?«, fragt Doris sichtlich schockiert.

Die Antwort »Nein, nicht mal Wasser« gehört meiner Meinung nach auf T-Shirts gedruckt. Das wäre mal ne anständige Marketingkampagne für interkulturelles Wissen und eine Erleichterung für die Dilaras dieses Landes. Eigentlich ist es jedes Jahr dasselbe. Die gleichen Fragen, die gleichen Antworten. Dann vergeht ein Jahr, und der interkulturelle Krimskrams wird vergessen. Bis der nächste Ramadan anbricht und das Ganze wieder von vorne anfängt.

»Nee, Doris. Nich ma Wasser. So wie letztes Jahr und die Jahre davor ooch schon. Hast doch letzten Ramadan schon den Pförtner unten anne Tür ausjequetscht. Der hat dir dit doch erklärt. Wat fragste jetze schon wieder?« Petra klärt mal wieder. Die Frau hat echt Ahnung von allen möglichen Kulturen, Religionen und Gebräuchen. Woher sie das Wissen aber nimmt, bleibt ein Rätsel.

»Wat weeß ick, wat ick letztet Jahr mit wem besprochen hab, Mausi! Weeß nich ma mehr, wat ick jestern zu Mittach hatte. Außerdem is dit ja nich böse jemeint jewesen!« Kussi in Dilaras Richtung.

Ronja steigt wieder in das Gespräch mit ein: »Also, ich würde vorschlagen, dass Dilara uns vielleicht die wichtigsten Fakten über diesen Monat kurz zusammenfasst. Immerhin haben wir auch viele muslimische Bürger:innen. Auch auf die sollten wir als serviceorientierter Dienstleister Rücksicht nehmen.«

»Ach so? Und als Nächstet begrüß ick die Leute jeweils in ihrer traditionellen Kleidung und in ihrer Sprache, oder wat? Also, bei allem Respekt, Ronja, dit jeht mir zu weit. Haste ne Ahnung, wie viele Nationen hier reintrudeln? Sind in Berlin und nicht in nem schwäbischen Kuhdorf mit fünfhundert Einwohnern. Verlier ma gleich!« Gisela ist außer Rand und Band. An einem Mangel an Schokolade liegt's jedenfalls nicht. Sie schiebt sich gerade wütend eine Schokowaffel in den Mund.

Fänd ich ja witzig, wenn wir deutsche Beamte uns immer in der jeweiligen Sprache des Bürgers verständigen müssten. Einen Aufstand gäbe es. Die Behörden könnten schließen. Sodom und Gomorrha!

»Und außerdem. Woran soll ick dem denn bitte ansehen, dass der Moslem is? Oder ob der fastet?« Gisela hat recht. Jetzt die Nicht-mal-Wasser-T-Shirts, das wäre die Lösung! Sag ich doch!

»Na, du musst den ja nicht drauf ansprechen. Ich will ja nur unsere *Awareness* aktivieren für den kommenden Monat. Es kann also sein, dass der ein oder andere Bürger mal gereizt ist, weil er womöglich hungrig oder durstig ist.«

Ronja, lass es. Deine Erklärungsversuche machen die Sache nur noch schlimmer.

»Also wenn hier eener jereizt sein darf, dann ja wohl icke!« Gisela natürlich.

Gereizt, genervt und sauer zu sein, das ist nicht nur ihr Charakter – das ist ihr Privileg!

»Lass dich nich unterkriegen, Ronja. Du machst dit jenau richtig!«, besänftigt Petra unsere Chefin.

Na ja, eigentlich hat sie dieses Mal nichts Schlimmes von uns verlangt. Außer ein wenig Rücksicht zu nehmen. Und wenn man sich Doris' Kommentare so anhört, scheint es bei dem Thema noch Luft nach oben zu geben.

»Aber sach dit noch mal, Dilarachen! Nich ma Wasser? Dit is doch unjesund, is ditte!«

Vor meinem inneren Auge sehe ich Doris die nächste Fluppe anzünden.

»Also, von Jesundheit brauchste uns aber nüscht zu erzählen, Doris!«, sage ich. »Immer nur am Quarzen. Son bisschen Entgiftung würd dir ooch ma jut tun!«, füge ich hinzu.

Einen Monat lang wird Dilara nun nichts essen und nichts trinken, während sie hier arbeitet. Würde ja die Wände hochgehen! Könnte das nicht. Habe Gül versprochen, mal einen Tag mitzufasten, um es besser nachempfinden zu können. Aber das Versprechen ist schon seit zehn Jahren nicht eingelöst. Kann mich wegen meinem Wohnbezirk und meiner geliebten Nachbarin wirklich glücklich schätzen. Bei diesem ganzen interkulturellen Kram bin ich in der Regel immer fein raus, weil man mir unterstellt, ganz gut informiert zu sein. Wie denn auch anders? Bin mit fastenden Menschen aufgewachsen.

Im Großen und Ganzen ist der Ramadan eigentlich nur ne Kombi aus Heilfasten und ner guten Portion Meditation. Quasi vier Wochen im Petra-Style leben. Wenn ich mir ihren gesunden Geist in ihrem gesunden Körper so anschaue, kann's ja nicht wirklich schaden. Obwohl, Wasser trinkt die trotzdem, und das mindestens drei Liter am Tag.

Petra

Namasté, ihr Lieben, fühlt euch umarmt, es grüßt Petra.

Laut Geburtsurkunde bin ich irgendwas um Mitte fünfzig, meine Seele teilt mir jedoch was komplett anderes mit. Ich glaube nämlich nicht an die Endlichkeit, sondern an das ewige Leben. Dass wir immer wieder neu, in Form verwandelter Energien, irgendwo bei null anfangen – daran glaube ich. Auf der Erde bin ich also nicht fünfzig, sondern Mitte zwanzig, denn da hatte ich meine eigentliche Wiedergeburt. Im früheren Leben muss ich ein in sich ruhendes, weises Pferd oder so was in der Art gewesen sein. Auf gut Deutsch: Ick hab die Ruhe weg!

Ich lebe alleine in Berlin-Kreuzberg und habe noch das große Glück, eine tolle Altbauwohnung zu bewohnen, die bezahlbar ist. Der Großteil meiner Nachbarschaft, überwiegend mit Migrationshintergrund, musste wegen zu hohen Mieten weichen und lebt jetzt in irgendwelchen Randbezirken. Die Gentrifizierung hat zugeschlagen, so wie in fast ganz Berlin.

Durch den alten Mietvertrag, den sicheren Job im Amt und den kleinen Kräuter- und Gemüsegarten im Innenhof, den ich pflege, kann ich meine Wohnung bisher noch behalten.

Dass die Menschen es einfach nicht lassen können, sich wegen Grenzen, Politik, Macht oder Geld gegenseitig zu vertreiben, werde ich nie verstehen. Ich bin Humanistin durch und durch. Jedes Lebewesen auf diesem Planeten hat die Berechtigung zu existieren und sich frei zu entfalten. Seit knapp dreißig Jahren lebe ich daher auch vegan und verzichte auf tierische Produkte. Ich bin sehr froh darüber, dass sich immer mehr Menschen dazu entscheiden, sich vegan zu ernähren. Alles andere ist meiner Auffassung nach schlichtweg: Mord.

Kollegen nennen mich gern mal Öko-Trulla oder Hippie-Braut, aber das machen die nur, weil sie mit sich selbst unzufrieden sind. Würde jeder gut für sich selbst sorgen, hätten wir ne schönere Welt. Mein Lebensmotto in allen Lebenslagen lautet daher: Bleib bei dir. Denn da is eh am schönsten.

Bis ich so wurde, wie ich heute bin, musste ich durch die harte Schule dieses Lebens gehen. Hab mir immer alles zu Herzen genommen, war viel und oft traurig und wütend auf Menschen und wie sie mit dieser Welt und ihren Bewohnern umgehen. Irgendwann kam dann die Einsicht: Petra, du kannst sie nicht alle ändern – also bleib bei dir.

Ich habe dann die Spiritualität für mich entdeckt und die Petra gefunden, die schon immer in mir geschlummert hat. Alles, was man braucht, ruht nämlich in einem selbst. Licht, Wärme, Zuversicht und Kraft. Man muss nur regelmäßig innehalten, mal kurz auf Pause drücken und ganz wichtig: atmen. Oft, tief und achtsam. Die Welt ist schnell, der Druck enorm. Achtsamkeit ist der Schlüssel zu mehr Ruhe und Gelassenheit.

Jetzt fragt ihr euch natürlich, was die alte Eso-Schnecke Petra aufm Amt zu suchen hat. Na, wat wohl? Ruhe und Gelassenheit! Mach ich mir den Stress und ackere mich halbtot, damit irgendein Reicher da oben noch reicher wird? Eher nicht. Ich arbeite für den Menschen, für die Bürger, für alle, die uns brauchen. Dabei ist es völlig egal, welche Sprache sie sprechen, woran sie glauben oder wen sie lieben. Das Amt ist für alle da. Auch für mich. Es gibt mir in meinem Leben den Halt, den ich brauche. Es beutet mich nicht aus oder treibt mich in den Burnout. Job ist Job, sag ich immer. Das Leben ist viel zu schön, um es mit profitorientierter Arbeit zu verbringen, die einen unglücklich macht. Außerdem kann ich auch mal meine Yogamatte ausrollen oder ein paar Atemübungen machen, ohne gleich gekündigt zu werden.

Ich liebe das Amt, und ihr müsst mal alle n bisschen lockerer werden. Zwischendurch einfach mal alles fallen lassen, die Augen schließen und achtsam mit sich selbst und seiner Umwelt sein. Stress kannste nämlich ganz einfach wegatmen und die ollen Akten sowieso!

Bleibt bei euch!

Eure Petra.

Räusper.

Typisch Bürger

Die Klischees über uns Beamte sind klar: altmodisch, faul, träge, mürrisch. Schon seit Beginn meiner Amtskarriere existiert dieses Bild. Anfangs habe ich noch versucht, nicht diesem Bild zu entsprechen, aber irgendwann resigniert man. Man wird zu dem, was eh alle von einem denken. Früher oder später erwischt es jeden von uns. Was habe ich für moderne, junge Leute kommen und wieder gehen sehen. Nach der dritten Wand, gegen die sie mit ihren Verbesserungsvorschlägen gelaufen sind, sind se wieder weg. Oder sie bleiben und passen sich halt an. Sie werden zu ner Conny.

Im Laufe der Jahre hat man dann verschiedene Weiterentwicklungsmöglichkeiten. Entweder man wird zu ner Gisela und protestiert gegen alles und jeden. Man wird zu ner Petra und versucht, das Glück nur noch in sich selbst zu finden, weil im Außen Hopfen und Malz verloren sind. Oder man wird zu ner Doris, und einem ist alles scheißegal und »eh nicht schlimm, Mausi«. Auf dem Amt ist für jeden was dabei. Du kannst frei entscheiden, welcher Amtstyp du wirst. Und so, wie man Behördenmenschen typisieren kann, so funktioniert dieses Spiel auch eins zu eins andersherum. Oder glaubt ihr etwa, Beamte hätten keine Klischees im Kopp für Bürger? Pah! Dass ick nicht lache! Wir haben ganze Kataloge über euch!

Tagtäglich begegnen dir als Amtsmensch die unterschiedlichsten Typen von Bürgern. Denn eine ganz bestimmte

Sache unterscheidet das Amt von allen anderen Branchen: Jeder *muss* herkommen. Ganz egal, welchen Hintergrund er hat. Arm, reich, alt, jung. Doktor, Professor, Schichtarbeiter, Hartz-4-Empfänger. Bio-Deutscher, Ausländer, Zugezogener, wat weeß icke – am Ende trifft es jeden. Irgendwann, in irgendeinem Kontext, *muss* man aufs Amt. *Jeder.*

Wahrscheinlich erinnert ihr euch nicht dran, aber den ersten Amtsbesuch hattet ihr schon hinter euch, da wart ihr keine zwei Wochen alt. Irgendeiner muss euch amtlich registrieren und eintragen lassen. In dem Alter wisst ihr natürlich noch nicht, wie oft ihr diese olle Geburtsurkunde brauchen werdet, die bestätigt, dass ihr auch wirklich geboren wurdet! Überlegt doch mal: Da will man heiraten und wird nach der Geburtsurkunde gefragt. Was genau bestätigt die? Dass man wirklich, wirklich existiert? Weil da vor zich Jahren irgendein Beamter mal sein Siegel draufgesetzt hat?

Spätestens mit dem Auszug aus dem elterlichen Nest trifft's dann jeden. Man muss sich ummelden. In der Regel ist das der erste richtige Kontakt mit dem Amt. Es sei denn, man hat Migrationshintergrund und die Eltern verstehen nicht so gut Deutsch. Dann beginnt der amtliche Leidensweg schon um einiges früher. Wie oft ich mich schon in irgendwelchen Sprechstunden mit zwölfjährigen Dolmetscher-Kindern unterhalten musste. Können gerade so lesen und schreiben, aber Formulare ausfüllen: kein Problem.

Über die Jahre wird man als Amtsmensch jedenfalls Profi in Sachen Menschen-in-Schubladen-stecken. Kommoden könnte ich bauen, so gut kenne ich mich mit Schubladen aus.

Ich spreche jetzt mal für alle Behörden dieses Landes und ernenne unser aller Lieblingsbürger. Das ist der, dem man die Tastatur regelmäßig übern Kopp ziehen will: der Klugscheißer. Was habe ich mich schon angelegt mit dieser ganz besonderen Spezies. Weiß immer alles besser. Korrigiert dich in jedem Schreiben und bei jedem Satz. Will dir deinen Job erklären.

So einen hatte ich erst kürzlich vor mir sitzen. Ein wahrer Hobby-Jurist. So einer, der das zweite Staatsexamen in Jura nicht geschafft hat und jetzt auf ewig aus den Gerichten dieses Landes verbannt ist. Ein glatt gebügelter Möchtegern-Anwalt. Ein Paragraphenreiter vor dem Herrn! Der hat dann irgendwann angefangen, mir ausgedruckte Rechtsgrundlagen mitzubringen, die er vorher farblich markiert hat. Hmmmm, janz toll! Gesetze googeln und ausdrucken kann ich auch! Habe dem dann irgendwann einfach den Mund verboten. »Sie schweigen jetze bitte einfach, ick kann mich so nich konzentrieren!«, habe ich gesagt. Daraufhin hat er mir mit ner Dienstaufsichtsbeschwerde gedroht. Haha! Mach doch, dachte ich mir. Das will ich sehen. Es kam dann wirklich eine ziemlich lange E-Mail bei Ronja reingeflattert, in der er ausgebreitet hat, wie unfähig ich als Beamtin sei. Ja, schön! Haben wir zur Kenntnis genommen, vielen Dank! Habe Ronja daraufhin gezwungen, das auszusitzen. Und, siehe da: hat funktioniert. Bis heute kam nichts mehr von dem. Ich sitze halt am längeren Hebel, mein Freund, und Dinge aussitzen ist immer noch die beste Lösung – da macht uns vom Amt keiner was vor!

Eine weitere, sehr bekannte und allseits beliebte Bürgersorte ist der Lügner. Eigentlich sieht man dem schon an der Nasenspitze an, dass der irgendwas Illegales treibt oder wichtige Informationen unterschlägt. Dieser Typ Bürger ist aber oft ein wahrer Charmeur. Ein Profi.

Neulich saß so einer wieder vor mir. Herr Angelini. Restaurantbesitzer. Italiener. Mitte, Ende vierzig. Braun gebrannt.

Gut gebaut. Eingecremtes, glänzendes Gesicht. Immer frisch geputzte Zähne und eingedieselt bis zum Gehtnichtmehr. Den riecht man schon im Büro, sobald der aufm Gang ist. Ne Mischung aus viel zu viel Dior Sauvage und Leder. Der riecht so, wie man sich das Auto eines Zuhälters vorstellt. Feinste Lederausstattung, voll parfümiert und ne Packung Kaugummis gepaart mit einem blauen Wunderbaum, Duftnote *New Car*. Ich bin Herrn Angelini noch nicht so ganz auf die Schliche gekommen, was der wohl in Wirklichkeit treibt. Aber die Sache stinkt zum Himmel! Bei jedem seiner Besuche taucht irgendwas auf, das ich vorher nicht wusste. Hier noch ein Grundstück, das er besitzt. Da noch ein Zweitwohnsitz, der mir unbekannt war. Hier noch ne weitere Meldeadresse. Da noch ein Kind aus irgendeiner Ehe.

»Meine liebe Frau Conny! Haben Sie Haare neu gemakt?«, fragt er bei jedem zweiten Besuch mit leicht südlandischem Akzent. Gehe ja fast nie zum Friseur. Ich weiß, dass der mir nur schmeicheln will, damit ich mir seine Sachen wohlwollend angucke. Funktioniert bei ner Ü40-Single-Beamtin wie mir natürlich problemlos.

»Ich lade Sie ein in meine Restaurant! Kommen Sie und ich verwöhne Sie mit die leckerste Pasta von ganz Berlino!« Dazu diese typische Handbewegung, die zeigen soll, dass etwas super ist.

Eigentlich müsste ich diese Akte irgendwann mal an Gisela abgeben. Ick bin befangen. Bei der zieht das nicht. Die würde den nicht mal angucken, ihn zurechtweisen und dann alles ablehnen. Aber bei mir ist es bei charmanten Männern halt gleich aus und vorbei! Der Typ putzt sich regelrecht heraus, wenn er einen Termin bei mir hat. Das ist ja auch ne Form von Wertschätzung, wie ich finde. Ihr glaubt gar nicht, wie hier manche Leute auftauchen! Da frage ich mich, wo der Respekt gegenüber einer staatlichen Instanz bleibt. Na jut, so wirklich schön mache ich mich auch nicht für die ganzen Bürger, gebe ich ja zu. Aber mein Lügenbold Signore Angelini, der macht sich Gedanken, bevor er zu Conny kommt. Für den ist der Besuch bei mir wichtig.

Der hat auch jedesmal irgendwas kleines süßes Leckeres dabei. Das schiebt der mir dann gleich zu Beginn über den Tisch und präsentiert dabei die strahlend weißen, perfekten Zähne. Unter fünf Euro. Also keine Bestechung. Signore Angelini erfüllt alle Klischees eines italienischen Mafiosos, die einem in den Sinn kommen. Trotzdem habe ich ein Herz für ihn. Ein Riesenherz. Was auch immer dieser Typ in seinem Restaurant tagsüber treiben mag, nach Ladenschluss verwandelt sich dieser Laden. Sobald die letzten Gäste weg sind und die Kellner die Stühle und Tische von draußen reintragen, bildet sich regelmäßig eine Menschentraube vor dem Lokal: obdachlose, einsame, abhängige oder einfach nur hungrige Menschen. Jeder im Kiez weiß, dass Angelini nach dreiundzwanzig Uhr immer was zu essen übrig hat. Und das teilt er. Dann wird die Pizzeria zur Kiez-Tafel. Mini-Pizzen, vorgekochte und nicht servierte Nudeln und hier und da mal ein saftiges Steak, das zurückgegangen ist. Möge er noch so ein Lügenbold sein, abends macht Angelini seinem Namen alle Ehre und mutiert zum Kiez-Engel. Also darf der auch hier und da mal flunkern. Ich frag nicht nach, und er hat einfach nur Glück, dass er mich als Sachbearbeiterin abgekriegt hat.

Neben dem Klugscheißer und dem Lügner gibt's noch den ängstlichen Bürger. Kommt schon in unterwürfiger Körperhaltung hierher und ist immer nervös. Bei diesem Bürgertypen werden Muttergefühle in mir wach. So wie bei der Frau mit dem Baby neulich, die das Jugendamt gesucht hat. Diese Menschen haben einfach Angst vorm Amt. Angst vor dem Sachbearbeiter, vor dessen Laune und vor allem vor dessen Entscheidung. Frage mich immer, wo diese Menschen derart negative Erfahrungen gemacht haben. Die können ja nicht alle bei Gisela gewesen sein. Von ihrer Sorte gibt's wohl mehr. Überall, in ganz Deutschland anscheinend.

Keiner soll sich schlecht fühlen oder Angst haben, wenn er aufs Amt geht. Wo sind wir denn hier? Eine gewisse Portion Respekt vor dem, was wir tun – okay. Aber Angst? Ich muss gestehen, dass die Ängstlichen, Unterwürfigen immer ziemlich gute Karten bei mir haben. Ich bekomme schlichtweg Mitleid und versuche dann wirklich, besonders freundlich zu sein. Kann so was gar nicht mit ansehen.

Vor Kurzem hatte ich einen neuen Bürgertyp vor mir. Man lernt nie aus aufm Amt, auch nicht nach über zwanzig Jahren. Ich muss sagen, diese neue Spezies folgt im Ranking direkt dem Klugscheißer und landet damit auf Platz zwei der schlimmsten Bürgertypen. Das war so ne aufgetakelte, zurechtgemachte junge Frau. Die kam rein, setzte sich hin und seufzte erst mal. Super gestresst. Ach so? Entschuldigung, junge Frau, ich wusste gar nicht, dass sie diejenige sind, die gerade arbeitet und gestresst sein muss.

Während ich mir ihre Unterlagen angucke, guckt sie mindestens viermal auf ihre Armbanduhr. Mach mal schneller, hab's eilig, blöde Beamtin!, will sie mir damit signalisieren.

»Sagen Sie, ich habe jetzt knapp drei Monate auf diesen Termin gewartet. Ist das normal?«

»Ja, is normal.«

Ich blättere die Unterlagen noch mal durch und entscheide: Das muss ich mir einmal ganz genau durchlesen. Kann also sein, dass es noch etwas dauert, Schnecke!

»Also da, wo ich herkomme, ging das eigentlich immer ganz schnell mit den Terminen.«

»Tja, dit is Berlin.«

Ich gucke sie immer noch nicht an. Was bildet die sich überhaupt ein, mir hier Druck zu machen? Meint die etwa, ich arbeite jetzt schneller, damit sie gleich wieder wegkann? Hat sie doch keiner gezwungen, nach Berlin zu ziehen, die alte Hipster-Maus. Wär vielleicht besser in ihrem kleinen Kaff geblieben, wenn das da mit den Terminen aufm Amt so viel schneller geht.

Ihr Handy klingelt. Sie geht ran und seufzt in den Hörer.

»Nein, ich bin gerade auf dem Amt ... Nein, das dauert irgendwie ewig. Keine Ahnung, wann ich hier raus bin.« Sie guckt mich an und hebt dabei ihre Augenbrauen. So, als würde sie mir noch mal sagen wollen: Arbeite schneller, du lahme Sachbearbeiterin.

So, jetzt bin ich sauer. Ich habe versucht, mich zu zügeln, indem ich sie ignoriere, aber sie hat mich provoziert. Ich kann nichts für die wenigen Termine und die langen Wartezeiten auf den Behörden. »Ach Mensch, sehe gerade, hier fehlt der Nachweis für Anlage 3.«

Sie macht große Augen. »Was? Das kann doch nicht sein. Ich hatte alle Bögen vollständig ausgefüllt.«

»Ja, aber Sie müssen hier noch den Nachweis erbringen. So will's dit Jesetz.«

So will's Conny. Würde nie und nimmer jemanden wegschicken, weil ein Blatt fehlt. Könnte sie nachreichen. Irgendwann. Aber die nicht, ey! Scheucht die mich hier, als wäre ich ihre Untergebene. Die braucht etwas von mir, nicht andersherum. Also hat se freundlich zu sein. Hat se jetzt davon!

»Da müssen Sie nen neuen Termin vereinbaren.« Ich reiche ihr den Papierstapel und deute dabei zur Tür.

Sie ist sprachlos. Gut so. Wer meine Arbeit nicht zu schätzen weiß und mich hier so herablassend behandelt, muss leiden.

»Soll ich jetzt einen neuen Termin machen, oder wie? Das dauert ja dann wieder drei Monate.«

»Ja, is doof mit die Wartezeiten!«

Ich drehe mich auf meinem Drehstuhl einmal um hundertachtzig Grad und tue so, als würde ich eine Akte im Schrank hinter mir suchen. Gespräch beendet. Termin beendet. Freundlichkeit und Dienstleistung beendet, junge Frau! Sie wollten es nicht anders!

Mit einem »Unglaublich, diese Arroganz!« knallt meine Bürotür zu.

Tja, das Leben ist hart, Mausi.

Wer die Beamtin nicht ehrt, ist meinen Service nicht wert. Tschüssi!

Sandwich

Unsere Bürotür fällt krachend ins Schloss. Ich zucke zusammen. Die sonst so glatt gebügelte Ronja sieht aus, als würde sie gerade aus nem heftigen Einzelkampf kommen. Von ihrem heute Morgen noch perfekt sitzenden Lippenstift sieht man nur noch leicht die Umrandungen. Sie schmeißt ihren Kalender und die A4-Schreibkladde auf den Besprechungstisch, zieht sich einen Stuhl ran und lässt sich fallen. Wow, was für eine Meisterleistung! Ist ja nicht so, als hätte sie nicht ne eigene Bürotür zum Zuwerfen. Nein, dieser Auftritt hat eine Bedeutung. Ronja will uns was vermitteln und legt mit ihrer theatralischen Darbietung den ersten Grundstein dafür. Die Leiden der jungen Ronja, erster Akt.

Sie spitzt die Lippen und wartet darauf, dass wir sie endlich fragen, was los ist. Nö. Das habe ich schon so oft erlebt, darauf falle ich nicht mehr rein. Ich wende meinen eben noch erschrockenen Blick wieder zurück auf den PC-Bildschirm und tippe weiter meinen Bescheid. Doris schließt sich dem stillen Protest an und kramt demonstrativ in ihrer Tasche herum. Sie sucht ihre Zigaretten und signalisiert: Wenn's mir gleich zu blöd wird, bin ick roochen!

»Ihr glaubt nicht, was passiert ist.«

Ronjas Geduldsfaden ist zu dünn, um auf eine Frage von uns zu warten.

Ich ringe mit mir und bekomme ein »Wat is denn nu schon wieder?« heraus, lasse meinen Blick aber weiterhin auf den Bildschirm gerichtet. Es reicht halt auch irgendwann. Jeden zweiten Tag platzt die hier ins Büro, mitten in die ganze Arbeit, und überbringt eine Hiobsbotschaft nach der anderen. Absolut normal also, dass niemand mehr so richtig Bock drauf hat, sich das reinzuziehen. Mal ist es ne Veränderung, mal ne wichtige Schulung, mal gab's irgendwo Ärger wegen einer von uns. Die rennt in ihre Führungskräftemeetings und kommt als neue Ronja zurück. Immer das Gleiche.

»Ich glaube, ich muss ein Meeting einberufen. Das ist zu *heavy*.«

Ja, okay, Ronja. Mach's bitte noch dramatischer. Deine Neuigkeiten sind krass, du auch, und ich glaub, wir haben's verstanden.

»Wat isn, Mausi? Sind die Currywürste inne Kantine ausjejangen, oder wat?« Doris kichert und kramt immer noch. Das Kramen in der Tasche ist neben dem Kussi eine ihrer Übersprungshandlungen. Die Schachtel Kippen liegt in ihrer Schublade, das weiß jede von uns. Also, keine Ahnung, was sie da sucht.

»*Girls*, Spaß beiseite. Ihr müsst mir jetzt bitte alle zuhören.«

»Wat muss ick? Janüscht muss ick. Sterben muss ick.« Gisela steht mit verschränkten Armen im Türrahmen und guckt sich das Schauspiel an.

»Dilaraaaa! Petraaaaa!«

Ronja meint es ernst. Spontanmeeting. Impulsmeeting. Notfallmeeting. Kannste nennen, wie du willst. Aber es reißt einen aus der aktuellen Aufgabe und sollte umgehend verboten werden.

Doris hört auf zu kramen, ich speichere meinen Bescheid zwischen, und wir versammeln uns alle am Besprechungstisch.

»Wehe, dit is nüscht Wichtijet. Hab mich jerade uff de Personalratssitzung vorbereitet, und die wird nich ohne!«

Ronja verschließt die Augen, holt tief Luft und guckt zur Seite. Die Leiden der jungen Ronja, zweiter Akt. »Ich hatte gerade unser *Weekly* mit den anderen Führungskräften. Es gibt im Haus wohl ein riesiges Raumproblem.«

»Ja, kiek dich doch ma um. Wirst ja krank in diesen Büros.«

»Also im Vereinshaus inne Gartenkolonie. Sogar da is et jemütlicher!«

»Nein, Mädels! Es gibt ein Platzproblem!«

»Und wat soll dit jetze heißen?«

Boah! Immer dieses Um-den-heißen-Brei-Gerede.

»Wir müssen wahrscheinlich umziehen, Mädels. In ein anderes Dienstgebäude.«

Petra, die sich gerade ihre Banane zum Mund führt und reinbeißen will, erstarrt plötzlich, klappt die Schale wieder hoch und legt die halb geschälte Banane zurück auf den Tisch.

Ein kollektives und wie einstudiertes »WAT?« erfüllt den Raum.

»Ick zieh doch in mein Alter nich mehr um, Mausi. Na, dit könnta aber gleich verjessen!« Doris kramt in ihrer Hosentasche und tut so, als würde sie nun dort etwas suchen. Volltreffer. Sie zieht ihr benutztes Taschentuch aus der linken Tasche und schnäuzt sich die Nase, die gar nicht läuft.

»Also, Mädels, ganz ehrlich. Mir macht das eigentlich nichts aus umzuziehen. Am Ende bleibt der Job ja gleich, und darum geht's schließlich.«

Dilara, du weißt, ich liebe dich. Aber jetzt, just in diesem Moment, da möchte ich dich gern mal kurz schütteln. Spinnst wohl.

»Und wo soll dieset andere Dienstjebäude sein?« Räusper.

Petras chronische Entspannung ist heute auch hinüber. Ein anderer Arbeitsweg würde uns alle treffen. Da kannste noch so viel meditieren.

»Also, so weit ist das gar nicht. Das sind von hier nur drei Stationen mit dem Bus.«

»Wat? Bus? Ick fahr doch nich Bus! Allet in Berlin, wo du nur mit nem Bus hinkommst, is scheiße.« Ich mache das auf keinen Fall mit. Mein ganzer Zeitplan ist auf diesen Arbeitsweg ausgerichtet. Alle Ärzte, alle Einkaufsmöglichkeiten. Ach was, mein ganzes Leben!

Ronja zieht ne Schnute und schaut uns wehleidig an. »Ich kann wirklich nichts dafür, das kommt von ganz oben, Mädels.«

»Na, denn sach mir mal, wer dit da janz oben über unsere Köppe hinweg entschieden hat. Keener, wirklich keener kann dit einfach so festlegen. Raustragen können se mich hier, ick beweg mich nich vom Fleck! Ick kenne meine Rechte!«

Die Diskussion darüber, aus welchen Gründen wir auf keinen Fall umziehen können, geht noch weitere dreißig Minuten. Ronja hatte mit ihrem Auftritt recht. Das ist ein absolutes Unding. Man hat sie quasi dazu gezwungen. Die anderen Abteilungen sind wohl gut davongekommen, nur uns hat es als Erste getroffen, weil wir ein Team aus mehreren Büros sind. Wir armen Schweine. Die Sache ist auf jeden Fall noch nicht ausdiskutiert, aber irgendwann müssen wir halt weitermachen und verkrümeln uns alle wieder zurück an unsere Schreibtische.

Ronja sitzt den restlichen Tag schweigend in ihrem Büro. Man hört keinen Mucks von ihr. Zwischendrin steckt sie den Kopf durch die Tür und fragt, ob jemand in die Kantine geht. Als niemand reagiert, verlässt sie, bewaffnet mit ihrem Portemonnaie und ohne etwas zu sagen, ihr Büro. Es wehen kalte Winde. Eiskalte.

»So, ick schreib jetze ne Stellungnahme zu diesem Quatsch und nehm dit morgen mit inne Personalratssitzung. Gloob, ick spinne, samma. Wir wurden ausgewählt als Einzige! Wo bleibt denn da die Gleichbehandlung? Wo bleibt die Demokratie? Lasse mich doch nich einfach irgendwohin umsetzen. Seh ick aus wie n altet Möbelstück, oder wat?«

»Versteh ooch nich, dass Ronjachen sich da nich jewehrt hat«, ruft Petra rüber.

»Na, abwarten und Tee trinken, Mausis. Wat hab ick hier schon allet für wilde Ideen kommen und ooch wieder jehn sehen. Gloobt ma nich allet, wat ihr hört.« Mutti Doris muss es wissen.

Und ganz wahrscheinlich hat sie auch recht, und diese wahnsinnige Idee eines Büroumzugs verläuft im Sande. Genauso wie die Trinkwasserspender, die mal aufgestellt werden sollten und nie kamen. Oder die Umgestaltung der Kantine, für die wir monatelang Ideen gesammelt und eingereicht haben. Ich beruhige mich also und widme mich wieder meiner Arbeit, dafür bin ich ja eigentlich hier, wie Dilara vorhin so schön gesagt hat. Ich öffne den Bescheid von vorhin und tippe meine letzten, unterbrochenen Sätze zu Ende, als eine neue Mail reinflattert.

»Ach du Scheiße«, hört man Dilara aus dem hintersten Büro sagen.

Ich öffne die Mail, die an uns alle adressiert ist und vom Abteilungsleiter, also Ronjas nächsthöherem Chef, stammt.

»*... vielen Dank nochmals für die sofortige Bereiterklärung zum Umzug in das Dienstgebäude III. Sie gehen als Bereich mit großem Vorbild voran und demonstrieren nochmals, wie flexibel eine*

Behörde sein kann. Ihre freiwillige Meldung wissen wir sehr zu schätzen und melden uns schnellstmöglich mit den weiteren Umzugsdetails. Weiterhin gutes Gelingen und viele Grüße!«

»Boah, das Essen in der Kantine schlägt mir irgendwie immer auf den Magen.«

Ronja kommt zurück aus der Pause und nutzt unsere Eingangstür. Die Leiden der jungen Ronja, dritter und letzter Akt.

Petra, Gisela und Dilara versammeln sich in Doris' und meinem Büro und starren Ronja an, die völlig entgeistert versucht, in unseren Gesichtern zu lesen.

»Zu deinen Umzugsplänen, zu denen man dich anjeblich jezwungen hat, Kleene! Da sagste am besten janüscht mehr zu. Da sag ick nur, Satz mit x, dit war wohl nix!«

Ronja ist aufgeflogen. Sie bricht in Tränen aus und setzt sich auf einen Stuhl am Tisch. »Ich wollte denen einfach zeigen, wie toll mein Team ist!«, schluchzt sie.

»Aber dafür müssen wa doch nich erst umziehen, Mausi!« Kussi.

»Dit is allet wegen diese ollen Sandwich-Positionen. Die zermürben einen von unten wie von oben. So machste dich kaputt, Ronjachen.« Petra legt ihre Hand auf Ronjas Schulter. »Du kannst nich jeden zufriedenstellen, Ronja. Du musst hier niemanden beeindrucken. Lern endlich, mehr bei dir zu bleiben und nicht woanders. Dit überlebste sonst nich.«

Gisela lässt sich nicht von Ronjas Tränen weichklopfen, dreht sich wortlos um und geht.

»Aber ich kann das jetzt doch nicht mehr rückgängig machen, Mädels.«

»Brauchste ooch nich! Ick büjel dit aus. Und zwar uff die Jisela-Art. Ick kenne unsere Rechte. Und deene ooch! Heulsuse!«, hören wir aus Giselas Büro. »Dit kommt inne Personalratssitzung als oberster Tagesordnungspunkt. Denen zeig ick ma, wat dit heißt hier, die jungen Führungskräfte so dermaßen auszunutzen.«

»Oh Gott, nein. Dann gibt's bestimmt Ärger, Gisela! Bitte nicht!«

Doris reicht Ronja ein dieses Mal unbenutztes Taschentuch, während diese wieder in Tränen ausbricht.

»Mach dir ma keene Platte, Jisi regelt dit schon.«

Armes Ding. Verspüre gerade unendlich viel Mitleid für sie. Gefangen zwischen zwei Ebenen, denen man es permanent recht machen will und dabei niemals alle zufriedenstellen kann. Nach oben hin versucht Ronja zu zeigen, wie qualifiziert sie als junge weibliche Führungskraft ist. Und unter sich hat sie ein Team von Beamten-Urgesteinen, die sich weder vor- noch zurückbewegen wollen. Ob man wirklich Chef in einer Behörde sein will, das sollte man sich einfach zweimal überlegen. Für mich wär dit nüscht. Sachbearbeiterin *forever*!

Hairlich

Ich mache mir nicht wirklich viel aus meinem Aussehen. Klar will ich als gar nicht mal so alte Frau irgendwie attraktiv wirken. Aber diese ganzen Schönheitstrends, dieser Wahn nach Perfektion. Das ist nichts für mich. Es gibt zahlreiche schöne und top gestylte Menschen in Behörden! Aber das Amt ist nicht direkt dafür bekannt, dass hier die jährliche Fashion Week stattfinden könnte.

Eigentlich sagt das äußere Erscheinungsbild ne Menge aus. Dabei geht's gar nicht um schön oder hässlich, sondern eher um die Frage, welche Gedanken sich dieser Mensch heute Morgen vorm Spiegel gemacht hat. Sagt ja schließlich was über die Firma oder das Mindset aus. Würde meine Kohle niemals nem Typen auf der Bank anvertrauen, der mich in Jogginghose begrüßt. Oder mir die Füllung von ner Zahnärztin machen lassen, die mich mit zwei vergammelten Schncidezähnen angrinst. Beim Optiker tragen sie alle Brillen. Friseure haben schöne Haare. Und der Versicherungsvertreter kommt im Anzug, weil unser Leben eleganter und glatter läuft, wenn wir den Versicherungsvertrag bei ihm unterschreiben. Mindestens genauso glatt wie sein gebügeltes Hemd. Ist doch so!

Was genau vermittelt also der Beamte seinem Besucher? Theoretisch das: »Vor mir sitzt der Staat. Der regelt das jetzt für mich. Trifft Entscheidungen, die mein Leben tangieren. Gibt mir vielleicht Geld oder nimmt mir welches weg. Das ist ne richtige Instanz, und das sieht man!«

Die Realität sieht anders aus, Mausis. Hierher kommt erstens jeder so, wie er will, und zweitens nicht unbedingt so, wie man's vom Staat erwarten würde.

»Mädels, SOS! SOS!« Ronja platzt in unser Büro. Völlig aufgelöst. »Nein, dieses Mal ist es wirklich wichtig. Ganz, ganz wichtig. Ihr müsst mir jetzt alle sofort zuhören! *Immediately!!!*«

Okay, es muss wirklich etwas Ernstes sein. Ronja ist ja immer irgendwie aufgeregt, aber so hibbelig habe ich sie selten erlebt.

»Jetzt haste mich aus meiner Achtsamkeitsübung jebracht, wat isn?« Petra umklammert ihre Tasse Tee mit beiden Händen und kommt gemächlich in unser Büro gelaufen.

»Es ist etwas ganz, ganz Schreckliches passiert. Ich möchte euch einfach vorwarnen. Nicht, dass nachher der Haussegen wieder schief hängt!«

»Wieso? Biste schwanger, Kleene? Weil, dit wär ja nich schlimm, Mausi!« Kussi. Doris, dieses kleine süße Biest.

»Oh Gott, was ist denn passiert Ronja?« Inzwischen ist Dilara auch bei uns im Büro.

Was ist das hier überhaupt? Der Sammelplatz für Notfälle? »Achtung, Achtung, in akuten Notsituationen, bei Brand und Naturkatastrophen begeben sich bitte alle Mitarbeiter umgehend zum Sammelplatz in Connys Büro.« Ronja ist ja so ne Katastrophe auf zwei Beinen, ehrlich. Aber dass die sich immer hier bei uns versammeln! Nervt!

»Wehe, dit is jetze nich wichtig, Ronja«, sage ich deshalb. »Habn Arsch voll zu tun!«

»Nein, es ist wichtig. *Really!* Ich habe gerade Gisela auf dem Gang gesehen. Sie kommt jeden Moment rein. Es ist so schlimm, Mädels! So schlimm.«

»Ach du Schande! Jetzt mach ick mir aber ooch Sorjen.« Petra räuspert sich. Ist wohl echt ernst.

»Gisela war beim Friseur.« Ronja bekommt ganz glasige Augen. Also, geil kann die Frisur ja nicht aussehen, wenn Ronja beim Anblick fast heulen muss.

»Samma, Ronja. Ick dachte, is wat Schlimmet passiert! Du musst echt dringend ma an deene innere Unruhe arbeiten. Bist wie son aufjescheuchtet Huhn die janze Zeit. Meditier ma ne Runde mit mir!«

»Nein, Petra, wirklich. Es ist ... na ja ... wie soll ich sagen ... sehr speziell! Ihr müsst unbedingt eure Kommentare für euch behalten. Sonst gibt's hier wieder beef und das möcht ...«

Die Tür nebenan geht auf.

Vollkommene Stille. Wir gucken uns alle an. Keiner rührt sich vom Fleck.

»Halloooo, seid a alle ausjestorben, oder wat?«, schallt es von drüben.

Ich höre Giselas Schritte in unsere Richtung. Jetzt wird's ernst. Ronja hat da so ein Ding draus gemacht. Ich werde plötzlich ganz nervös und die anderen sichtlich auch. Noch immer bewegt sich niemand.

»Spielta Beamten-Mikado? Watn hier los?«

Okay. Jetzt verstehe ich Ronjas Aufstand.

Doris verliert die Beherrschung und prustet laut los. »Na, samma, Jisi! Jehste zum Fasching, oder wat?«

Dilara fallen gleich die Augen aus, und Petra hört gar nicht auf, sich zu räuspern vor lauter Irritation.

Gisela war tatsächlich beim Friseur. Und die Frisur ist nicht anders zu beschreiben als mit dem einen Wort, das Doris gleich hinterherschiebt: »Pfiffig!«

Pfiffig trifft's. Eine geföhnte Kurzhaarfrisur mit wild blondierten Strähnen. An sich hört sich das erst mal gar nicht so schlimm an, ich weiß. Das, was die Frisur aber erst so richtig pfiffig macht, ist diese eine knallrote Strähne. Vorne im Pony. Schön nach unten auf die Stirn geföhnt. Gisela sieht aus, als hätte sie einen aus Haaren bestehenden roten Haken auf der Stirn. Es ist scheußlich. Es ist einfach nur scheußlich. Als wären beim Friseur kurz mal die Pferde mit ihr durchgegangen. Als hätte sie auf dem Frisierstuhl einen Geistesblitz und den unaufschiebbaren Drang nach einer drastischen Veränderung gehabt. So drastisch, dass der Friseur gedacht haben muss: So unfreundlich und grimmig, wie du guckst, haste auch nix anderes verdient. Kriegst jetzt nen roten Haken in die Visage. Oder es war ne pfiffige Friseurin, die bekannt für ihre feschen Experimente ist. Die hat zu hundert Prozent selbst ne bunte Strähne, die sie dann *frech* wirken lassen soll. Ich tippe auf so einen Salon mit dem Namen »Hair-reinspaziert«, »Kamm together« oder »Haarmonie by Monie«.

»Oh, neue Frisur? Schick, Gisela! Sieht gut aus.« Dilara lügt als Erste. So läuft das Spiel. Sie guckt mich an, als würde sie mir sagen wollen, dass ich jetzt dran bin.

»Huuui, Gisi. Na, dit sieht aber flott aus!« »Flott« ist auch so ein Wort. Geht immer und kommt gleich nach »pfiffig« und »fesch«.

»Ganz toll, Gisela! Wollte es dir schon auf dem Gang sagen, aber mir haben irgendwie die Worte gefehlt. *Amazing!* Sieht ganz *fresh* aus!«

Petra räuspert sich. Wehe, die vermasselt jetzt die Show mit ihrer ehrlichen Ick-liebe-das-Universum-Ader.

»Mensch, danke! Ick dacht, wär ma wieder Zeit für wat Neuet! Da hat mich meene Frisöse druffjebracht.«

Da haben wir's. Sag ich doch! Monie war's. Gisela, du

siehst aus wie gewollt und nicht gekonnt. Du siehst aus wie der eine von Tokyo Hotel damals. Nur halt in Rot!

»Na, is doch nich schlimm, Mausi! Probieren jeht über studieren, sach ick immer! Bin ma roochen!« Doris macht sich ausm Staub. Sie wirkt nicht so, aber schlau isse!

»Jisi, dit steht dir nich. Dit sieht nich jut aus. Die flunkern hier alle, weil se Schiss haben. Ick sach dir dit janz ehrlich, dit sieht nich jut aus!« Petra grinst voll innerer Ruhe und nimmt noch einen Schluck von ihrem Tee.

»Sagt mal, das Telefon klingelt die ganze Zeit! Ich flitze mal schnell rüber.« Ronja ist raus aus der Affäre.

Und was ist mit uns? Das eskaliert doch jetzt gleich.

Dilara holt ihr Handy aus ihrer Hosentasche und guckt plötzlich ganz erschrocken auf das Display. »Oh Gott, es ist ja schon so spät! Ich muss mal schnell weitermachen, Mädels! Ich find's trotzdem irgendwie auch süß!« Standhaft, Dilara. Sie zieht's durch.

»Nee, wa? Ick dacht mir ooch, Kleene, mach keen Scheiß! Deswegen is dit auswaschbar. Also, keene Platte und danke, Petra, für deine Ehrlichkeit! Kannst hier ja keenem mehr übern Weg trauen! Lüjenbande!« Ups. Gisela wirft mir, stellvertretend für alle, einen Todesblick zu, dreht sich um und läuft in ihr Büro zurück.

Toll, jetzt bin ich die Böse, oder was?

»Ick sach immer, Ehrlichkeit jewinnt! Ihr müsst ma mehr in eure Mitte bleiben, Conny!«

Also, ich find die Frise peppig.

Gisela

Tach, Gisela mein Name. Freunde, Kollegen und alle, die es sich einfach so herausnehmen, nennen mich auch Gisi oder auf Berlinerisch: Jisi.

Ich bin dreiundfünfzig Jahre jung und in Ost-Berlin geboren. Aufs Amt gekommen bin ich gleich nach der Wende. Irgendwo unterkommen, wieder anknüpfen und neu anfangen mussten wir ja alle irgendwie. Uns wurde der Boden unter den Füßen weggerissen. Organisationen wurden aufgelöst, unsere Jobs und Berufe wurden infrage gestellt. Die Zukunft war ungewiss.

Schuld am Amtsjob waren im Großen und Ganzen meine Eltern. Denen bedeutete Sicherheit alles. »Kind, du musst uffs Amt!« haben, glaube ich, nicht nur Ossi-Eltern gesagt, sondern alle möglichen Eltern, die sich was Anständiges für ihre Kinder gewünscht haben damals. Mich und alle anderen aus der DDR »Ossi« nennen, dürfen übrigens nur wir Ossis selbst. Hier und da mal ne Ausnahme lassen wir aber natürlich zu.

Ich bin in der DDR aufgewachsen. Nach der POS (Polytechnische Oberschule) bin ich für die elfte und zwölfte Klasse an die EOS (Erweiterte Oberschule) und habe dort mein Abitur gemacht. Gleich im Anschluss ging es ins Studium. Ich wollte Pionierleiterin werden, was sich mit dem Fall der Mauer dann auch erledigte. Ein strenger Ton, Anweisungen und eine Art der Abhängigkeit von übergeordneten Instanzen waren mir nicht fremd. In der Schule herrschte stets Zucht und Ordnung. Auf dem Amt war ich also genau richtig und hatte mit der Struktur anfangs keine Probleme. Doch mit den Kollegen war es sehr lange ein Kampf. Das kleine Ossi-Mädchen Gisela, das weder Bananen noch irgendwas anderes Exotisches kennt und von nem fremden Planeten kommt.

»Die kommt ausm Osten, die kennt dit doch nich.«

»Haste so wat schon ma jesehen? Dit jab's doch sicher nich bei euch!«

»Warste eijentlich ooch bei de Stasi?«

»Sag ma wat uff Russisch!«

Sprüche, die ich mir immer mal wieder von Wessi-Kollegen reinziehen und ertragen musste. Stimmte zu großen Teilen auch. Also, bis auf die Stasi. Vieles kannte ich wirklich nicht, ist mir aber auch nicht abgegangen. Was könnte ich schon vermissen, das ich überhaupt nicht kenne? Woher weiß man, dass man etwas braucht, wenn man es nie zuvor benutzt hat?

Über die Sinnlosigkeit der DDR kann man viel diskutieren, nicht aber über die Werte, die mir und meiner Generation mitgegeben wurden. Familie, Gemeinschaft und Hilfsbereitschaft bedeuteten uns alles. Die eigene Kreativität auszuleben, war vielleicht in der Öffentlichkeit nicht möglich, aber im Privaten taten wir es umso mehr. Vatis Bastelkünste sind noch heute legendär. Ich hatte eine schöne Kindheit, zwar ohne Farbfernseher, dafür aber mit zerrissenen Wisent-Jeans und vielen Abenteuern im Wald.

Wir folgten klaren Regeln und Strukturen, lebten genügsam und wurden zu gewissenhaften Menschen, die vorausschauend planen und sich organisieren müssen. Wenn du nicht auffallen und Probleme bekommen wolltest, hast du dich dem System gefügt und bist mitgeschwommen. Man glaubt, dass das unter ständiger Überwachung, Kontrolle und Misstrauen geschehen ist. Die Klischees sagen, es hätte fehlendes Vertrauen gegenüber der eigenen Verwandtschaft, den Nachbarn und Kollegen gegeben. An so was habe ich in meinen jungen Jahren überhaupt nicht gedacht und auch nichts davon gespürt. Ich wollte auf Feten gehen, Pfeffi bis zum Abwinken trinken und FKK machen. Neue Deutsche Welle und Petshop Boys hören, zu Sinéad O'Connor mitschluchzen und zehnmal hintereinander »Dirty Dancing« schauen.

Irgendwas hat dieser Staat trotzdem mit mir gemacht. Vielleicht bin ich deswegen eher skeptisch und zurückhaltend, was Neues angeht. Vielleicht hinterfrage ich deshalb heute mehr, will wissen, wieso ich was machen muss, und wehre mich gegen Dinge, die ungerecht sind.

Nicht alles war schlecht im Osten. Wir haben zusammengehalten, so weit es ging, uns mit dem, was da war, ein schönes Leben gezaubert. Die Jeans ausm Westen getragen, bis sie auseinandergefallen ist, und dann wieder zusammengeflickt. Wir wussten zu schätzen, was wir haben, weil wir eben weniger hatten. Abgeschottet vom Rest des Landes. Für den Wessi waren wir die Außenseiter. Die anderen. Die Fremden. Die Roten. Die, die wenig reisen durften, und die, die nichts hatten. Nach der ersten Euphorie nachm Mauerfall, sich küssenden und umarmenden Ossis und Wessis, kam früher oder später die knallharte Wahrheit. Wir waren anders sozialisiert und anders erzogen. Mir doch egal, haben doch trotzdem alle ihre individuellen Wege gefunden.

Nach ein paar Jahren als kleine Ossi-Maus auf dem Amt habe ich gemerkt, dass ich mich alles andere als beugen werde. Gisi wollte aufbegehren. Hinterfragen, kritisieren und Widerstand zeigen. All das, was meine Eltern sich nie getraut haben zu tun. Ich bin in den Personalrat und die Gewerkschaft eingetreten und habe mir eins auf die Kappe geschrieben: nicht mit uns! Ick kenne unsere Rechte!

Irgendwann hat sich herumgesprochen, dass Gisela nicht mehr das kleine Ossi-Mädel ist, sondern eine Instanz. Mehrarbeit? Wo steht das geschrieben? Sonderaufgaben? Bekomme ich dafür mehr Kohle? Sagen, wieso ich mich krankmelde? Schon mal was von persönlichkeitsrechtlicher Selbstbestimmung des Arbeitnehmers gehört? Nicht mit mir! Nicht mit Gisela! Neinnnnn!

Eine langjährige Ehe, die durch einen Betrug mit ner ollen Wessi-Schnepfe (natürlich seine Sekretärin) endete, hat dann noch die Kirsche auf die Torte gesetzt. Ich brauche niemanden mehr! Außer meinen Sohn Marvin. Marvin ist einunddreißig Jahre alt und mein Ein und Alles. Als er fünfzehn war, bin ich mal, ohne zu klopfen, in sein Zimmer geplatzt und habe ihn und seinen damaligen Schulfreund beim Knutschen erwischt. Da war die Katze ausm Sack – Marvin liebt Männer. Das kann ich persönlich nicht so ganz nachempfinden, weil ich außer Fortpflanzung keinen so großen Nutzen an diesem Geschlecht sehe, aber na jut. Ich liebe Marvin, und er soll meinetwegen lieben, wen er will und wie er's will. Er ist ein Berliner Partyboy und genießt das Leben, am liebsten nachts. Trotzdem stehe ich sonntags auf der Matte, mache seine Wäsche und koche uns was zu Mittag. Für mich bleibt er auf ewig mein kleiner, verpickelter, fünfzehnjähriger Marvin.

Man mag es meiner stark ausgeprägten Zornesfalte nicht abkaufen, aber ich bin glücklich auf dem Amt. Hier habe ich alles, was ich brauche, um gut durchs Leben zu kommen. Eine praktisch unkündbare Stelle, immer was zu meckern und immer etwas, wogegen ich aufbegehren kann. Ich gehöre, so wie viele meiner Kollegen, zum alten Amtskaliber. Irgendwann hat man uns vergessen in diesen alten Amtsmauern, genauso wie damals. Mauern scheinen mein Ding zu sein.

Ich weiß gar nicht, wann genau das passiert ist, aber die jungen, frischen Kollegen sind irgendwann einfach so an uns vorbeigezischt und wurden uns vorgesetzt. Uns, die den Laden quasi mit aufgebaut haben und alles von der Pike an lernen und verinnerlichen mussten. Plötzlich waren wir die Alten, Unbrauchbaren, die aufm Abstellgleis auf die Pension warten und endlich ihre Plätze für Frischfleisch räumen sollen. Wer alles an mir vorbei hochbefördert wurde und jetzt das Doppelt- und Dreifache verdient – könntn Buch drüber schreiben! Deswegen setze ich mich ein für die Schwachen, für die Alten, für die, mit denen die Behörde nicht glänzen und sich ach so toll nach außen verkaufen kann. Ich lasse mich nicht mehr kleinmachen oder kontrollieren. Meine Stellenbeschreibung kann ich im Schlaf runterrattern und haue sie jedem um die Ohren, der mir weismachen will, dass ich noch dies und noch das tun soll. Nach acht Stunden fällt hier der Stift, komme, was wolle.

Ick kenne meine Rechte!

Rufmord

Formulare, Vordrucke, Rechtsgrundlagen, Papier, Papier und noch mehr Papier. Ich behaupte: Es gibt kaum eine Branche, die so viel mit diesem wertvollen Gut arbeitet wie das Amt. Es wird zwar nicht jedes Formular und jeder Vordruck immer und immer wieder ausgedruckt, aber: Man kopiert.

Eine meiner Lieblingsaktivitäten auf der Arbeit ist, neben dem heiligen Toilettengang, ein genüsslicher Spaziergang in den Kopierraum. Er ist leer. Er ist ruhig. Nur der Kopierer und ich. Ein Ort der Stille und des Rückzugs. Wellnessoase. Ich will überhaupt nicht wissen, was diese zwei Quadratmeter schon alles gesehen haben. Ich warte immer noch auf diesen einen Moment, in dem ich den Schlüssel in die Tür stecke, sie ganz unbedacht öffne und dann, wie in den Filmen, einen Chef mit seiner Sekretärin erwische. Das wär doch mal was! Potential ist auf jeden Fall da. Ronja sehe ich unter den möglichen Kandidaten ganz vorne mit dabei. Die ist so sehr auf der Suche nach ihrem Traummann, diese Chance würde sie sich nicht entgehen lassen. Aber wie ich immer wieder sage: Viel Auswahl haste aufm Amt halt auch nicht!

Normalerweise schickt man immer einen Azubi oder Praktikanten zum Kopieren. Nicht aber mit mir. Mal kurz den armen Amtsrücken entlasten, tief durchatmen und meditativ kopieren – das lasse ich mir nicht nehmen. Ich schnappe mir drei Formularvordrucke und packe sie in meine Umlaufmappe. Wohin auch sonst. Mit dieser Tarnung biste sicher aufm Gang. Auf jeder Etage befindet sich ein Kopierraum. Die sind immer abgeschlossen, damit aufgeweckte Bürger nicht auf den Gedanken kommen, kostenfrei aufm Amt zu kopieren. Wär ja noch schöner, sind doch keen Copy-Shop hier!

Ich stecke meinen Schlüssel ins Türschloss und freue mich auf ein paar Minuten Ruhe. Die Tür fällt ins Schloss, und da ist er: mein Kurzurlaub. Vor Kollegen, dem Telefon und allen Bürgern. Ich lege meine Vordrucke in das Einzugsfach des riesigen Kopierers und tippe »20« ein. Bloß nicht zu viel kopieren. Sonst dauert das ewig, bis ich wieder hierherkommen kann, um mal Luft zu holen.

Mit der Erleichterung, die dieser Raum mit sich bringt, folgt gleich eine weitere. Mein Bauch schließt sich der Entspannung an und ebenso mein Darm. Es folgt ein leiser, sanftmütiger Luftzug, der sich durch meine Jeanshose befreit. Ach, herrlich! Aufm Klo besteht immer die Gefahr, dass das jemand mitbekommt. Der Kopierraum ist prädestiniert dafür, um mal ungestört und genüsslich einen fahren zu lassen. Was raus muss, muss raus! Kann mir keiner von euch erzählen, dass ihr das nicht auch tut! Das ist das Normalste der Welt, aber trotzdem unendlich verpönt. Gilt als unfein. Das macht man nicht! Und schon gar nicht als Frau! Als hätte man als Frau eine andere, gepflegtere Verdauung und müsste niemals pupsen. Genau, Mausi! Bei uns kommt rosafarbener Glitzerstaub raus, der nach Blumenwiese riecht. Einhornpupse produzieren wir! Die schmecken nach Zuckerwatte! Son Mist!

Es riecht echt unangenehm. War ja auch n leiser, und das sind meistens die schlimmsten. Na, merkt ja keiner. Der Kopierer zieht sich meine Vorlagen, und das warme Altpapier kommt unten am Ausgang wieder raus. Ekel mich gerade vor mir selbst, es stinkt bestialisch im Kopierraum ohne Fenster.

Plötzlich knallt mir die Tür in den Rücken.

»Aua! Na, samma!«

»Iiiieeeh!«

»Wattn ieeeh?«

Gisela. Genau die Richtige. Warum, zur Hölle, muss die jetzt unbedingt kopieren gehen?

»Wat stinkt denn hier so nach Pumakäfig, samma?«

»Frag ick mich ooch de janze Zeit, Jisi! Steh schon seit ner jefühlten Ewigkeit mit zugehaltener Nase hier.«

»Is ja ekelhaft, is ditte! Dat die Leute dit nich zuhause oder uff Klo machen, is mir n Rätsel!«

»Nee, fürchterlich. Hab aber gerade Wolfgang ausm Raum kommen sehen, als ick herjeloofen bin.«

»Na, dit gloob ick, dass der dit war. Riechste die halbe vergammelte Boulette von dem Widerling. Pfui! Ick hol Raumspray. Dit hält ja keen Mensch aus.« Gisela dreht sich um, öffnet die Tür und läuft wutentbrannt in Richtung Büro zurück.

Ich höre sie über den ganzen Flur schimpfen: »Wolfgang war's. War ja klar. Ekelhaft, der Typ. Hier so einen fahren zu lassen. Ne Unverschämtheit is ditte!«

Ich schnappe mir meine zwanzig Kopien, packe sie in die Umlaufmappe und laufe zurück in mein Büro. Sorry, Wolfgang!

Das Postzimmer, Wolfgangs Wirkstätte, liegt genau auf dem Weg zu unserem Büro. Mein olles schlechtes Gewissen packt mich wieder und macht meinen Hals furchtbar eng. Wolfgang ist eigentlich ein verlorenes Seelchen. Jetzt habe ich ihm Furzen im Kopierraum unterstellt. Ist irgendwie ne Form von Rufmord. Kannste nich machen, Conny. Warste ja selbst. Der arme Kerl.

Ich öffne die Tür. Klopfen ist nicht. In den Postraum muss jeder rein und darf ein- und ausgehen, wie er will.

Wolfgang sitzt neben einem riesengroßen Holzregal mit unzähligen Fächern. Er hat sich in die allerletzte Ecke verkrümelt. Neben dem Holzregal, vor Wolfangs Schreibtisch, daneben, davor, darunter: Stapel von gelben, abgeranzten Postkisten. Die Fächer des Regals sind jeweils mit den Abteilungen beschriftet: »Haushalt«, »Büroleitung«, »Bezirksbürgermeister«, »IT«, »Amt für Soziales«, »Gleichstellungsbeauftragte«, »Rechtsamt«, blablablablabla. Ein Sammelsurium aller Abteilungen. Es sieht so unfassbar chaotisch aus hier. In die Jahre gekommen ist ja fast jedes Büro auf dem Amt. Aber das Postzimmer hat's noch mal ganz besonders hart getroffen.

Die Etiketten der Beschriftungen lösen sich und stehen an den Seiten ab. Bei einigen Fächern kann man die Amtshistorie eins zu eins nachverfolgen. Gab es mal eine Veränderung und ein Bereich wurde umbenannt, wurde einfach ein neues Etikett über das alte geklebt. Neben dem Gesundheitsamt steht handschriftlich auf amtlichem Altpapier »+ Lebensmittelkontrolle«. Der Verfasser hat sich natürlich nicht die Mühe gemacht, ein neues Etikett zu drucken. Altpapier, ein Filzstift und Tesafilm tun's halt auch.

Wenn also Post aufs Amt kommt, sortiert Wolfgang sie in die Fächer, und die Mitarbeiter holen sich ihre Post ab. Dieser Job muss sagenhaft langweilig sein. Dass man dabei nicht gänzlich verblödet! Mindestens einmal am Tag geht einer von uns ins Postzimmer und holt den Poststapel für unseren Bereich. Zurück im Büro wird dieser dann auf die persönlichen Postfächer verteilt.

Die Einzige, die sich weigert, die Post zu holen, ist Petra. Die Liaison mit Wolfgang vor ein paar Jahren hat ihre Spuren hinterlassen. Sie sagt, er verunreinige ihre Chakren mit seiner negativen Aura. Ich finde ja, Wolfgang ist eigentlich ein Guter. Na ja oder sagen wir, so ne halbwegs gesunde Mischung aus nem guten und nem etwas weniger guten Kerl. Er ist das, was man sich unter einem Beamten, der im Postzimmer arbeitet, halt vorstellt.

Wenn man den Raum betritt, bemerkt man Wolfgang auch nicht sofort. Der Typ ist so dermaßen mit diesem Zimmer, den Kisten, Briefen und Umlaufmappen verwachsen, dass man ihn regelrecht suchen muss. Das Amts-Chamäleon. Lieblingsfarben: Grau, Olive, Beige mit Sprenkeln von Gelb. Und er guckt genauso aussagelos wie ne Postkiste. Dass der Typ noch nicht am Boreout-Syndrom erkrankt ist – Wahnsinn! Um seine Gehirnzellen irgendwie aktiv zu halten oder nicht vor Langeweile vom Bürostuhl zu kippen, spielt Wolfgang »Solitär«. Und macht kein Geheimnis draus. Als wir alle unsere Computer-Updates mit neuen Betriebssystemen bekommen haben, hat Wolfgang sich quergestellt.

»Ick brauche dit alte Windows und dit hat jute Gründe!« Dieser Satz verbreitete sich im Amts-Flurfunk wie ein Lauffeuer.

Wolfgang stieg auf die Barrikaden. Das ganze Thema ging bis zum Personalrat und wurde überall hitzig diskutiert. Kann ja nicht sein, dass sich da einer querstellt. Und das nur, weil er weiterhin »Solitär« auf dem alten Betriebssystem spielen möchte.

»Damit kommt der nich durch, der Depp! Wo kommen wa denn sonst hin?«, posaunte Gisela damals, die selbst im Personalrat ist.

Sie sollte sich irren. Kurz vor knapp reichte Wolfgang ein ärztliches Attest ein, das Schwarz auf Weiß belegte, dass er für sein Seelenheil »Solitär« spielen müsse. Natürlich nur in der ihm zustehenden Pause. Kannste dir nicht ausdenken so was! Das gibt's einfach nur aufm Amt! Der offiziell einzige Arbeitgeber dieses Landes, wo der Arbeitnehmer den Ton angibt und nicht andersherum. Nicht nur Gisela kennt ihre Rechte, auch Wolfgang kennt seine!

Fange also gerade an, leichtes Mitleid für dieses arme Würstchen zu verspüren, als ich seine Halbglatze hinter den gelben Postkisten entdecke. Die Aktion im Kopierraum war schon mies! Richtig gemein von dir! Böse Conny! Ich gehe einen Schritt weiter und traue meinen Augen nicht. Wolfgangs hohe Stirn unter der Halbglatze stützt sich auf seine rechte, zusammengeballte Faust und genießt die wärmenden Strahlen der Schreibtischlampe! Der Typ pennt! Am Arbeitsplatz! Der Bildschirmschoner, ein animiertes Aquarium mit bunten Clownfischen, läuft sicher nicht erst seit fünf Minuten. Wolfgang, Wolfgang!

Ist auch sofort vorbei mit dem schlechten Gewissen. Ich rackere mir hier den Hintern ab, und der feine Herr gönnt sich erst mal n schönes Powernäppchen in der Dienstzeit. Ich entscheide mich kurzerhand, auf das Pups-Gerücht noch eins draufzusetzen, und stoße den riesigen Berg an gestapelten Postkisten einfach mit dem Fuß um. Upsi!

»Ach du Scheiße.«

Wolfgang wischt sich den Mundwinkel mit der linken Hand ab und hat den Abdruck seiner Armbanduhr auf der Stirn. Ein runder Kreis, der nun seine Stirn schmückt. Wunderschön.

»Samma, machste Yoga?«

»Nee, watn für'n Yoga? Dachte, ick mach ma kurz ne Bildschirmpause, weeßte.«

»Nee, ick frage nur. Hast nämlich n drittet Auge uffe Stirn. Dachte, bist jetzt vielleicht Yogi oder so. Man weeß ja nich.«Ich gehe zum Holzregal und schnappe mir die vier Umlaufmappen und den Stapel Briefe, die in unserem Fach liegen.

»So, tschüss, Wolfi. Leg dich wieder hin.«

»Hmm, nee. Tschüss.«

Wegen solchen Wolfgangs glaubt die halbe Welt, dass wir Beamte nur schlafen. Das ist auch irgendwie Rufmord. Den untergejubelten Pups hat der olle Wolfi mehr als verdient.

Eine Beamtin für alles

Mein Handy vibriert auf meinem Schreibtisch. Es ist absolut egal, wie viele Jahre auf diesem Amt vergehen. Nie und nimmer wird der Tag kommen, an dem mein privates Umfeld versteht, dass auch ich zur arbeitenden Bevölkerung gehöre. Wirklich niemand von meinen Leuten würde bei nem Anruf oder ner Nachricht an mich auf den Gedanken kommen, vorher auf die Uhr zu schauen. Da wird einfach wild drauflosgetextet und gewählt. Noch ein Beweis dafür, was für ein Bild man so von Beamten hat. Und das ist nicht mal n Vorwurf. Meine eigene Familie, die allerengsten Freunde. Die Menschen, denen ich alles erzähle. Die, die auch wissen, wie oft ich erschöpft von meinem ollen Job bin. Nicht mal die können sich denken, dass es einfach ungünstig ist, mich während der Arbeitszeit anzurufen.

Ich drehe mein Handy um und siehe da: Mutti. Ich gehe jetzt nicht ran. Sitze an einem wirklich komplizierten Fall, und außerdem geht die Sprechstunde gleich los, und ich muss vorher auch noch was essen. Es klingelt wieder. Dann gibt sie erst mal auf. Glück gehabt. Ich hole die Tupperdose mit der Bolo von gestern aus meinem Beutel und flitze zur Mikrowelle. Muss mir dringend ein paar Kohlenhydrate reinhauen, sonst überlebe ich die Sprechstunde nicht.

Ich höre es wieder vibrieren. Mein Handy macht sich selbstständig und wandert quer über den Schreibtisch. Das gibt's doch nicht! Wenn da nicht wieder dieses schlechte

Gewissen wäre. Wenn Mutti zweimal hintereinander anruft, muss was Schlimmes passiert sein. Oder: Wenn ich jetzt nicht rangehe oder zurückrufe, passiert gleich was Schlimmes. Und das Unglück verfolgt mich die nächsten sieben Jahre oder so. Meine Fresse.

»Muttttttttiiiiiiiii. Wat jibts?«

BING! Essen fertig. Klemme mir das Handy zwischen Ohr und Hals, laufe zur Mikrowelle und hole meine heiße Bolo raus.

»Ahh, Scheiße! Is dit heiß!«

»Wie jehts denn, meen Schneckchen?«

Ich jongliere mit der heißen Tupperdose und dem Handy am Ohr schnell zurück zu meinem Platz. Die hat jetzt nicht wirklich angerufen, um mich zu fragen, wie's mir geht?

»Jut, Mutti. Wat isn?«

»Darf ick dich nich ma mehr anrufen, oder wat? Bist immer nur beschäftigt, wa?«

So ein schöner Anpfiff von Mutti kurz vor der Mittagspause und der darauffolgenden Sprechstunde, in der mich noch mindestens zehn weitere Menschen anmotzen werden. Das ist jetzt genau das, was ich brauche. Danke, Mutti! Danke, dass du mir jedes Mal das Gefühl gibst, ich wäre fünfzehn und würde noch zuhause wohnen. Das hält mich jung!

»Mutti, ick bin arbeiten!«

»Ach, und da willste mir sagen, dass de nich an deen Handy spielst, oder wat, den halben Tach! Hab vorhin jesehen, dass de in Wattsäpp drinne warst. Liest meine Nachricht und antwortest nich ma. Der Haken war doch blau. Dit hab ick doch jesehen!«

Das Einzige, was gleich blau ist, ist meine Nase, weil ich

den Kopf dreimal mit voller Wucht auf den Schreibtisch knalle. Dabei werde ich mir leider die Nase brechen und muss dann sechs Wochen auf Reha nach Amrum. Und da gilt absolutes Handyverbot. Und dann seht ihr mal, was ihr davon habt!

»Mutti, ick arbeite. Ick sag's noch mal!« Ich ziehe mir die verkochten Spaghetti in den Mund und schlürfe dabei so laut, wie es nur geht.

»Jut, ham wa verstanden. Wat du immer fürn Stress hast. Ick versteh dit nich, Kind! Haben se letztens erst wieder inne Nachrichten jebracht. Da isn Beamter beim Schlafen vom Stuhl jefallen und dann war dit n Arbeitsunfall. Gloobste dit? Erzähl ma also nüscht von Stress! Ick hab trotzdem ne Frage.«

Meine eigene Mutter. Der Mensch, der mich voller Schmerz auf diese Welt gepresst hat, ohne mich vorher zu fragen, ob ich da überhaupt hinwill. Die, die mich erzogen hat. Die, die unbedingt wollte, dass das Kind aufs Amt geht und was Anständiges lernt. Diese Frau behauptet gerade, ich würde meinen Arbeitsstress nur vortäuschen. Kannste machen, wat de willst. Kannst dich halbtot arbeiten in der Behörde. Am Ende glaubt deine eigene Mutter, dass du vor Faulheit und Langeweile schlafend vom Stuhl fallen könntest. Danke, Amt! Danke, Öffentliche Verwaltung! Danke an alle Wolfgangs dieser Welt, die uns diesen Ruf beschert haben.

»Der Neffe von Katrin ihren Mann, der kriegt zum Achtzehnten nen Wagen jeschenkt und die wollen den anmelden. Da dacht ick an dich!«

HÄ? Was zur Hölle soll das denn jetzt? Also, erstens hasst meine Mutter ihre Cousine Katrin. Weil sie ihr, laut Mutti, alles nachmacht, quasi ihr Leben kopiert, seit sie denken kann. Und zweitens und viel, viel wichtiger als das: Was hab ich denn mit Anmeldungen von Autos zu tun?

»Und wat soll ick da jetze machen? Wat jenau haste dir da vorjestellt, Muttern?«

»Na, dit sollst du mir sagen! Du bist doch die Beamtin, die immer allet weeß.«

»Mutti, mit Kfz-Anmeldungen hab ick nu wirklich nüscht am Hut!«

»Na, ick denk, du sitzt da bei denen.«

»Nee, mach ick nich! Samma, weeßte überhaupt, wat deene Tochter beruflich macht?«

»Na, Beamtin biste.«

»Und wat machen Beamte?«

»Na, anscheinend keene Autos anmelden.«

»Doch. Auch.«

»Na, sag ick doch.«

»Ja, aber ick doch nich.«

»Kannste mir jetze helfen oder spielen wa Frage-Antwort? Denk, du hast keene Zeit?«

»Ick kann ma da anrufen. Kenne aber keenen. Olle Katrin kann da ooch alleene anrufen.«

»Na, kannst ja mal n jutet Wort einlegen. Dass die schnell n Termin kriegen.«

»Hmm, nee. Is klar.«

Ich will das jetzt beenden. Die Alternative wäre, Mutti zu erklären, dass ich rein gar nichts mit der Zulassungsstelle zu tun habe. Das würde aber bedeuten, dass ich weit ausholen und versuchen müsste, meinen eigentlichen Job so verständlich wie nur möglich rüberzubringen. Sie würde tausend Rückfragen haben, meine Bolo würde eiskalt werden, die Sprechstunde würde beginnen, ich wäre verloren. Dit schaff ick mental nich!

»Jut, schick mir mal die Daten, Mutti. Muss jetze Schluss machen.«

»Kommste Sonntach zum Mittach?«

»Mutti, ick meld mich.« Ich lege auf. Bin erschüttert. Stellt euch mal vor, eure eigene Mutter hält euch und die komplette Beamtenschaft für Nichtsnutze. Mit welcher Motivation soll man denn da weitermachen? Entweder man versucht, dagegen anzukämpfen und es immer und immer wieder zu erklären. Oder man fügt sich und versteckt sich hinter dem Bild, das man sowieso nicht mehr ändern kann. Option zwei ist bequemer. Lass sie quatschen, Conny! Tu jetzt einfach so, als hättest du den Termin nur durch Vitamin B bekommen und jut is! Sehe ich aus wie ne Ronja oder wat? Für Revolutionen bin ick nicht zuständig, Mausi!

Queen G.

»Bild der Frau«, »Gala«, »Freizeitrevue«. Habe ich schon unzählige Male aus der Not heraus in irgendeiner Praxis gelesen. Kann gar nicht sagen, wie oft ich trotz Termin stundenlang warten musste. Aufgeregt habe ich mich. Ungeduldig zwölfmal auf die Uhr geschaut. Laut geseufzt und den Kopf geschüttelt. Wütend die Seiten der ollen Oma-Zeitschriften umgeblättert. Die Sprechstundenhilfe am Empfang genervt. Halb ausgeflippt bin ich. Um am Ende wie ein kleines, zerbrechliches Lämmchen vor dem Arzt zu stehen und die freundlichste Patientin der Welt zu sein.

»Ach, dit is doch nich schlimm. Hab Zeit mitjebracht. Kenne dit vom Amt.«

Genau. Kenne es vom Amt. Die Geduld, die Arztpraxen, Notaufnahmen, Onlineshops und hier und da mal Paketzustellern entgegengebracht wird, die suchste vergeblich aufm Amt. Hier fließen nämlich *eure* Gelder. *Eure* Steuern. Die Kohle, die *euch* monatlich vom Gehalt abgezogen wird, damit sie in *unsere* hungrigen Mäuler wandern kann. Das ist dann wohl der kleine, feine Unterschied zwischen dem Arzt, der mich bitte um jeden Preis heilen soll, und der blöden Sachbearbeiterin, die mir gefälligst das Wohngeld zu genehmigen hat. Vielleicht ist es der weiße Kittel. Sollten wir auf'm Amt auch mal probieren.

»Tach, Dr. Conny hier. Wo drückt denn der Antrag?«

Wir sind mitten in der Sprechstunde. Eigentlich habe ich ne Menge Spaß dran, mal andere Menschen zu sehen als meine unvermeidlichen Kolleginnen aus unserem Bürostrang. Von Zeit zu Zeit sind auch mal echt witzige, liebe Bürger darunter, die verstanden haben, dass sie mit ihrer Lohnsteuer nicht meine gesamte Seele gekauft haben.

Gerade sitzt Frau Bajrami vor mir. Eine wahnsinnig gepflegte Frau, irgendwo in ihren Sechzigern. Manikürte Hände mit rot lackierten Nägeln. Jeweils zwei goldene Ringe pro Hand. Beigefarbene Steppjacke und ein seidenes Halstuch, das sie locker um die Schulter geworfen und mit einer goldenen Brosche in Form eines doppelköpfigen Adlers am Hals zusammengesteckt hat. Frau Bajrami ist Albanerin. Ende der Neunzigerjahre ist sie gemeinsam mit ihrer Familie nach Deutschland geflohen, erzählt sie mir gleich zu Beginn unseres Termins. Eine reizende Frau, die in ihrem Land Lehrerin gewesen ist und heute in Berlin Krankenhäuser putzt. Vielleicht hat sie mit der Flucht ihren Status verloren, niemals aber ihre Haltung. Sie sitzt voller Anmut und Stolz vor mir und ist einfach unfassbar höflich. So macht Sprechstunde Spaß!

Ick liebe meinen Job, denke ich, während es auf dem Gang vor meinem Büro lauter wird.

»Ehrenloser! Du bist ein ehrenloser Hund, ich schwör!«

»Halt's Maul, du scheiß Ali!«

Oha! Was ist denn da los?

»Gibt Ärger?«

Das haben Sie ganz richtig festgestellt, Frau Bajrami. Das klingt ziemlich nach Ärger.

»Na, wat isn da jetze wieder los, Mausi?« Doris is wirklich ne Menge gewohnt. Aber sogar sie macht große Augen und schaut mich fragend über ihren Bildschirm an.

Ich stehe auf und reiße die Bürotür auf. Vor mir zwei große, durchtrainierte Männer, die sich gefährlich nah gegenüberstehen. Warte mal. Bin ich gerade durch ein magisches Portal gegangen? Wir schreiben das Jahr 1971, und ich stehe im Boxring im Madison Square Garden? Muhammad Ali versus Joe Frazier?

»Ich war vor dir dran, du Opfer! Was denkst du, wer du bist, dass du dich einfach vordrängelst! Hässlischer!«

Sein Rivale zieht die Nase mit voller Kraft hoch, wirft den Kopf nach hinten und feuert los. Eine Mini-Pfütze menschlicher Körperflüssigkeit, umgangssprachlich auch »Spucke« genannt, trifft den vermeintlichen Ali mitten ins Gesicht. So, das war's. Hauen ist schlimm, treten ist schlimm, boxen sowieso. Aber spucken? Spucken ist ne ganz andere Liga. Du markierst deinen Gegner ja mit allem, was dein Körper so an DNA und Bakterien zu bieten hat. Ganz schlimm.

»Jisela! Jisi! Rufn Sicherheitsdienst!«

Noch bevor ich meinen Satz zu Ende sprechen kann, befreit sich Ali, der sehr wahrscheinlich nicht Ali heißt, aus den Armen eines anderen Bürgers, der ihn bei der Spuckattacke instinktiv festgehalten hat, um ihn zurückzuhalten. Und verpasst seinem Gegenüber 'ne saftige Kopfnuss.

Ich bin in Schockstarre. Sofort tropft Blut aus dem linken Nasenloch auf den dunkelgrünen Linoleumboden des Amtsflurs.

»Samma, ick gloob, ihr habt se nich mehr alle!« Gisela packt Ali am Kragen und knöpft ihn sich vor. »Wat denkste eigentlich, wo du hier bist, Bursche? Sieh zu, dass de Land jewinnst, oder ick verlier ma gleich!«

Zusammen mit dem Auftritt der eins achtzig großen Gisela kehrt Ruhe ein. Niemand macht dieser Frau etwas vor. Hört sich nach DDR-Klischee an, stimmt aber: Gisela ist Hochleistungssportlerin, und ich empfehle einfach niemandem, sich mit ihr anzulegen.

Mit der noch freien Hand greift sie sich den anderen Kerl und zieht beide hinter sich her Richtung Treppenhaus.

»Ick ruf jetze de Polizei, und wenn ick noch eenen Mucks hör von euch beede, bis die Beamten da sind, dann könnta beede wat erleben! Dann is aber Polen offen! Sind hier uffm Amt und nich in eurer Stammkneipe! Habta mich beede verstanden?«

»Ja.«

»Ja.«

Sie setzt die beiden erwachsenen Männer auf die an der Wand befestigten, eisernen Klappstühle und reicht dem blutenden Kopfnuss-Opfer ein Taschentuch, das sie aus ihrer Gesäßtasche zückt.

Sie sehen aus wie zwei kleine Jungs, die sich auf dem Schulhof geprügelt haben und zur Schulleitung müssen. Gleich werden die Eltern benachrichtigt, und dann gibt's sicher einen Tadel und einen blauen Brief nach Hause.

Inzwischen sind zehn Minuten vergangen. Ich stehe immer noch draußen und lasse Frau Bajrami warten, die sicher Verständnis dafür hat.

Ein kleiner blonder Mann mit Brillengläsern, die seine Augen wie Hemdknöpfe erscheinen lassen, kommt die Treppe hochgerannt. Na jut, gerannt ist zu viel. Getrabt. Er trägt eine schwarze Cargohose mit aufgesetzten Taschen, schwarze Turnschuhe, die schon bessere Tage erlebt haben, und eine schwarze Bomberjacke mit dem verwaschenen Aufdruck SECURITY auf dem Rücken. Als er den blutenden Kämpfer Nummer eins sieht, lässt er seine rechte Hand instinktiv seinen Rücken hinunterwandern und klammert sich dort an einem Teil fest, das er an den Gürtel geklemmt hat. Nicht etwa ein Schlagstock, Handschellen oder gar eine Waffe, nein. Der Sicherheitsmitarbeiter, der noch die Krümel seiner Stulle in den Mundwinkeln hängen hat, hält sich an seiner Taschenlampe fest. Mehr Equipment gibt's nicht, und während ich mir den Winzling noch mal genau angucke, finde ich das auch besser so. Er würde sich nur selbst wehtun, egal mit welchem Gerät. Frage mich, wer den als Wachschutz eingestellt hat.

Doris muss die 889 gewählt und ihn panisch herbestellt haben. Gefühlt ist das nun aber auch schon ne Viertelstunde her.

»Was ist hier los? Jibts Stress?« Er guckt Gisela an, als wäre sie seine Ansprechpartnerin.

»Na, Mensch, GuMo! Sind wa uffjewacht aus unserm Schönheitsschlaf, oder wat? Also, wenn ick mich uff Se verlassen würde, hätten wa ja verloren.«

»Äh … Ich hab ne Weile herjebraucht … Dit war jetze ooch n Stück.« Er hechelt und ist völlig außer Atem. Ob das nun die Treppen sind oder die Angst vor Gisela, die ihm ins Gesicht geschrieben ist, bleibt unklar.

»Was das für ein Lauch, ya?«

Plötzlich lachen die beiden Typen, die sich gerade noch gegenseitig die Birne eingeschlagen haben laut los.

»Richtiger Kek, vallah! Aber Sie sind krass, Respekt.« Ali guckt Gisela an, die beide Arme voreinander verschränkt hat und keinen von ihnen eines Blickes würdigt.

Das weiß sie selber, okay? Das wissen wir hier alle, will ich den Typen zurufen, traue mich aber nicht, und ganz eventuell ist jetzt nicht der richtige Zeitpunkt für Lobeshymnen.

»Wat kiekn Se denn noch so? Rufen Se de Polizei. Oder

soll ick dit ooch noch für Se machen? Ick muss zurück inne Sprechstunde«, schnauzt Gisela den Sicherheitsmitarbeiter an.

»Nein, ya, bitte keine Polizei jetzt. Wir klären das unter uns, wirklich.«

»Klappe halten!«

Keine Ausnahmen. Wir wissen alle, wie das aussieht, wenn die das untereinander außerhalb dieser Behörde zu klären versuchen.

»Handy nehmen, Polizei anrufen, herbestellen. Ick pass so lange uff hier, uff die Halbstarken. Na, los! Zack, zack! Dalli, dalli!«

Der Sicherheitsmitarbeiter tut, was Gisela sagt.

Diese zwinkert mir zu, hebt den Daumen und ruft mir »Allet rotscha in Kambodscha!« zu.

Wenn Gisela nicht Gisela, sondern Giuseppe oder Gökhan heißen würde, hätte ich sie spätestens jetzt und ohne mit der Wimper zu zucken geheiratet. Unsere QUEEN G.!

Autsch

So wie jeden Morgen fahre ich meinen Computer, die alte Möhre, hoch und hoffe auf ein Update. Systemupdates verschaffen Zeit, sie lassen dich durchatmen. Wenn die Technik mit sich selbst beschäftigt ist, ist man nicht arbeitsfähig. Ist dann halt so. Zu meinem großen Pech fährt der PC aber ganz normal hoch, und fünf Minuten später könnte ich schon direkt anfangen zu arbeiten.

Beamtentum heißt Sicherheit. Beamtenalltag heißt Struktur. Heißt Routine. So wie ich nie und nimmer in den Tag starten würde, ohne meinen Kaffee getrunken zu haben, gibt es vor dem Start in den Arbeitstag auch einen geregelten Ablauf. Rechner einschalten, auf Update hoffen, Programme öffnen, Intranet checken.

Gleich als Erstes in mein E-Mail-Postfach zu gucken, wäre mein Untergang. Ich kann das nicht. Viel wichtiger als die ollen Mails ist nämlich der heiße Scheiß ausm Amt. Hier werden aktuell freie Stellen ausgeschrieben, was es heute im Casino zu futtern gibt und welche absolut innovative, unfassbar wichtige und unbedingt zur Kenntnis zu nehmende Neuerung die Behörde zu verkünden hat.

Kann's kaum erwarten.

Ich fange an zu scrollen.

1. Sachbearbeiter/-in (w/m/d) im Bürgeramt gesucht

Langweilig. Wer geht denn freiwillig aufs Bürgeramt und arbeitet da? Da findet sich nun wirklich alles und jeder, der was vom Amt will. Glauben eh alle, dass man als Beamtin aufm Amt im Bürgeramt arbeitet, als ob's keine anderen Ämter gäbe. Aber ich bin ja glücklich in meinem Team und würde mir auch kein Bewerbungsverfahren mehr antun.

Ich scroll mal weiter.

2. Abteilung Stadtentwicklung wegen Betriebsausflug geschlossen

Laaangweilig. Lasst mich raten: Gaslaternen-Freilichtmuseum im Tiergarten, Bayerisches Brauhaus oder doch, ganz wild: Escape-Room. Langweilig. Weiterscrollen.

3. Bezirksbürgermeisterin eröffnet Pop-up-Fahrradwege feierlich

4. Kantinenplan für KW 16

5. Massage am Arbeitsplatz

OHA! Ich höre auf zu scrollen und klicke auf die Meldung:

Ihr Nacken ist verspannt? Sie haben Rückenbeschwerden vom langen Sitzen am Schreibtisch? Neben ausreichend Bewegung und einer ergonomisch angemessenen Ausstattung kann eine wohltuende Massage die ersehnte Entspannung bringen. Sie haben keine Zeit? Zu viel zu tun? Wir kommen zu Ihnen und massieren Sie am Arbeitsplatz! 30 Euro für 45 Minuten Entspannung – ***jetzt buchen!***

»Nee, is dit jeil! Jeiler Scheiß, ey!«

»Morjen, watn so jeil? Haste endlich n passenden Kerl jefunden?«

Gisela und ich haben uns keine drei Sekunden gesehen und schon feuert die Alte los. Immerhin lacht sie dabei, mit ihren noch leicht angeschwollenen Augen und dem Morgen-Gesicht, das sie immer etwas weicher und nahbarer erscheinen lässt.

»Sacht ma, wusstet ihr, dass wir uns am Arbeitsplatz massieren lassen können? Is ja der Wahnsinn, ey!«

»Da saß wieder eener ausm Personalbüro für seine viertausend netto und hatte nen Jeistesblitz, wie er uns alte Säcke am Ball halten kann. Die sollen uns mehr Jehalt zahlen, statt uns zu massieren. Massieren kann ick mich allee-ne!«

»Wie machstn dit, Jisi? Musste mir ma zeigen, wie de dich selbst massierst.« Doris kichert und rührt dabei ihren Pulver-Cappuccino um.

»Ey, die kommen an Arbeitsplatz! Für dreißig Euro kriegste dann fünfundvierzig Minuten Massage. Ick buch dit jetze!«

Gesagt, getan. Ich fülle das Formular aus, weil ich mich mit dem Ausfüllen von Formularen auskenne, haha. Jetzt kann ich kurz meine Mails checken. Massage am Arbeitsplatz, das wär's ja. Ein Traum geht in Erfüllung!

Es ist kurz nach neun, die letzte Stunde habe ich damit verbracht, Doris' Geschichten ausm Garten zu lauschen und nebenbei meine E-Mails abzuarbeiten. Da klingelt mein Handy. Unbekannte Nummer, komisch. Doris erzählt noch und ich gehe ran. Die erzählt eh weiter.

»Hallo?«

»Hallo, guten Morgen! Sie haben eine Anfrage gestellt für die mobile Massage am Arbeitsplatz. Wir haben heute um elf Uhr noch einen Termin frei. Hätten Sie Interesse?«

»Ach Mensch, dit jing ja schnell.« Ich überlege kurz, ob was Wichtiges ansteht, und scrolle im Kalender des E-Mail-Postfaches. Ronja und Dilara sind eh die Einzigen, die dieses Ding benutzen. Bei mir steht alles im Tischkalender. Ich finde weder digital noch analog etwas Unaufschiebbares und sage zu.

»... ja, und denn hat Jünther sich die janze Hose einjesaut mit den Farbeimer. Muss nachher dringend zu Rossmann und Gallseife holen, Mausi. Erinnerste mich dran?«

»Wat? Ja, klar. Mach ick, Doris.«

Ich überlege, welchen BH ich heute morgen im Dunkeln angezogen habe, und hoffe, dass es nicht der mit dem rausguckenden Bügel an der Seite ist. Muss dringend mal meine Klamotten aussortieren. Bin völlig verwahrlost im Single-Life. Zeit, dass Hakan sich bald mal wieder meldet.

»Mädels, ick mach ma de Zwischentüren zu, weil gleich kommt die Massöse. Is jut?«, kündige ich an.

Gisela lacht. »Als ick hier anjefangen habe, da warn wa froh, dass wa hier jelandet sind und nich in Supermarkt. Und jetze bieten se schon Massagen an im Dienst. Dit gloobt doch keener, wat hier abjeht in den Laden.«

Ich schließe die Tür zu Petras und Giselas Büro und auch die von Ronja, die sowieso nicht am Arbeitsplatz, sondern wieder in einer ihrer unnötigen Führungskräfterunden sitzt. Na ja, solange die sich in diesen Meetings so was wie ne Massage am Arbeitsplatz einfallen lassen, bin ich fein damit.

Fünf vor elf verabschiedet sich Doris in ihre Mittagspause,

die gar keine offizielle Mittagspause, sondern der dringliche Besuch bei Rossmann ist. Ich bereite mich mental auf meine paar Minuten Ruhe vor. Jetzt lasse ich's mir gut gehen, denn ich hab's verdient!

Es klopft an der Tür, und gleich darauf grinst mich ein zierlicher, sympathischer junger Mann in weißem T-Shirt durch den offenen Türspalt an. »Du musst Conny sein? Bin ich richtig?«

»Ja, Schatzi. Und du musst mein Erlöser sein. Komm rin!«

Zack! Da hat's gefunkt. Da hat's geklickt. Er muss schwul sein. Es klickt immer nur mit schwulen Männern sofort bei mir. Man könnte behaupten, ich wäre voreingenommen, aber ein Satz hat mir gereicht, um mir zu erlauben, ihn Schatzi zu nennen. Er ist viel zu schön und zu gepflegt für nen Hetero-Typen, ich sehe das. Er ist noch nicht mal im Raum, da sind wir schon beim Du, und ich habe einen Kosenamen für ihn. Soll ich den Sekt kalt stellen? Liebe den jetzt schon.

»Hi, ich bin Marc, und du hast eine Massage bestellt! Wo tut's denn weh?«

»Marci. Überall. Überall, wo angeblich Muskeln am Rücken sind, die keen Mensch sieht. Überall da tut's weh. Janz besonders anne Schulter.« Ich ziehe meine Unterlippe nach unten und gucke wie ne Fünfjährige. Bin jetzt ein kleines, süßes Mädchen, na und?

»Dann zieh mal dein Oberteil aus, und ich baue schnell meinen Tisch auf.« Marc öffnet den Reißverschluss seiner riesengroßen schwarzen Umhängetasche und holt ein aufklappbares Ding heraus, aus dem im Nu eine Massageliege wird. Boah, was ein Traum!

Ich stelle fest, dass ich heute tatsächlich den halb kaputten BH angezogen habe, der auch noch ein kleines Loch an der

Seite hat, aber wat soll's? Marc ist eh schwul, den juckt das nicht.

»Na, dann leg dich mal auf den Bauch und lass dein Gesicht einfach durch das Loch vorne hängen.«

Ich folge seinen Anweisungen wie ein scheues Reh und lasse mich auf die Liege fallen.

Marc schmiert sich irgendne Weleda-Creme auf seine zarten Finger und reibt sich die Hände warm. »Ich fange mal bei den Schultern oben an, ja, Conny?«

Egal wo. Fang einfach an Marci-Boy. Knet mich durch. Seine doch nicht so warmen Hände fangen an, meine beiden Schulterblätter sanft zu massieren. Zu sanft. »Kannst ruhig n bisschen doller, Mausi. Bin dit jewohnt.«

Gelogen. Die letzte Massage ist Jahre her und war im Antalya-Urlaub, als ich mich am Strand von Spa-Berater Yüksel hab belabern lassen, unbedingt eine Hotstone-Massage für sechzig Euro zu buchen. Hätte mich genauso auf den heißen Sand legen und mir die Kohle sparen können. Aber der süße Yüksel und mein Faible für Südländer ließen mich schwach werden. Wie immer.

Bei Marci und mir sind die Verhältnisse klar. Kennen uns zwar erst seit zehn Minuten und er hat kein Wort über sein Privatleben verloren, aber ich sehe uns schon nach der gemeinsamen Shoppingtour »Germany's Next Top Model« gucken und Sekt aus ner rosa Dose trinken. Vorurteile, Schubladendenken und Klischees kann ick.

»AAAAAAAUUUUUUUUUUUUUUUTSCHHHHHH!«

Jetzt hat er ihn getroffen. Den Nerv, der kein Nerv ist, sondern eine von unzähligen Verspannungen. War schon zich Male bei Orthopäden, und alle haben sie die gleiche dumme Diagnose gestellt: Unsportlichkeit.

Pah! Dass ich nicht lache! Die ganzen Kilometer, die ich hier mit der Umlaufmappe unterm Arm zurücklege, sind kein Sport, oder was? Muss ich mir erst Nordic-Walking-Stöcke dazunehmen, damit das als Bewegung anerkannt wird? Das kommt alles vom Sitzen. Jeden Tag acht Stunden vor dieser Röhre. Hab nen höhenverstellbaren Schreibtisch auf Attest bekommen (denn nur so kommt man aufm Amt an dieses heiß begehrte, hochmoderne Möbelstück) und den drei Tage benutzt. Danach wurde mir das ständige Auf- und Abfahren des Tisches zu anstrengend. Hab unendlich viel zu tun. Kann doch nicht den ganzen Tag damit vergeuden, mich um die richtige Höhe meines ollen Tisches zu bemühen. Wo kommen wa denn da hin?

»War das zu fest?«

»Nee, war super. Mach ruhig weiter.«

...

»Ja. Ja. Jaaaaaaaaa, jenau da, Marci.«

...

»Noch n bisschen weiter links. Bisschen fester. Jaaaa, jaja, genau so. Da is jut.«

Marc und ich. Eine einzige Symbiose. Ich verliere mich komplett irgendwo zwischen extremem Schmerz und höchster Ekstase und bringe das auch ziemlich lautstark zum Ausdruck. Mir ist alles egal. Bei mir weißte halt, woran du bist.

»Du machst dit so jut, Marci-Boy, ey. Jöttliche Hände, jöttlich!« Ich stöhne laut auf. Moment mal? Wer räuspert sich denn da im Hintergrund? Hab ich mir sicher eingebildet. Jetzt folgt noch ein Räusper, etwas lauter und bestimmter.

»Oh.« Marc stoppt die Massage.

»Oh«, kommt es auch vom Räusperer.

Ich hebe meinen inzwischen knallrot angelaufenen Kopf aus der Liegenöffnung und drehe mich zu Marc um, den ich nur aus den Augenwinkeln sehe. »Wat isn los? Wat hastn uffjehört?«

»Äh, hier ist ein Herr, Conny.«

Ich richte meinen Körper auf, der sich anfühlt wie drei Zentner, und halte mir dabei die Hände vor die Brüste, weil ich ja quasi nackig bin.

»Oh Gott, Entschuldigung. Ich muss mich geirrt haben. Ich dachte ...«

»Samma, haben Se schon ma wat von Anklopfen jehört? Gloob, ick spinne.«

Mein Kopf ist durch das zusammengelaufene Blut darin so rot, dass ich nicht noch röter werden kann.

»Ich hatte dreimal angeklopft, Verzeihung.« Der Mann mit Klarsichthülle in der Hand (offensichtlich ein verirrter Bürger, was auch sonst) dreht sich um und geht wortlos.

Geil, Conny. Tür abschließen wäre ne Option gewesen. Denkst auch, du wohnst hier, wa? Nee, echt. Herzlichen Glückwunsch. Morgen dann Schlagzeile in der »BILD«: *Da gehen sie hin, unsere Steuergelder! Berliner Beamtin wird oben ohne bei erotischer Massage in Behörde erwischt.*

»Oh Mann. Sollen wir lieber aufhören, Conny? Ich komme ein anderes Mal vorbei.«

Marc denkt auch, wir wurden gerade bei was anderem erwischt als bei ner ganz normalen Massage am Arbeitsplatz. Die Behörden wollen doch zeitgemäßer wirken! Mehr Work-Life-Balance und gesundes Arbeiten und so! Da kann's halt mal passieren, dass das auch ein Bürger sieht, mein Gott!

»Nö, wieso? Kannst weitermachen.« Ich lege mich wieder auf die Liege und presse mein Gesicht durch die Öffnung. Mir doch egal. Als würde es noch irgendwas geben, das man an unserem Image retten könnte. Hätte genauso an der Kaffeemaschine stehen können. Dann würde es heißen, die trinken den ganzen Tag nur Kaffee, die Beamten. Vielleicht war das ja auch ein gesundheitlicher Notfall? Gut, oben ohne hätte man mich jetzt nicht unbedingt antreffen müssen, aber ist jetzt eh zu spät.

»Du reagierst echt gelassen. Hätte ich gar nicht gedacht.« Marc lacht und massiert mich wortlos weiter.

»Mausi, die denken sich doch eh alle, wat se wollen, und stecken uns in Schubladen. Wat hab ick denn da noch zu verlieren? Klischees sind da, um bestätigt zu werden!«

Marc lacht, und ich deute es als Zustimmung.

»Samma, apropos! Kiekste eigentlich »Germany's Next Top Model« und magste Sekt aus rosa Dosen?«

»Nein, wie kommst du drauf?«

»Nee, nur so. Dachte, vielleicht.«

Ups. Es folgen dreißig Minuten Stille, in denen ich auch keine Reaktion mehr auf die Massage gebe. Wir schweigen uns an, und er macht seinen Job.

Marc und ich. Das wird wohl doch nix.

Scheiß drauf

Seit Ewigkeiten ist mir das nicht mehr passiert, aber heute ist's anscheinend so: Conny hat verschlafen. Auf Netflix läuft diese eine Serie mit dem verrückten Stalker, der sich die ganze Zeit in Frauen verliebt, sie beobachtet, studiert und am Ende killt. Hab mich so in den Folgen verloren, dass ich um ein Uhr nachts panisch ins Bett gerannt bin. Der Wecker sollte um fünf klingeln! Schon beim Schließen meiner Augen war mein letzter Gedanke: Dit wird morgen nüscht.

Keinen der drei Wecker habe ich gehört, oder ich hab die Schlummerfunktion im Halbschlaf deaktiviert – keine Ahnung, bin jedenfalls zu spät. Mein Herz rast, als ich die Augen endlich aufbekomme und auf mein Handy schaue: acht Uhr. Um Gottes willen! Aber Moment mal. Wieso eigentlich diese Panik? Du bist Beamtin, Conny. Es gibt eine Dienstvereinbarung zum Thema »Gleitzeit«. Einer der wenigen Gründe, wieso ich auf ewig auf dem Amt bleiben werde. Na jut, gibt auch noch n paar andere. Mal davon abgesehen, dass ich einen Teufel tun werde, mich mit Mitte vierzig noch mal neu zu erfinden. Niemals!

Wieso also meine Panik, wenn ich, theoretisch gesehen, auch bis zehn Uhr aufkreuzen kann? Das wären noch mal ganze zwei Stunden, die ich entspannen könnte. Die Antwort: Macht kein Schwein. Wer spät kommt, muss auch entsprechend lange bleiben. Ich sitze ganz bestimmt nicht freiwillig noch um achtzehn Uhr in der Behörde. Da ist der Laden halb ausgestorben. Wenn man von draußen auf das Gebäude schaut, brennt zu dieser Uhrzeit höchstens noch bei Ronja Licht. Bei ihr und allen anderen jungen Hühnern, die den Laden umkrempeln wollen. Die Profis, also meine Liga, sind da schon lange zuhause. Daher weht also der panische Wind, weil ich echt keine Lust habe, mir gleich die ollen Sprüche der Kollegen reinzuziehen.

Ich springe aus dem Bett, wasche mir das Gesicht, ziehe mich an und verlasse meine Wohnung. Duschen ist heute nicht. Duschen würde meinen Feierabend um weitere dreißig Minuten nach hinten verschieben. Gott bewahre.

Um kurz vor neun komme ich im Büro an und habe mich schon lange nicht mehr so scheiße gefühlt. »Morgennnnn«, werfe ich in die Runde, die gemütlich an dem Besprechungstisch aka Frühstückstisch sitzt. In der Mitte brennt ein Teelicht. Ach so, da haben die feinen Damen es sich gemütlich gemacht in meinem Büro. Habe das Gefühl, den halben Tag verpasst zu haben, kein Teil des Teams mehr zu sein. Ich bin jetzt die Außenseiterin, die zu spät dazustößt. Die, zu der sich niemand setzen will, weil sie mitten im laufenden Schuljahr in die neue Klasse kommt.

»Wollte jerade ne Vermisstenanzeige uffjeben, Conny! Haste ma uffe Uhr jekiekt?« Gisela beißt in ihr Mettbrötchen.

Die Zwiebelwürfel haben den gesamten Raum geruchstechnisch eingenommen und übertünchen mein Airwick Magnolie Kirschblüte. Sie ist sauer. Klar, was auch sonst. Aber dieses Mal einfach nur aus Liebe und Sorge. Ich weiß ganz genau, wie meine Gisela das meint. Sie ist wie Papa, der mich früher immer kurz böse angeguckt hat, wenn ich mir wehgetan habe, und sich dann erst gesorgt hat. Gisela hat sich einfach nur Sorgen gemacht und ihre *Love Language* heißt: Wut.

»Samma, Mausi, ham uns schon jewundert. Hast dich ja nich jemeldet. Is allet jut?« Kussi.

»Hört uff, ick hab verschlafen wie sonste wat.« Ich lege meine Sachen auf dem Schreibtisch ab und reiße das Fenster auf. Hältste ja kaum aus, diesen Gestank.

»Hatteste n bisschen Spaß letzte Nacht oder wie solln wa dit verstehen, Connychen?« Petra räuspert sich und guckt mich dabei an, als wollte sie mir sagen, dass sie ganz genau weiß, dass ich es letzte Nacht wild getrieben habe.

»Hab zu lange inne Röhre jekiekt, Petra. Nich dit, wat du wieder denkst. Muss erst ma uffs Klo.« Ich schnappe mir meinen Büroschlüssel und verlasse den Zwiebel-Mett-Mief. Hab's halt heute morgen in der Eile nicht mehr geschafft, und was raus muss, muss raus. Der Becher Kaffee, den ich mir am Bahnhof geholt und in der Bahn getrunken habe, um mich wach zu bekommen, hat's nicht besser gemacht.

Hoffentlich sitzt keiner drauf, hoffentlich sitzt keiner drauf. Ist eigentlich nicht meine Art, mein Geschäft auf der Arbeit zu verrichten, aber hilft ja nüscht. Heute ist halt alles anders. Ich schließe die Tür zum Damen-WC auf, das genauso aussieht, wie man sich eine Behörden-Toilette vorstellt. Die vertäfelten Holzdecken und rosafarbenen Fliesen mit blumigen Bordüren von Oma Walli sind dagegen voll der Zeitgeist. Ich kann die Fliesenfarbe hier kaum identifizieren. Irgendwas zwischen Beige und Grau mit nem Klecks Olivgrün. In der gleichen undefinierbaren Farbe das Waschbecken und der beigefarbene (oder einfach stark vergilbte) Papierhandtuchspender mit dunkelgrünem Altpapier zum Händetrocknen. Der Boden besteht aus winzigen hellbraunen Fliesen im Karomuster, die leichten Schwindel hervorrufen, wenn man zu lange drauf schaut.

Erste Amtshandlung eines jeden Toilettenganges: bücken und bei den benachbarten WCs schauen, ob man Füße sieht. Kann ja sein, dass sich da eine eingeschlossen und das gleiche Problem hat wie ich. Ich bücke mich also und scanne jede einzelne Kabine ab. Je näher ich meinem Ziel, der befreienden Kloschüssel, komme, desto dringender wird's. Viel Zeit bleibt mir nicht. Scheiße! Tatsächlich erspähe ich ein paar weiße, saubere Adidas-Sneaker, die sich mit den Fußspitzen auf den karierten Fliesen abstützen. Verdammt! Das geht jetzt gar nicht. Es wird immer dringender.

Aus der Kabine kommt kein einziger Mucks. Kenne dieses Gefühl ganz genau. Meine Leidensgenossin stellt sich tot. Nicht atmen, keine Geräusche von sich geben. Die muss mich gerade auch abgrundtief hassen, weil ich bei ihrem morgendlichen und dringlichen Ritual störe. Denn solange niemand merkt, dass sie aufm Pott sitzt, kann sie es auch nicht gewesen sein, die den gewissen Geruch verursacht hat.

Egal! Ich kann nicht mehr. Ich nehme die entfernteste Kabine, so dass uns zwei voneinander trennen. Jetzt ist aber Endstufe, es grummelt im Bauch. Bin kein Hygienefreak, aber sich auf öffentlichen Toiletten einfach hinsetzen? Niemals. Muss erst mal fein säuberlich Toilettenpapier auf der Klobrille drapieren, um mich nicht direkt draufsetzen zu müssen. Ich öffne die Tür der Kabine, und mich trifft der Schlag. Irgendeine Vorgängerin hat es wohl nicht für nötig gehalten zu spülen. Ekelhaft! Mir platzt ein lautes »Iiieeeh« heraus, das ich sofort wieder bereue, denn man könnte ja meine Stimme identifizieren, und das darf jetzt nicht passieren.

Ich nehme die nächste Kabine. Klopapier alle. Ick flipp' gleich aus, ey!

Es geht nicht anders, ich muss das Klo neben dem besetzten nehmen. Ich öffne mit der linken Hand meinen Hosenknopf und mit der rechten ziehe ich hektisch an der Klopapierrolle viel zu viel Papier raus. Von nebenan kommt immer noch kein einziges Geräusch. Hauptsache, die kollabiert nicht da drüben. Normalerweise lege ich das Toilettenpapier wirklich ringsherum auf die gesamte Brille, aber dafür bleibt keine Zeit.

Ich ziehe die Hose runter und setze mich ganz vorne auf die äußerste Kante der Brille, um so wenig Kontakt wie nur möglich zu haben. So, was mache ich jetzt? Wäre ich gerade bei jemandem zu Gast, würde ich den Wasserhahn volle Pulle laufen lassen. Oder husten, während es passiert. Die Wasserhahn-Methode ist leider schlecht, denn das Waschbecken befindet sich außerhalb der Kabine. Ich entscheide mich daher für die Methode des Spülens und betätige den silbernen Spülhebel hinter mir. Das laute Geräusch des Wassers überdeckt nun synchron die Töne, die ich niemals mit irgendjemandem teilen werde. Niemals!

Meine Sitznachbarin schließt sich entweder dieser Methode an oder ist fertig. Auf jeden Fall spült sie jetzt auch. Magen-Darm-technisch bin ich auf jeden Fall erlöst, frage mich aber, wie ich diese Kabine wieder verlassen kann, ohne dass ich dabei dem sich gerade breitmachenden Geruch zugeordnet werde. Die von nebenan scheint zwar auch schon fertig zu sein, öffnet aber nicht die Tür.

Ich beuge mich ganz leicht nach vorne und sehe die weißen Sneaker gerade auf dem Boden stehen. Wer zur Hölle ist denn das? Und wieso bleibt die denn in der Kabine? Wie auch immer. Ich werde auf jeden Fall warten, bis sie weg ist. Ein Aufeinandertreffen und dann im Anschluss beschämtes Händewaschen nebeneinander, das ist das Letzte, was ich jetzt brauche. Die rennt doch dann gleich in ihr Büro und erzählt allen, was für eine ekelhafte Situation sie gerade auf der Toilette erlebt hat. Sie sei ja Heimscheißerin. So was Ekelhaftes würde sie niemals auf dem Arbeits-WC machen. Blablabla.

Wir wissen beide, dass wir gerade ein und dieselbe Sache getan haben, Mausi. Also los, verfatz dich jetzt aus der Kabine, wasch dir die Hände und erlöse uns. Du und ich, wir haben sicher noch ne Menge zu tun heute. Ich sitze das aus.

Es vergehen gefühlt zehn Minuten, in denen ich darauf warte, dass die Alte endlich dieses Klo verlässt. Nichts tut sich. Ich fasse mir ein Herz und drehe mit der allergrößten Vorsicht und so leise wie nur möglich das Türschloss auf und drücke die Klinke runter. Ich mache mich jetzt still und leise ausm Staub und du kannst da meinetwegen noch zwei Stunden abhängen, mir doch egal.

Ich strecke meinen Kopf aus der Tür und schaue in ein kleines Gesicht mit riesigen Augen. Ronja!

»Oh, äh, hi, Conny!«

»Ähm, hi. Morgen, Ronja.«

Wir verlassen beide unsere Kabinen und laufen auf den Boden starrend zu den Waschbecken. Schöne Karo-Fliesen! Gott, ist das peinlich. Für uns beide, aber schließlich auch für keine von uns beiden.

Wir waschen unsere Hände, ich ziehe zwei Papierhandtücher aus dem Spender und reiche Ronja eins davon. Ich nicke ihr zu, denn uns verbindet jetzt etwas. Sie nickt zurück. Soeben haben Ronja und ich eine stillschweigende Klo-Vereinbarung getroffen.

Ich drehe mich um und gehe, um wenigstens eine Minute Vorsprung zu haben und uns endlich aus dieser Nummer zu befreien. Das bleibt unser kleines Geheimnis, Ronja.

Ick sach ma so: Scheiß drauf!

Prokrastination ist alles

Lieblingsbehördenwort forever: »Zuständigkeit«. Jeder hat seine Akten, die zu irgendwelchen Bürgern gehören und nach dem Alphabet sortiert sind. Und dieses Ding mit der Zuständigkeit ist nicht einfach so an den Haaren herbeigezogen oder ausgedacht. Nein, es ist gesetzlich geregelt. Fast jedes juristische Gutachten startet mit der Prüfung der sachlichen und örtlichen Zuständigkeit. In Berlin existiert das ZustKat Ord, also der Zuständigkeitskatalog der Ordnungsaufgaben, wo ganz klar geregelt ist, welche Behörde für welche Sachverhalte zuständig ist.

Was würde passieren, wenn plötzlich jeder alles machen würde? Daran möchte man bei dem aktuell herrschenden Behördenchaos und -image gar nicht erst denken. Würde es diese Zuständigkeiten nicht geben, würde entweder jeder alles machen oder niemand irgendwas – und ich tippe tatsächlich auf Letzteres.

Neben unseren laufenden Akten und der abwechselnden Teilnahme an den Sprechstunden hat jeder noch so seine kleine Zusatzaufgabe. Nie und nimmer wurden diese Zusatzaufgaben klar kommuniziert oder demokratisch beschlossen. Einer macht irgendwas, die anderen sagen »Oh, das hast du aber toll gemacht«, und dann hast du das große Glück, dass du ab jetzt die Beauftragte für diese Aufgabe bist, es aber niemals werden wolltest. Unterschieden wird da zwischen sehr angenehmen Aufgaben, wie dem regelmäßigen Wegbringen und Schreddern von analogem Datenmüll, und eher weniger behaglichen Dingen, wie dem Verwalten der Kaffeekasse.

Irgendwie nicht überraschend: Über die Kaffeekasse herrscht Gisela. Geld eintreiben, darauf aufpassen und dann sparsam einteilen und ausgeben, ist ihr Ding. Wie eine Gerichtsvollzieherin steht sie einmal im Monat vor einem und sammelt fünf Euro von jedem von uns ein. Die Diskussionen darüber, ob man denn nun Kaffee trinkt oder nicht, sind lange abgehakt.

Petra hat mal in einem ewig langen Streitgespräch versucht, Gisela klarzumachen, dass sie nur Tee trinke und sich diesen immer selbst mitbringe. Was diese nicht als ausreichendes Argument gesehen hat, dass Petra nichts zur Kaffeekasse beisteuert. Immerhin werden von dem Geld auch Spülmittel, Küchenrolle oder Kekse für die Besprechungen gekauft und daran bediene sie sich regelmäßig. Der positiven Vibes wegen hat Petra damals erstaunlich schnell nachgegeben, somit existiert jetzt diese olle Kaffeekasse, und Queen G. ist die unkorrumpierbare Schatzmeisterin, die diese Aufgabe äußerst ernst nimmt.

Ist natürlich klar, dass jetzt meine Zusatzaufgabe kommt und diese ganz bestimmt nicht zu der Sorte »angenehm« gehört. Immer mal wieder trudeln Anfragen von irgendwelchen übergeordneten Behörden ein, die für ihre Statistiken Zahlen und Daten brauchen. Manchmal habe ich echt das Gefühl, dass sie das nur tun, um einfach ne Daseinsberechtigung zu haben und irgendwie beschäftigt zu wirken. In all den Jahren haben wir Berge von Zahlen und Daten an die geliefert, die unsere Produktivität und Effizienz messen und anschließend verbessern sollten. Ich frage mich regelmäßig, was mit diesen Meldungen passiert ist. Ich meine, wir haben immer noch Faxgeräte, keine elektronischen Akten und gefühlt ist die Hälfte unserer Stellen unbesetzt. Meine Zusatzaufgabe ist also nicht nur komplett sinnlos, sondern auch extrem nervig.

Bin zwar keine richtige Vorgesetzte, muss aber trotzdem so ne Art Kontrollinstanz bei den anderen Kollegen spielen. Ich liefere die Zahlen dann an Ronja und diese wiederum an die übergeordnete Behörde, und jedes Mal, wirklich ausnahmslos jedes Mal bekomme ich blöde Sprüche oder Protest von meinen Büro-Mausis. Ich hasse diese Aufgabe so unendlich und verfluche den Tag, an dem ich sie einmal aus Versehen richtig und zügig erledigt habe.

Seither verfolgt mich der Albtraum, meine Kollegen zu fragen, wie viele Anträge und Vorgänge sie im letzten Monat abgearbeitet haben. Am 10. eines jeden Monats müssen die Zahlen bei Ronja eingehen. Heute ist der 9., und ich habe keine Ahnung, wie ich dieser Sache ausm Weg gehen kann. Gut, man könnte denken, Conny, du bist Beamtin. Fristen sind dein Ding. Damit kennste dich aus. Das liebst du doch. Ja, genau, ich liebe sie, aber nur dann, wenn ich sie selbst setze. Nicht aber, wenn ich eine Frist einhalten muss und die Aufgabe so schrecklich ist, dass ich mich schon vier Wochen vorher und bis zur letzten Sekunde damit quäle.

Eigentlich absolut kein Grund für Drama. Ich habe eine Exceltabelle, die ich in meiner damals überschwänglichen Motivation mit Ach und Krach gebastelt habe. Angelegt habe ich sie feinsäuberlich, gleich nach meiner ersten Excelschulung, auf die ich sogar noch Lust (!!!) hatte. Völlig übereifrig habe ich dann die einzelnen Zellen markiert und SUMME= in die eine Zelle geschrieben, damit automatisiert alle einzelnen Zahlen zusammengerechnet werden. Habe mich damals gefühlt wie der größte PC-Nerd, der sich gerade in das Betriebssystem eines weltweit agierenden Sicherheitsunternehmens einhackt. So wie die in den Filmen und Serien immer wild irgendwelche Buchstaben und Zahlen aneinanderreihen, um am Ende zu sagen: Ich bin drin.

Inzwischen ist diese Formel tausendfach zerschossen weil ich mich blöd angestellt und irgendwas angeklickt haben muss, das da nicht reinsollte. Jetzt ist es da drin, und ich müsste Maik aus der IT kontaktieren beziehungsweise ein Ticket schicken, damit der herkommt, sich das anguckt und mich auslacht für meine absolute Excelblödheit. Excel ist mein Endgegner. Unser aller. Wer mir erzählt, dass er Spaß an Exceltabellen hat, wird mir auf ewig suspekt sein. Ronja sagt immer, das würde so vieles erleichtern, und wenn man einmal den Dreh raushat, dann flutscht das, und man will nie wieder ohne. Nö, danke! Ich rechne jetzt einfach alles mit meinem Taschenrechner aus und trage es anschließend manuell ein. Kenne auch keinen Beamten, der aufgrund seiner hervorragenden Excelkünste zum Amtsleiter befördert wurde, also: wen juckt's? Mich nich.

Neben dieser Hass-Tabelle ist mein eigentliches Problem die blöde Abfrage aller Kollegen und das ewige Hinterherrennen. Habe es mehrfach per Mail versucht und zich Mal erlebt, dass sich dann entweder keiner zurückmeldet oder einfach die Mail löscht, weil man denkt: Nö, brauch ick nicht. Eine quälende, scheußliche Aufgabe und als einzige Lösung habe ich für mich entdeckt: aufschieben.

Sitze jetzt schon seit drei Stunden an dieser ollen Tabelle und habe genau eine Spalte ausgefüllt, und die stammt von Dilara. Es fehlen also noch alle in Zuständigkeitsbereiche, Themengebiete und Vorgangsnummern aufgeschlüsselte

Daten von Petra, Gisela, Doris und mir. Es ist elf Uhr, und so viel Zeit bleibt mir gar nicht mehr. Gehe ich jetzt erst zu Gisela und hole mir einen Anranzer ab oder erst zu Doris, die keine Ahnung hat, was sie letzten Monat abgearbeitet hat und mir Fantasiezahlen mit Kussi zuwirft?

»Du, Dorismaus, kannste mir deine Vorgangszahlen mal fix durchgeben? Muss dit doch morgen abjeben bei Ronja und bin spät dran.«

Spät dran, weil ich es so wie jeden Monat auf die letzte Minute geschoben, zwischendurch mein komplettes Büro einmal auf den Kopf gestellt und gereinigt habe und mir gerade überlege, ob ich nicht schnell mal das Bürofenster putze, damit ich eine bessere Sicht auf den betagten Nachbarn von gegenüber habe, mit dem ich seit Jahren eine innige, aber wortlose Beziehung pflege. Kenne seinen gesamten Tagesablauf und er meinen. Manchmal starren wir uns minutenlang an, ohne eine Miene zu verziehen, während er mit seinem Kissen auf dem Fensterbrett das amtliche Treiben von vis-à-vis inspiziert. Irgendwann werde ich rübergehen und einfach bei dem klingeln. Der soll mir dann mal sagen, was er von unserer Arbeit hält. Kannste keinem erzählen, was der Fenster-Opi schon alles gesehen haben muss. Der könnte in ner Doku übers Amt mitwirken, wo er hinter ner Schattenwand sitzt und mit verzerrter Stimme sagt: »Ja, stimmt. Die machen alles, nur nicht arbeiten.«

Aber da Opi nicht nur meinen ganzen Tag kennt, sondern ich auch seinen, haben wir einen geheimen Pakt per Augenkontakt abgeschlossen. Sehe nämlich ganz genau, wie er der einen jungen Pflegerin immer aufn Hintern guckt, wenn sie ihm seine Medikamente zusammengekramt hat. So einer nämlich. Also, putze ich jetzt schnell die Fenster?

»Mausi, dit weeß ick doch nich mehr. Is nich böse jemeint, aber dit sag ick dir jeden Monat.« Kussi.

Ich trage in Doris' Spalte dieselben Zahlen wie im vergangenen Monat ein und hoffe, dass es niemand merkt. Ganz unter uns: Es wird niemand merken. Die sind froh, wenn sie irgendwelche Zahlen bekommen, Ronja ist froh, dass sie pünktlich irgendwelche Daten einreichen kann, und ich bin froh, wenn ich für vier Wochen diese bekloppte Aufgabe beiseitelegen kann.

Als Nächstes muss ich zu Gisela und Petra ins Büro und habe den Geistesblitz, vielleicht doch noch mal frischen Kaffee aufzusetzen. Ist zwar noch etwas in der Kanne, aber die Plörre von heute Morgen kannste ja keinem antun. Zu meinem großen Glück sehe ich in der Kaffeedose, dass nur noch wenig Kaffee da ist. Giselas Aufgabe ist es, das Geld einzutreiben, aber kaufen geht ihn dann in der Regel Dilara.

»Ach Mist, der Kaffee ist fast alle. Ick jeh ma neuen holen, ja? Wollt eh kurz zu Rossi.«

Dilara, der das offensichtlich recht ist, ruft ein »Alles klar!« rüber, und ich kann verschwinden.

Prokrastination, wie sie schöner nicht sein könnte. Ich habe noch ungefähr drei Stunden Zeit, diese blöde Aufgabe zu beenden, muss nur noch Giselas, Petras und meine Zahlen zusammenkratzen, alles zusammenrechnen, eintragen und dann morgen früh an Ronja schicken. Das wird schon. Hat ja bisher immer gut geklappt. Außerdem ist der Kaffee überlebensnotwendig. Nach genau sechzig Minuten, die ich erst im Supermarkt und dann bei Rossmann verplempert habe, wo ich mir wieder Gesichtsmasken kaufen musste, die nichts an meinem Gesicht verändern werden, öffne ich die Tür zu meinem Büro.

»Na, Mausi, warste jetze aber doch länger weg, wa? Haste den Kaffe noch schnell jeerntet, oder wat? Ick hoffe, du ziehst dir dit vonna Arbeitszeit ab, später.«

Doris verfällt in einen ihrer rauchigen Lachanfälle, weil sie ihren Gag wie immer als Erste lustig findet. Sie wäre die unabhängigste Komikerin aller Zeiten, weil sie die Lacher des Publikums nicht nötig hat. Doris und ich wissen beide, dass ich die sechzig Minuten Abwesenheit natürlich nicht von meiner Arbeitszeit abziehe. Sorry, aber wenn's hier keinen Kaffee vom Arbeitgeber gibt und ich den erst besorgen muss, dann ist das für mich auch Arbeitszeit.

Ich gucke rüber in das Nebenbüro und stelle mit Erschrecken fest: leer.

»Wo sind denn die andern, samma?«

»Na, Jisela hat irgendwat mit Personalrat heute, und Petra macht nen kurzen, weil se zum Yoga wollte oder wie ihre Gymnastik da heißt.«

Mein Ruhepuls schnellt in die Höhe, mein Kopf wird knallrot, und ich merke, wie sich eine Hitzeattacke anbahnt. Es ist nicht so, dass mir der Kopf abgerissen wird, wenn ich die Aufgabe morgen nicht fertig habe. Es würde einen halbherzigen bösen Blick von Ronja geben, und dann würde ich das halt morgen machen. Da ich mich aber sehr gut kenne, werde ich morgen anfangen, die Bürofenster zu putzen, nur um diese Tabelle nicht ausfüllen zu müssen, und dann gibt's wirklich Ärger.

Das Prokrastinieren bricht mir jedes Mal aufs Neue das Genick, aber ich kann nichts dafür. Bei wichtigen Abgabefristen oder unangenehmen Aufgaben blockiert mein Hirn und fokussiert sich plötzlich problemlos auf Dinge, die in Wahrheit noch unangenehmer sind. Na supi. An die Zahlen komme ich heute nicht mehr ran, und mich wie eine scheue Schülerin fühlen, weil ich die Frist schon wieder nicht eingehalten habe, darauf habe ich gar keinen Bock. Die Prokrastination hat mich krank gemacht, glaube ich. Irgendwie habe ich auch so einen leichten Druck im Kopf. Bahnt sich da etwa ne Grippe an?

»Du, Doris. Irgendwie fühl ick mich heute nich so. Gloob, ick mach nen Dienstabbruch jetze. Hab richtig dolle Kopfschmerzen.«

»Na, Mausi, denn sieh ma zu, dass de ins Bette kommst. Dit Amt jerettet, dit hat noch keener. Ab nach Hause mit dir.« Kussi.

Genau. Das Amt heute zu retten, wird mir nicht mehr gelingen und die Aufgabe schon gar nicht. Ich schreibe eine formlose Mail an das Personalbüro und melde mich dienstunfähig. Schließe mit leichten Bauchkrämpfen die verhasste Exceltabelle, fahre den Computer runter, ziehe mich an und rufe einmal ganz laut Tschüss, so dass weder Dilara noch Ronja die Möglichkeit haben nachzufragen, was los ist.

Notlösung, sorry. Bin jetzt krank.

Hust

Wie eine noch ungeübte Kriminelle nach ihrem ersten Einbruch verlasse ich das Amt und steige in die U-Bahn, um mich zügig vom Tatort zu entfernen.

Sich hier und da in jungen Jahren verkatert krankgemeldet hat sich jeder schon mal. Aber eine Krankmeldung wegen chronischer Aufschieberitis mit Mitte vierzig, das ist dann doch irgendwie peinlich. Mein Dienstabbruch überträgt sich auch sofort auf meinen Gemüts- und Allgemeinzustand, und ich fühle mich tatsächlich krank. Gehöre anscheinend zu der Personengruppe, die ihre eigenen Lügen dermaßen verinnerlicht, dass sie sie irgendwann selbst glaubt.

In der Bahn huste ich ein paarmal demonstrativ und fasse mir seufzend an die Schläfe. Kann ja sein, dass hier irgendjemand sitzt, der mich kennt, und der soll bitte schön mitbekommen, dass es mir nicht gut geht.

Krankmeldungen sind so ne Sache in Behörden. Ach was, bestimmt auch in anderen großen Büros. Irgendwie fühlt man sich, auch wenn man so wirklich, wirklich krank ist, bei jeder Meldung darüber schlecht. Zumindest geht's mir so.

Das war jetzt aber ne Notlösung, Conny. Du hast ewig vor dich hingegammelt und die Sache aufgeschoben. Es dann vor deiner jüngeren Chefin zuzugeben, die zwar engagiert, aber auch die größte Nervensäge aller Zeiten ist, das hast du einfach nicht hingekriegt. Außerdem machen das alle. Jeder meldet sich irgendwann mal einfach so krank wegen irgendeiner unangenehmen Abgabe, weil der Haushalt hinterherhinkt oder man keine Lust hat aufzustehen. Könnta mir erzählen, wat ihr wollt.

Auf dem Heimweg versuche ich mich durch Erklärungen, die in meinem Kopf runterrattern, selbst zu beruhigen. Krankmeldungen sind ein unausgesprochener Pakt zwischen Kollegen. Die einen geben einem das Gefühl, dass es absolut in Ordnung ist, wenn man jetzt nach Hause geht und auch morgen nicht kommt und übermorgen eventuell auch nicht. Doris ist so eine. Hinter ihrer grundsätzlich beipflichtenden Art und ihrer mütterlichen Fürsorge steckt der Gedanke: heute du, morgen icke. In der Hoffnung, dass sie bei einer sich anbahnenden Krankmeldung den gleichen Zuspruch bekommt, unterstützt sie jede Art von geplanter und ungeplanter Abwesenheit. Dein Hund ist krank? »Na, meld dich doch krank, Mausi!« Handwerker kommen zu dir nach Hause und du müsstest einen wertvollen Urlaubstag dafür opfern? »Ach komm, meld dir krank und jut is.« Du schnaubst dir einmal dic Nase und niest hinterher? »Mausi, dit hört sich janich jut an. Jeh ma lieber nach Hause!« Kussi.

Will man also absolute Zustimmung, dass man jetzt den Dienst beendet, dann geht man einfach kurz zu Dr. Doris, die anhand der Symptomatik routiniert eine Diagnose stellt und als Therapiemaßnahme einen sofortigen Dienstabbruch mit anschließender Krankmeldung verordnet. Sobald sie dir zehnmal versichert hat, dass es keinen anderen Weg gibt, als umgehend das Büro zu verlassen, signalisiert sie dir aber mit den Augen: »Mausi, wehe, du machst dit nich ooch bei mir, wenn ick ma nach Hause will.« Kussi mit Message.

Den Beifall für eine Krankmeldung kann man von einer Ronja wiederum nicht erwarten. Wer sich selbst mit vierzig

Grad Fieber noch auf die Arbeit schleppt, hat einfach wenig Verständnis dafür, dass schon ein leichter Schnupfen für eine Krankmeldung ausreicht. Viel zu oft saß diese Frau mit der schlimmsten Erkältung im Büro und folgte ihrem Mantra »Ich schaffe das«. Bis Doris, unser aller Erlöserin, sie zwingen musste, nach Hause zu gehen.

Zuhause angekommen, überlege ich mir, was ich nun mit der dazugewonnenen Zeit anfange, und entscheide mich für: nichts. Ich werde den Nachmittag vergammeln und den Tag morgen ebenfalls. Das Amt rennt nicht weg, und untergehen wird es durch meine Abwesenheit sicher auch nicht.

Krankmeldungen müssen am Tag der Krankheit bis spätestens neun Uhr morgens telefonisch oder per Mail eingehen. Ein Attest vom Arzt braucht man erst ab dem dritten Tag in Folge. So verlockend das Angebot ist, sich ohne Krankenschein und Arztbesuch mal eben für zwei Tage aus der Affäre zu ziehen, gehöre ich nicht zu den Konsorten, die das ausnutzen. Ich bin ja wirklich krank. Zumindest glaubt mein Kopf das seit meinem verfrühten Spontan-Feierabend heute.

Die Krankmeldung für morgen muss dennoch gut durchdacht sein.

Nach einer wilden Netflix-Nacht stelle ich mir den Wecker auf sechs Uhr. Man soll davon ausgehen, dass ich eigentlich geplant hatte, zur Arbeit zu erscheinen, und deswegen ganz normal früh aufgestanden bin. Beim Kaffee habe ich dann aber gemerkt, dass ich doch nicht so fit bin wie erhofft, und dann musste ich mich eben schweren Herzens krankmelden.

Diese Taktik verfolgt jeder Amtsmensch, da könnt ihr mir erzählen, was ihr wollt. Wer sich erst um neun Uhr krankmeldet, der wollte nur ausschlafen. Sich per E-Mail krankmelden ist zwar einfacher und irgendwie auch diskreter, aber als alteingesessene Amts-Maus werde ich mit dieser neumodischen Methode nicht warm. Per E-Mail bekomme ich auch keine direkte Reaktion auf meine kränkelnde Stimme oder den Zuspruch, dass ich mich bloß erholen und erst wieder im Büro aufkreuzen soll, wenn ich wirklich wieder ganz gesund bin. Mein Gewissen braucht diese Bestätigung, damit ich mich voll und ganz meiner Genesung widmen kann.

Am nächsten Tag wache ich um sechs Uhr auf und warte noch zehn Minuten ab, damit es nicht danach aussieht, als hätte ich mir extra den Wecker für die Krankmeldung gestellt. Das wär's ja! In den zehn Minuten überlege ich mir einige Szenarien und spiele das Gespräch einmal komplett durch. Es gibt mehrere Optionen.

Weil Ronja erst später anfängt, ist ein direktes Telefonat mit ihr ausgeschlossen, was schon mal sehr gut ist. Sie würde versuchen, als junge, moderne und natürlich mitarbeiterorientierte Führungskraft verständnisvoll und gelassen zu reagieren. Ihre Tonlage würde aber verraten, dass sie gar keinen Bock drauf hat, den Tag oder eventuell sogar die gesamte Woche umzuplanen.

Petra würde mit einem Räusperer ans Telefon gehen und versuchen, den Grund meiner Krankheit in spirituellen, tieferliegenden Erklärungen zu finden: »Der Körper versucht, dir immer wat zu sagen, Conny. Bei Kopfschmerzen musste uff de spirituelle Bedeutung kieken. Dein Jeist will sich reinigen. Musst ma besser hinhorchen, wat der dir sagen will.«

Was soll der mir sagen wollen? Der will mir sagen: Hör auf, ständig zu prokrastinieren, und halte deine verdammten Fristen ein, dann musste dich auch nicht fake-krankmelden!

Ich wähle die Nummer von Doris, denn da bekomme ich

garantiert ein gutes Gefühl vermittelt und kann den ganzen Tag mit gutem Gewissen zuhause chillen.

Zu meinem großen Pech hebt Gisela den Hörer ab. Doris ist anscheinend schon ihre erste Morgen-Kippe rauchen. Klar, ist immerhin schon zehn nach sechs!

»Hallo!«

»Hallo« sagt sie. Genial. Wir hatten, glaube ich, schon vier verschiedene Schulungen, wie man sich am Telefon richtig zu melden hat. Soweit ich mich erinnere, gehörte »Hallo« nicht zu den Begrüßungen erster Wahl am Apparat.

»Morgen, Jisi, Conny hier.«

»Ach, kiek an, sind wa wach, Madame?«

Sie kann einfach nicht anders. Sie kann nichts dafür. Sie macht es nicht bewusst. Diese zynische Ziege.

»Gisela, ick fühl mich heut nich so. Wollt nur Bescheid jeben, dass ick zuhause bleibe.« Ich huste instinktiv und habe mich nach dem Aufstehen noch kein einziges Mal geräuspert, damit die Stimme auch leicht angeschlagen klingt. Eigentlich melde ich mich ja überhaupt nicht wegen Grippesymptomen krank. Mein Grund sind Kopfschmerzen. Das Husten war also komplett fehl am Platz, aber das interessiert Gisela sowieso nicht.

»Samma, haste nich die Statistikabjabe bei Ronja heute? Heut is doch Stichtag, oder nich?«

Sie kennt mich zu gut und kann es einfach nicht lassen, noch mal kurz hinterherzusticheln.

»Na ja, hab ja ne Vertretung. Dann muss die dit machen.«

»Olle Ronja wird gleich am Spieß drehen, wenn die hört, dass ihre Zahlen nicht rechtzeitig eintrudeln. Will ick dir nur jesacht haben.«

»Is ooch jut, dass wa solche Rechte haben als Arbeitnehmer, weeßte? Muss ooch janich sagen, wat ick hab. Krank is krank.«

Mit dem letzten Satz hab ich dich, Gisela, du süße Gewerkschafts- und Gerechtigkeitsmaus. Du glaubst, dass du mir ein schlechtes Gewissen wegen meiner ausgedachten Krankheit machen kannst, aber da haste dich ordentlich geschnitten. Ich drehe den Spieß um.

Gisela legt ihren bissigen Ton ab, als sie bemerkt, dass es mir sehr wohl zusteht, mich krankzumelden, wenn ich mich nicht gut fühle. Aus welchem Grund auch immer. Mit einer eleganten Hundertachtzig-Grad-Drehung ändert sie ihre Meinung und damit auch den gehässigen Ton. Wäre ja unendlich peinlich, als alter Personalratshase blöd zu reagieren, wenn die Kollegin sich krankmeldet. Wenn sich das herumspricht! Dann is vorbei mit deinem Ruf! Von wegen Kämpferin für unsere Arbeitnehmerrechte! »Nee, hast recht, haste! Krank is krank, und dit jeht niemanden wat an, was de hast. Ruh dich schön aus, Kleene. Dann soll die selbst zusehen, wie sie anne Zahlen kommt, und jut is. Tschüss!«

»Tschüss, Jisi!«

Geht doch. Ich lege auf und mich wieder zurück in mein kuscheliges, noch warmes Bett. Meine ewige Prokrastination hat mich dazu gebracht, blauzumachen. Ist jetzt so. Dann sollen die halt zusehen. Darüber macht sich die Gegenwarts-Conny keine Gedanken. Wie die Zukunfts-Conny das irgendwann regeln wird, ist mir egal. Jetzt erst mal den ganzen Stress wegschlafen. Ich huste noch einmal komplett unbewusst und nicke ein. Bin so krank, ey! Hust.

Hack & Haki

Gegen elf Uhr wache ich auf und weiß ganz kurz nicht mehr, wo ich bin, wer ich bin und was ich hier mache. Ich muss so tief und fest geschlafen haben, dass ich mich frage, welches Jahr wir haben und wieso ich nicht arbeiten bin. Blitzartig fällt mir meine impulsive Entscheidung zur Krankmeldung ein, und ich ziehe mein Resümee: Jut jemacht, Conny! Jetzt ein ausgiebiges Frühstückchen und dann überlegste dir mal, wie du den Tag verbringen möchtest.

Den Gedanken, was die Kolleginnen jetzt wohl gerade tun und ob Ronja schon halb durchgedreht ist, schiebe ich elegant beiseite. Bin krank und für eine gelungene Genesung muss ich mich entspannen. Das Amt läuft auch ohne mich!

Wie bekloppt das eigentlich ist, oder? Was hat dieses Berufsleben nur aus einem gemacht, dass man wirklich glaubt, dass ein Unternehmen – oder in meinem Fall eine Behörde – nicht weiterlaufen würde, wenn man mal nicht da ist. Habe noch niemanden gesehen, der das Bundesverdienstkreuz dafür bekommen hat, weil er immer da gewesen ist. »Hier bitte, Frau Conny! Ich verleihe Ihnen feierlich dieses Bundesverdienstkreuz, weil sie in vierzig Dienstjahren noch kein einziges Mal krank gewesen sind. Herzlichen Glückwunsch und hier noch ein feuchter Händedruck hinterher, von dem Sie sich janüscht koofen können.«

Also, wozu ein schlechtes Gewissen haben, wenn man sich wegen psychischem Stress, den man wegen einer verhassten

Aufgabe hat, mal krankmelden muss? Nö! Abgabedruck ist auch ne Belastung, und ich hatte gestern ne Menge davon.

Der Plan steht eigentlich schon fest. Ich muss Hakan wiedersehen. Und es irgendwie hinkriegen, zumindest einen Kaffee mit ihm zu trinken – komme, was wolle. Der Kontakt ist in den letzten Wochen komplett im Sande verlaufen, und das kann ich nicht zulassen. Ihn in meiner Sprechstunde und anschließend noch bei Kaufland getroffen zu haben, kann niemals ein Zufall gewesen sein. Das war Fügung. Der liebe Gott oder wer auch immer wollte mir ein Zeichen senden und dann noch eins und noch eins und jetzt heißt es: Attacke.

Entgegen dem Klischee, dass immer die Kerle den ersten Schritt machen müssen, entschließe ich mich, in die Offensive zu gehen. Von nüscht kommt nüscht. Vom Zuhauserumsitzen und Warten hat noch niemand seinen Traumpartner gefunden. Gute Ware fällt nicht vom Himmel, sondern erfordert Engagement und Einsatz. Ich starte hiermit offiziell die *Mission Haki.*

Es kommt nicht infrage, ihm wieder ne langweilige Standardnachricht zu schicken, in der ich ihn frage, wie's ihm geht, und er dann zurücktextet und dann ist wieder Funkstille – niemals! Nicht mit Conny!

Ich springe unter die Dusche, creme mir den gesamten Körper mit meiner nach tropischen Nächten duftenden Bodybutter ein, kämme mir zur Abwechslung mal die Haare und will mir alles ins Gesicht klatschen, was ich an Schminke besitze. Hauptsache, ich sehe geil aus. Letztens erst wieder auf Instagram gesehen, wie diese jungen Mädels sich das Gesicht konturieren. Drei Kilo Kriegsbemalung und präzise gesetzte Striche, die man dann so schattiert, dass die Nase schmaler und die Wangenknochen markanter aussehen. Ob ich das mal versuche? Haki, für dich mache ich das!

Ich tippe in die Suchzeile bei YouTube »Gesicht konturieren« ein, und es erscheinen sofort Hunderte Videos von jungen schönen Frauen, die ein makelloses Make-up präsentieren. Ich klicke auf das erste Suchergebnis, und als das Video startet, erschrecke ich kurz. Das Standbild der geschminkten Frau sah irgendwie ansprechender aus. Jetzt, wo ich die so ohne ihre Tonnen Schminke sehe, könnte das fast ich selbst sein. Ob ich mal probiere, Videos mit dem Handy zu machen und die irgendwo hochzuladen? Vielleicht steht mein Haki ja auf so was. Für den würde ich das in Erwägung ziehen und Beauty-Influencerin werden.

Nach drei Minuten, in denen das Mäuschen erklärt, wie sehr sie sich freue, dass wir wieder eingeschaltet haben und so unendlich viele sie gefragt hätten, ob sie denn nicht mal ein Video darüber veröffentlichen könne, wie sie sich die Visage anstreicht, geht's endlich los.

Ich schmiere mein Gesicht mit meiner Tagescreme ein, der guten blauen Nivea aus der Drogerie. Anschließend soll ich Primer auftragen. Hab ich nicht, lass ich weg. Jetzt nimmt sie eine braune Flüssigkeit, die sie Foundation nennt, kleckert sich davon was auf die Wangen, die Stirn, die Nase und dann aufs Kinn und verblendet es schön. So soll der Vorgang heißen. Habe keine Foundation, aber noch diese eine dunklere Creme, die sieht irgendwie ähnlich aus von der Farbe her. Da ich auch keinen ihrer eleganten runden Schwämme besitze, die aussehen wie Ostereier, benutze ich einfach das Werkzeug, das mir der liebe Gott gegeben hat, und verschmiere die Masse großzügig mit meinen Fingern im Gesicht und im Dekolleté.

Jetzt kommt wohl der wichtigste Teil: das Konturieren. Natürlich besitze ich auch nicht diese noch dunklere Farbe, mit der die kleene Maus sich jetzt Striche ins Gesicht malt, deswegen nehme ich einen braunen Kajal und verschmiere den dann, so gut es geht, mit der Creme darunter. Sieht irgendwie komisch aus, aber das Endergebnis zählt ja. Den ganzen anderen Kram, wie baking powder oder was auch immer das sein soll, habe ich auch nicht im Schrank, also gibt's ein bisschen Babypuder und roten Lippenstift auf die Wangen, die ich auch zu einer meiner Meinung nach homogenen Masse vermische.

Bisschen wie Backen hier das Ganze. Ob ich den Ofen schon mal vorheize?

Dann noch die Wimpern mit meiner blauen Lieblingswimperntusche bürsten, und ich bin quasi schon fertig. Irgendwie sieht das nicht so aus wie bei der Beauty-Blogger-Schnecke, aber was soll's – so laufen die jungen Mädels wohl rum.

Ich suche meinen heißesten Zwirn raus, ein ziemlich kurzes knallrotes Trägerkleid, und merke schon: Dit jeht nicht, Conny. Dit is zu ville. Es werden die Jeans und ein weißes Oberteil mit jeweils drei schwarzen Streifen auf den Schultern, das vermitteln soll: Ick bin sportlich. Haki, du weißt es noch nicht, aber ich ernähre mich sehr bewusst, gehe regelmäßig zum Fitness und, na ja, dieser Sportenthusiasmus verfolgt mich halt auch im Privatleben. Damit man mir meine durch unzählige Tiefkühlpizzen- und Döner-Sessions angefressenen Pfunde nicht sofort ansieht, binde ich mir noch ne Strickjacke um die Hüfte, die ich vorne zuknote.

Pfiffig, Conny! Fresh siehste aus. Keck! Würde ich dich nicht kennen, hätte ich dich auf höchstens neunundzwanzig geschätzt.

Ich fühl das Outfit! Ziehe mir meine Turnschuhe an, die ich mir übermotiviert Anfang des Jahres gekauft habe, als ich wirklich kurz dachte, dreimal die Woche damit zum Sport zu gehen. Ein letzter Blick in den Spiegel, der mich noch mal kurz über mein Make-up stolpern lässt. Sieht irgendwie zu viel und irgendwie auch komisch aus. Ziemlich facettenreich sind die vielen unterschiedlichen Farben im Gesicht. Aber immerhin habe ich das unter hochprofessioneller Anleitung gemacht, und für meine Mitmenschen sieht das bestimmt echt gut aus. Muss mich vielleicht erst mal dran gewöhnen.

Schnappe mir meinen Einkaufsbeutel und öffne die Tür. Da steht Oma Walli vor mir. Regungslos und ohne ein Wort hält sie sich den rechten Zeigefinger vor die Lippen, damit ich leise bin. Unser hauseigener BND ist anscheinend wieder in nem wichtigen Einsatz.

»Walli, wat machstn da?«, flüstere ich und versuche, meine Tür so leise wie nur möglich zuzuziehen.

»Psssssshhht! Sei doch ma still, Kind!« Sie guckt in meine Richtung, guckt zurück in den Hausflur und blitzartig wieder zu mir. »Samma, wie siehstn du aus, Kleene? Haste die Masern?«

Ich bin sowohl beruflich als auch privat von kleinen Giftziegen umgeben, unglaublich! »Nee, hab mich nur mal n bisschen jeschminkt. Wat machst du denn jetzt da?«

»Die Türken streiten sich wieder, da dacht ick, ick lausch ma kurz, weeßte. Muss ja uffpassen, dass der olle Sack nich uff die kleene Jül losjeht.«

»Walli, also erstens macht man dit nich, bei anderen zu lauschen. Und zweitens gloobste ja wohl selbst nich, dass Jül sich wat jefallen lässt.«

Die Tür von Güls Wohnung öffnet sich, und wir schauen uns in Schockstarre einen sich hastig seine Schuhe anziehenden Ehemann Hayri an, dem ein Hausschuh hinterherfliegt und ihn genau am Hinterkopf trifft. Gül, unbesiegte Hausschuh-Weitwurf-Königin, flucht irgendwas auf Türkisch hinterher, während Hayri sich schnellstmöglich aus dem Staub macht und die Treppen nimmt, ohne auf den Aufzug zu warten.

Walli und ich fühlen uns erwischt, während wir das Spektakel stumm beobachten.

»Schayze Mann. Du niemals heiraten, Conny, niemals! Nur Probleme, nur Stress!«

Ich frage gar nicht, was los ist, weil ich befürchte, in zwei Stunden immer noch im Hausflur zu stehen. Oma Walli, die das alles natürlich gaaaar nichts angeht, dreht sich um und schließt ihre Haustür von innen, ohne ein einziges Wort gesagt zu haben. Die Fortsetzung des Gespräches kann nämlich auch ganz einfach durch den Türspion beobachtet werden, was einem die Freiheit gibt, sich zu nichts äußern zu müssen, aber dennoch alles mitzubekommen.

»Wieso du nicht arbeiten? Was mit deine Gesicht los? Gehst du Karneval? Siehst du aus wie Clown.«

Gül lacht sich halb schlapp und lässt ihren Ärger über den Ehestreit einfach an mir aus. Na ja, wenn's ihr hilft, was soll's.

»Ick muss jetzt los, Jül. Meld mich später, ja?«

Ich schließe meine Tür ab und flitze wie Ehemann Hayri ins Treppenhaus, um mich aus der Affäre zu ziehen. Habe jetzt Wichtigeres zu tun, als mich um eure kaputte Ehe zu kümmern. Ich glaube nämlich noch an die große Liebe, und die wartet bei Kaufland drauf, endlich von mir erobert zu werden.

Während ich zum Arbeitsplatz meines Angebeteten laufe, merke ich, wie mein Gesicht irgendwie warm wird. Na ja, wird die Anspannung sein. Ich nehme eine Abkürzung durch den Park, um wenigstens irgendwas für meine Gesundheit zu tun, und werde mehrfach von Gassi gehenden älteren Herren und Damen inspiziert. Der Trick mit der Schminke scheint zu funktionieren. Alle glotzen mich an. Tja, so ist das halt, wenn man das Beste aus sich herausholt, dann wird man auch so auf der Straße angeguckt.

Angekommen bei Kaufland, habe ich natürlich gar keine Idee, ob Haki denn nun arbeitet oder nicht. Einen Ladendiebstahl zu begehen, nur damit er ausgerufen wird und kommt, wäre wahrscheinlich zu viel des Guten. Ich schlendere durch die Gänge und sehe vor der Fleischtheke einen großen, gut gebauten dunkelhaarigen Mann, der sich mit der Verkäuferin unterhält. Für den Fall, dass das Haki ist, gucke ich mir die Verkäuferin genauer an. Sie ist auf jeden Fall älter als ich, hat kurze blondierte Haare und eine ziemlich altmodisch aussehende Brille ohne Rahmen. Na jut, von der geht ganz sicher keine Gefahr aus. Und, jetzt sehe ich es genau, da steht mein Haki. Was ein Adonis, dieser Typ! Kaufhausdetektiv ist jetzt nicht unbedingt der Karrierekick, aber aussehenstechnisch hat der Kerl sich dermaßen entwickelt, da schlottern einem echt die Knie. Sein perfekt kantig rasierter Dreitagebart verleiht seinem eh schon sehr markanten Gesicht das gewisse Etwas.

Ich werde nervös und ziehe noch mal mein Shirt zurecht. Bin ja ganz zufällig hier. Habe überhaupt nicht damit gerechnet, ihn hier zu treffen. Also, Leute, Zufälle gibt's! Ich glaube, ich wollte auch noch Hackfleisch kaufen, fällt mir ganz spontan ein. Ich stelle mich hinter Haki, der sich noch immer mit der Thekenfrau unterhält, und tue so, als würde ich warten, dass ich drankomme.

Die Frau entdeckt mich und signalisiert Haki beiseitezugehen, damit sie mich bedienen kann. Unsere Blicke treffen sich, und ich gucke verschämt sofort wieder weg, weil er mich ja gleich herzlich begrüßen wird. Hakan dreht sich aber um, geht zwei Meter weg von der Theke und guckt sich irgendwelche Regale an. Glaub, ich spinne! Ignoriert der mich etwa? Ist das dieses Ghosting, von dem ich im Internet schon so viel gelesen habe?

»Wat darf's sein, junge Frau?«

»Ähh, äääh ... Ick nehm n Kilo Jemischtet, bitte.«

Ich gucke rüber zu Hakan, der mir noch immer den Rücken zudreht. Auf meiner Stirn bilden sich kleine Schweißperlen. Ob das jetzt von meiner Nervosität oder dem Kilo Schminke kommt, das ich mir ins Gesicht gekleistert habe, weiß ich nicht. Okay, vielleicht hat er dich einfach nicht gesehen, Conny. Die Mission Haki kann doch wohl nicht so schnell beendet sein. Angriff, Conny, komm, du schaffst das! Während die Verkäuferin mein Hackfleisch vorbereitet, nehme ich meinen ganzen Mut zusammen und sage fragend: »Hakan?«

Er dreht sich um und guckt mich irritiert an. »Ja?«

Also, das gibt's ja nun wirklich nicht. Will der mich verkackeiern, der Typ? »Wie geht's dir?«

»Sag mal, kennen wir uns?«

»Icke bin's, Conny, Mensch!«

Hakan runzelt die Stirn und schafft es gerade so, beide Mundwinkel anzuheben und zu einem verkrampften Lächeln zu formen. »Ach Gott, Conny! Ich hab dich gar nicht erkannt, sorry!«

Ich habe mich geschminkt mit einem YouTube-Tutorial,

okay. Aber reicht das als Grund, mich nicht mehr wiederzuerkennen? Der tut so, als wäre ich zu einem anderen Menschen mutiert, nur wegen ein bisschen Make-up im Gesicht.

»Warst du im Urlaub? Hast irgendwie so viel Farbe im Gesicht.«

Häää? Was ist denn mit dem los? Ist das wirklich der Hakan, der vorn paar Wochen bei mir in der Sprechstunde saß, oder bin ich jetzt völlig bekloppt?

»Darf's sonst noch wat sein bei Ihnen?«

Ich bedanke mich bei der Verkäuferin und nehme den in rot-weiß kariertes Papier eingewickelten Fleischklops entgegen. Ach, komm, Conny. *No risk, no fun.* Haste was zu verlieren? Nö, haste nicht. Also weiter.

»Nee, ist lieb, dass de fragst, aber ick war nich im Urlaub. Biste hier öfter einkoofen? Wusste janich, dass de hier inna Nähe wohnst!«

»Nein, ich arbeite hier und laufe den ganzen Tag als Undercover-Kunde durch den Laden. Bin der Hausdetektiv.«

»AAAAHHHH, kiek an! Apropos Arbeit. Wollte dir letztens schon mal schreiben und dich fragen, ob de nich Lust hast, mal bei uns inne Kantine vorbeizukommen uffn Mittagessen?«

»Ja klar, wieso nicht. Passt dir morgen? Morgen hab ich frei.«

»Na, Mensch, klasse. Zwölf Uhr vorm Amt? Dann hol ick dich ab unten!«

Wir verabschieden uns und ich gehe – natürlich völlig gelassen – um die Ecke bis zu den Getränkekisten, weil man sich da am besten verstecken kann. Muss kurz Luft holen. JACKPOT, Conny-Maus! Hast soeben ein Date mit Haki geklärt! Du bist einfach die Queen! Du kannst es also noch!

Mission beendet! Der Adler ist gelandet! Wieso zur Hölle der mich nicht erkannt hat, verdränge ich jetzt einfach mal.

Komplett beschwipst von Glücksgefühlen, laufe ich zur Kasse, stelle mich mit meinem Kilo Hack, das ich absolut nicht brauche, an die Kasse und lege meine Ware auf das Band. Den Fehler mit der Selbstbedienungskasse mache ich auf gar keinen Fall noch mal.

Moment mal. Was ist denn mit meinen Händen los? Während ich hektisch versuche, meine Geldbörse aus der Tasche zu kramen, muss ich feststellen, dass beide Hände, Handinnenflächen und Finger, eine andere Farbe als der Rest meines Körpers haben. Irgendwas zwischen schlimmem Sonnenbrand und ner prallen Saftorange, würde ich sagen. Hab ich irgendwo reingefasst? Ist das ne Krankheit? Muss ich ins Krankenhaus?

Plötzlich ruckelt es, und ich spüre einen Einkaufswagen an meinem Hintern. Das sind mir sowieso die Allerliebsten an der Kasse. Die, die glauben, dass es schneller vorangeht, wenn man den Kunden vor einem einfach ein Stück mit dem Wagen vorschiebt. Bin gleich auf hundertachtzig, ey! Drehe mich um und will gerade zu ner saftigen Ansage ausholen, da guckt mich niemand anderes als die olle Doris mit riesigen Augen an.

»Doris! Wat machstn du hier?«

»Mausi, samma, wie siehstn du aus? Um Jottes willen, bist ja janz fleckig und orange im Jesicht. Haste Ausschlag?«

»Samma, wat machstn du hier um die Uhrzeit? Biste nich arbeiten?«

»Na, dit fragt die Richtije. Wat machst du denn so uffjetakelt im Zenter? Bist doch ooch krankjeschrieben.«

»Wieso ooch?«

»Na, Mausi, bei aller Liebe. Mache liebend jern deine Vertretung, aber die olle Uffjabe da mit die Zahlen, dit is mir nüscht! Hab nen Dienstabbruch jemacht und jetze bin ick wat einholen. Fürn Jarten.«

Doris, die beruflich nun wirklich nichts mehr zu verlieren hat, hat sich also bei meiner Krankmeldung heute Morgen gedacht: Nö. Dit mach ick nich! Und sich im Anschluss ebenfalls dienstunfähig gemeldet.

An der Kasse bin ich nun an der Reihe. Ich hole meine EC-Karte für mein Kilo Hackfleisch heraus und wage einen Blick in den über mir hängenden, gewölbten Kassenspiegel! Ach du Schande! Apropos Hackfleisch, wer ist denn diese rot-braune Verrückte da im Spiegelbild? Kein Wunder, dass Haki dich nicht erkannt hat. Als wäre ich am Strand eingepennt und hätte mir vorher ein paar Kieselsteine aufgelegt, damit der Teint schön ungleichmäßig gebräunt wird. Horror!

Ich verabschiede mich hektisch von Doris und weiß, dass unser kleines Geheimnis unter uns bleiben wird. Doris wäre ja auch schön blöd, wenn sie was weitererzählen würde. Immerhin ist die Frau selbst dienstunfähig shoppen.

Ich renne nach Hause und flitze sofort ins Badezimmer, um mein Gesicht zu überprüfen. Vielleicht ne allergische Reaktion auf die Creme? Ich krame alle Produkte, die ich verwendet habe, wieder heraus. Ach du Scheiße, der Selbstbräuner war's. Wenn sich das bis morgen nicht reguliert, bin ich leider noch krank.

Und offensichtlich auch weiterhin Single.

Zuckerberg

Ich schaue in den Spiegel und atme erleichtert aus. Die ehrgeizige Peeling-Aktion von gestern Abend trägt Früchte. Mein Selbstbräuner-Gesicht ist zwar noch immer hellorange, aber immerhin weniger fleckig. Die Hände sehen noch so aus, als hätte ich die ganze Woche Karotten geschält und sie hinterher ausgiebig in den Schalen gebadet, aber was soll's. Heute ist ein wundervoller und vor allem wichtiger Tag. Heute setze ich den Grundstein für die lebenslange romantische Beziehung zu meinem alten Schulkameraden, den ich praktisch nicht kenne. Charakter hin, Charakter her, gutes Aussehen zählt halt auch, und damit wurde dieser Knallertyp reichlich beschenkt.

Ich entscheide mich für ein dezenteres Make-up, schlichtere Klamotten und mache mich auf den Weg ins Büro. Hakan darf nicht den Eindruck haben, dass ich mich irgendwie für ihn herausgeputzt hätte. Es ist ein stinknormales Mittagessen in einer stinknormalen Kantine. So was hab ich öfter, das ist Alltag für mich, das berührt mich keineswegs.

Ich bin die Erste im Büro, lege meine Sachen ab, starte den PC und setze Kaffee auf. Ein traumhafter Tag! Ich setze mich an meinen Schreibtisch, scrolle, wie immer, durch das Intranet und öffne anschließend mein Postfach. Eine rot und fett markierte E-Mail von gestern Nachmittag, die links und rechts mit noch fetteren und noch roteren Ausrufezeichen versehen ist, ploppt mir als Erstes ins Auge. Nein. Ganz egal, was es sein mag, Conny, heute bringt dich nichts aus der Stimmung. Heute ist Haki-Day!

Die Mail ist von Ronja:

Liebe alle,

Probleme gibt es nicht, es gibt immer nur Herausforderungen!

Die heutige Challenge mit der abzugebenden Statistik hat mich dazu bewegt, uns allen eine kurzfristige Impulsschulung für das Programm Excel zu organisieren. Ich habe gemerkt, dass sich eine gewisse Dynamik um die Thematik gebildet hat, und ich würde diese gern als Ansporn nutzen, um uns gemeinsam einen Schritt weiterzubringen.

Bitte findet euch um 8 Uhr im IT-Schulungsraum ein. Der liebe Maik hat sich freiwillig bereiterklärt, die Schulung zu übernehmen.

Ich freue mich!

Gute Grüße & bis morgen!
Ronja

Ich schließe die Mail. Das darf nicht wahr sein. Meine Krankmeldung und der Dienstabbruch von Doris haben dazu geführt, dass wir eine Excelschulung bekommen sollen? Was ist das denn für ein Quatsch? Ronjas Mail ist keine normale Einladung zu einer Pflichtschulung, sondern ein Wink mit dem Zaunpfahl. Sie sagt uns damit: Mädels, ich sehe eure Problematik, und ich habe eine Lösung. Was sie uns aber eigentlich sagen will, ist: Mädels, das war das letzte Mal, dass ihr euch wegen dieser verdammten Scheiß-Aufgabe krankgemeldet habt und ich sie schließlich alleine machen musste. Jetzt gibt's ne fette Excelschulung, damit ihr mal seht, was ihr davon habt. Ihr kleinen Verräterinnen!

Ronja will uns nicht schulen. Nein, sie will uns bestrafen. Das ist Folter 1.0 in ihrer Arbeitswelt 4.0. Die moderne und legitime Form von Peinigung. Mit Abstand das Allerschlimmste, was man Behördenmenschen antun kann. Im Folterkatalog würde auf der ersten Seite ganz oben dick und fett die Excelschulung stehen. Gleich danach kämen die ungewollte Urlaubsvertretung der ungeliebten Kollegin und gleich danach Überstunden oder die Einführung in digitale Akten. Verdammte Axt, der Tag beginnt alles andere als rosig.

Immerhin bin ich es, die diese kleine Krankenwelle angestoßen hat, und nun werde ich offiziell dafür zur Verantwortung gezogen. Kollektivhaftung für alle aufgrund einer dummen Handlung eines einzelnen Gruppenmitglieds. Na ja, rein theoretisch bin ich nicht ganz alleine daran schuld, Doris hat ja nachgezogen. Was denkt die sich überhaupt dabei, gleich am nächsten Tag auch krank nach Hause zu gehen? Also, auffälliger geht's nicht. Ich habe so dermaßen keine Lust auf die Kommentare der anderen. Die werden mich abgrundtief hassen, dass ich ihnen diese Schulung eingebrockt habe.

»Morgen, Connychen. Na, biste wieder jesund?« Räusper. Petra kommt als Erste ins Büro, begrüßt mich wie immer und reißt zuallererst alle Bürofenster auf.

»Morgen, Petra. Na?« Ich muss die Laune abchecken und stecke meinen Kopf durch die Bürotür, um jede noch so kleine Mimik von Petra sehen und deuten zu können. »Wie jehts dir? Hab ick wat verpasst jestern?«

»Kannst ooch drei Wochen wegbleiben, verpassen tuste hier trotzdem nüscht.« Petra lacht über ihren eigenen Witz.

Scheint ja alles gut zu sein. Spüre keine aufgebrachten Schwingungen von Spirit-Petra. Die würde aber auch so nie wütend in den Tag starten.

»Is gleich Schulung, haste schon jesehen?«

»Ja, hör bloß uff. Dit tut mir ooch irgendwo ...«

»Tach!« Eine schnaufende Gisela mit aufgerissenen Nasenlöchern öffnet die Bürotür und stampft mit einer Wucht ins Büro, dass die Akten fast aus ihren Zippelschienen fallen.

Scheiße. Die ist sauer. Gleich flippt sie aus, beschimpft mich und wirft mir mindestens nen Locher oder n paar Tackernadeln an die Birne.

»Männern sollte man den Lappen wegnehmen, wenn se sich nicht anständig bewegen können im Verkehr! Nur Schwachmaten unterwegs heute Morgen. Wär anne Ampel fast ausjestiegen! Da hupt der mich noch an, der Sack!« Sie knallt ihren Rucksack auf den Schreibtisch, stützt beide Hände auf die Hüften und guckt mich wutentbrannt an.

Mist, ey. Jetzt geht's los.

»Wat kiekstn so? Hastn Jeist jesehen? Wenn ick nich so ne Krawatte inne U-Bahn kriegen würde, würd ick ooch umsteigen uff de Öffis. Aber da is ja fast noch schlimmer mit die janzen Bekloppten in Berlin. Is Kaffe fertig?«

Das gibt's doch nicht. Wieso springt mir Gisela nicht an die Gurgel? Wieso hat sie noch nicht gefragt, was ich hatte, und vor allem, was ich mir eigentlich dabei gedacht habe, uns eine Excelschulung einzubrocken? Irgendwas ist anders heute im Büro.

Sie holt ihre Zeitung aus dem Rucksack, die sie sich sonst nur am Wochenende kauft, und hält sie mir vor die Nase.

»Hab ick mir extra mitjebracht heute. Wegen die Schulung! Gloob ma nich, dass ick da heute hinhöre, oder wat. Aber is schön Arbeitszeit, und da mach ick mir n Lenz. So kannste die Zeit bis inne Pension nämlich ooch verbringen!«

Oh. Höre ich da etwa Freude raus? Freut die sich etwa auf die Excelschulung, weil sie dann nicht an ihren Akten und dem überquellenden Posteingang arbeiten muss? Sieht so aus. Hab ich gern gemacht, Leute. Sagt einfach Bescheid beim nächsten Mal. Finde schon einen Grund, mich krankzumelden und uns eine schöne Schulung zu verschaffen, die uns vom Arbeiten abhält.

»Morjeeeeen, Mausis!« Kussi.

Da isse. Die Übeltäterin Nummer zwei. Meine Komplizin. Doris kommt immer so zur Arbeit, als würde sie eigentlich hier leben und zuhause arbeiten. Jeden Morgen schleppt sie diesen rot-weiß gepunkteten Reisenthel-Einkaufskorb hier an, der übrigens zur Grundaustattung einer jeden Beamtin gehört. Das Büro ist ihr zweites Wohnzimmer. Die kommt rein und dann wird erst mal ausgepackt. Zwei Zeitschriften, drei neue Joghurts, die essenzielle Schachtel Kippen, eine Packung Brot, irgendein neuer Aufstrich, eine Tupperdose mit Mittagessen und ne 1,5-Liter-Flasche Cola Zero. Würde mich absolut nicht wundern, wenn sie auch noch Strick- und Häkelzeug rauskramen würde.

Doris, die noch keinen blassen Schimmer von der anstehenden Schulung hat, pfeift vor sich hin, während sie ihr Mitgebrachtes im Gemeinschaftskühlschrank, dem ekelhaftesten Inventar aller Büros, einräumt.

Während jeder so vor sich hin frühstückt, kommt schließlich auch Dilara und im Anschluss eine not-amused Ronja zum Dienst.

»Geht's dir besser, Conny?« Sie verkrampft sich so derartig beim erzwungenen Lächeln, dass ihr linkes Auge dabei zuckt.

Das nervöse Zucken hat sich Ronja anscheinend in der Privatwirtschaft angeeignet. Das tritt immer dann hervor, wenn sie versucht, Unmut über eine Situation mit modernen Führungsskills zu überspielen.

Ich nicke auf ihre Frage und spitze dabei die Lippen, um gelassener zu wirken, als ich eigentlich bin. Sich wegen ner ungewollten Aufgabe krankzumelden, gehört sich eigentlich nicht. Na ja, aber vielleicht war das alles Schicksal, und nur dadurch konnte ich die Mission Haki endlich mal in Angriff nehmen. Liebe Ronja, du bekommst dann auch eine Einladung zu unserer türkischen Fünfhundert-Leute-Hochzeit, versprochen.

»Bei dir auch wieder alles gut, Doris?«

Doris, die noch immer vor sich hin pfeift, denkt sich: Hab ick nich jehört, mir doch ejal, und beißt genüsslich in ihre Schwarzbrotstulle, die sie sich gerade geschmiert hat. Einen zweiten Anlauf bei Doris' offensichtlicher Ignoranz zu wagen, erscheint Ronja wohl aussichtslos. Mit einer eleganten Halbumdrehung bewegt sie sich in ihr Büro und beendet das Gespräch mit einem kaum hörbaren »oooooookaaaaaayyyyy«.

Kurz vor acht wappnen wir uns mit unseren Carepaketen, um die nächsten Stunden im tristen IT-Schulungsraum zu überleben. Ach, was rede ich da? Trist? Das ist mit Abstand der allerschlimmste Raum im gesamten Gebäude. Digitalisierung wie gewollt und nicht gekonnt, verkleidet als Schulungsraum.

Der dunkelgrüne PVC-Boden ist übersät mit Kabelsalaten,

die aus allen möglichen Geräten sprießen und eine Symbiose mit Wollmäusen bilden. Nebeneinandergereihte Tische sollen eine Schulatmosphäre verleihen. Auf jedem dieser Tische steht ein schwarzer Monitor, der wiederum auf einem anderen schwarzen Ding steht. Tower oder so. Ganz vorne der Tisch für den Lehrer, der niemals ein Lehrer ist, sondern irgendein Mitarbeiter, der sich zu irgendeiner Schulung bereiterklärt hat, um entweder seinem Dienstalltag zu entfliehen, oder der noch motiviert ist und seinem Vorgesetzten zeigen will, dass er mehr als Dienst nach Vorschrift kann. Als wäre das was Schlimmes.

Dienst nach Vorschrift bedeutet doch eigentlich, alles genau so zu tun, wie es verlangt wird, und das in einem Tempo, das genau auf diese Stelle zugeschnitten ist. Diese verdammte leistungs- und profitorientierte Arbeitswelt, die nur auf »mehr, mehr, mehr« aus ist, hat es irgendwann geschafft, ganz normales Arbeiten in eine Beleidigung zu verwandeln. Wer nicht mehr leisten will als nötig, kann also gleich aufs Amt gehen und Dienst nach Vorschrift machen. Oder doch den Weg in die Privatwirtschaft einschlagen, Mehrarbeit erbringen, hervorstechen und sich schließlich totarbeiten, um dann mit dem feinsten Burnout trotzdem wieder auf dem Amt zu landen – siehe Ronja.

Die Decken des IT-Raums sind um einiges niedriger als all unsere anderen Büroräume. Gisela berührt mit ihren eins achtzig fast die Deckenlampen. Solche, die ein so richtig schön unangenehmes Surren von sich geben, sobald man sie einschaltet, und den Raum in ein stechend weißes Licht hüllen, dass einem die Augen wehtun.

»Guten Morgen ... äähhh ... Speisen und Getränke sind hier leider verboten«, stammelt Maik und zeigt dabei auf die sechs

Kaffeetassen, Tupperdosen und Brötchentüten, die gerade nacheinander an ihm vorbeischweben, während er uns die Tür aufhält.

»Ach so? Und denn soll ick hier vor Hunger und Durst kollabieren, oder wat? Man wird ja wohl noch essen und trinken dürfen, gloob, ick spinne.« Gisela setzt sich an einen der zehn verstaubten Computerplätze, öffnet ihre Tupperdose und beißt demonstrativ in eines ihrer mitgebrachten Radieschen. Ende der Diskussion.

Maik zieht mit beiden Händen an seinem verwaschenen schwarzen T-Shirt, auf dem »Have you tried turning it on and off again?« steht. Haha, witzig, Nerd!

Dilara, die als Letzte reinkommt, begrüßt Maik so lieb und freundlich, wie sie halt ist, was ihn dazu bewegt, sich instinktiv kurz mit der Hand durch die Haare zu streichen und noch mal das Shirt zurechtzuziehen. Love is in the air. Wie dieser introvertierte Drinnie-Typ es schaffen soll, uns jetzt Excel schmackhaft zu machen – mission impossible. Freiwillig bereiterklärt hat er sich erstens auch nur, weil er wusste, dass Dilara dabei sein wird, und zweitens keine Lust hatte, wieder den ganzen Tag bescheuerte Service-Tickets der noch bescheuerteren Amtsbelegschaft abzuarbeiten.

Als wir alle an unseren Plätzen sitzen, fängt das Drama bereits an.

»Ick gloob, mein Computer is kaputt. Kann ick an nen andern?« Kussi.

»Hä? Ich kann mich irgendwie nicht einloggen, Maik?«

»Samma, wat is dit hier eigentlich fürn schlecht jelüfteter Raum? Da erstickste ja bald.« Räusper.

»Jeeeee-sus! Mein PC ist komplett verstaubt, hat mal jemand ein Feuchttuch, girls?«

Maik geht zu jedem einzelnen Arbeitsplatz und versucht, das Problem direkt vor Ort zu beheben.

Doris spielt »Candy Crush« auf dem Handy, Gisela liest Zeitung, und Petra versucht, mit voller Wucht die Fenster zu öffnen, was nicht funktioniert.

»Ähm, das sind Sicherheitsfenster, die lassen sich nur ankippen. Wegen der ganzen Elektrik.«

»Du, Maiki, dit wird ja immer besser hier. Dit halt ick nich lange aus ohne Frischluft.« Räusper.

Inzwischen ist es 8:40 Uhr und noch immer haben wir es nicht geschafft, die so dringend notwendige Excelschulung zu starten. Maiks T-Shirt bildet leichte Schweißflecken am unteren Rücken. Die Situation fordert ihn sichtlich heraus, ich muss aber sagen, dass er es ganz gut gemanagt kriegt. Sind ja nun echt keine einfache Truppe.

Als dann irgendwann alle Rechner startklar sind, ist es so laut im Raum, dass man sein eigenes Wort kaum versteht. IT-Maik nimmt seinen ganzen Mut zusammen und versucht, seiner Fistelstimme eine tiefere und auch lautere Note zu verpassen, was sich schnell als sinnlos herausstellt.

Wir starten das Teufelsprogramm Excel und lauschen, mehr oder weniger, den Grundlagen und der angeblichen Sinnhaftigkeit dieses Programms, die Maiki feinsäuberlich in eine PowerPoint-Präsentation gegossen hat. Als Hintergrundbild sieht man den eisernen Thron aus »Game of Thrones«. Dilara und er hatten sich mal darüber unterhalten, und sie gab mit einer winzigen Bemerkung preis, dass sie die Serie auch mag. »Ja, ich liebe ›Game of Thrones‹« oder so, hatte sie gesagt. Seitdem verpasst IT-Maik keine Gelegenheit, die tiefe Verbindung, die er zu Dilara spürt, durch versteckte Messages durchsickern zu lassen. Hoffe, Haki ist mindestens genauso kreativ. Apropos Haki. Nur noch zwei Stunden und das Date meines Lebens steht vor der Tür.

»Kann ick ma kurz uff Klo jehn, Maiki-Maus?« Doris schnappt sich ihre Schachtel Zigaretten und verschwindet aus dem Raum, und jeder von uns außer Maik weiß, dass sie definitiv nicht auf die Toilette, sondern eine schmökern gehen wird.

»Ähm ... Ihr könnt jetzt mal versuchen, selbst die Formel zu hinterlegen, dass ... ähm ... alle Zellen, die ihr ausgefüllt habt, zusammengerechnet werden.« Maik zupft wieder kurz am Shirt und entscheidet sich dieses Mal, beide Hände in die Hosentaschen zu stecken, weil er nicht mehr weiß, wohin mit ihnen und seiner ganzen Nervosität.

Ronja und Dilara fangen an, irgendwo rumzuklicken und zu tippen, und sogar ich habe mir die Formel gemerkt und bekomme es erstaunlicherweise relativ gut hin. Sage doch, eigentlich kann ich das! Brauche nämlich gar keine Schulung und nüscht! Könnt mich ab jetzt Excel-Conny nennen.

Die Einzige, die sich kein bisschen rührt, ist Gisela. Die aufgeschlagene Zeitung vor der Nase zieht sie es nicht mal in Erwägung, Maik auch nur eines Blickes zu würdigen.

»Ähm ... Gisela ...«

Keine Reaktion.

»Gisela ...?«

Weiterhin keine Reaktion.

»JI-SE-LA.« Räusper.

»Wat? Wat is?« Gisela lässt die Zeitung sinken, runzelt wie immer die Stirn und guckt fragend Maik an.

»Äh ... wir machen gerade die eine Aufgabe mit den Formeln. Ich wollte ... ähhh ... nur fragen, wie du vorankommst?«

»Ick brauch dit nich. Ick kann dit allet schon.« Sie zieht die Zeitung wieder vors Gesicht und liest genüsslich weiter.

»Ach so, Jisela? Wusste janich, dass du Excelprofi bist. Na, dit is mir aber nu wirklich neu.«

Petra und ich gucken uns an und lachen laut los.

»Jisela Zuckerberg. So wird se wohl ooch in Fachkreisen jenannt.« Räusper.

»Watn? Gloobt ihr mir nich, oder wat? Wat soll ickn machen, los Maik, sach ma an.«

Maik zeigt wortlos auf die PowerPoint-Präsentation, die auf die Raufaserwand projiziert wird.

Gisela kneift die Augen zusammen, überfliegt die Aufgabe und legt ihre Zeitung beiseite. Sie öffnet Excel und tippt wie eine Besessene irgendwelche Zahlen und Formeln ein, markiert Kästchen und zieht andere zusammen und lehnt sich im Anschluss genüsslich in ihrem Stuhl zurück. »So, bitte. Feddich.«

Ronja und Dilara stehen von ihren Plätzen auf und laufen zu Gisela, um sich vom Ergebnis zu überzeugen.

»Giiiiiirl! Du kannst das ja wirklich! Und ich dachte immer, ich wäre der Excel-Crack. Look at heeeer!«

Gisela, die versucht, ihren stolzen Blick mit weiterem Stirnrunzeln zu überspielen, lehnt sich wieder vor. »Na, da könnta ma sehen, wa? Ick sach doch, ick kann dit.«

»Und wieso tuste denn immer so, als würdeste dit nich können?«

Gisela holt zu einer ihrer Ansagen aus. »Samma, bin ick denn bescheuert? Steht dit in mein Stellenprofil, dass ick Excel können muss? Neinnnnn! Werd ick dafür zusätzlich bezahlt, wenn ick dit mache? Neinnnnnn. Seh ick janich ein! Wenn also eener fragt, ick kann dit nich. Mach mir doch dit Leben nich unnötig schwerer!«

Wo sie recht hat, hat sie recht. Manchmal hilft Dummstellen eben mehr, als mit allem zu prahlen, was man so kann, um am Ende noch mehr und noch mehr zu arbeiten.

»Ähm ... wollen wir dann mal eine Pause machen? So bis eins?«

Genau der richtige Moment, Maiki, danke. Wir packen unsere Sachen zusammen und verlassen den Raum mit einer weiteren Gisela-Fähigkeit, von der niemand etwas wusste.

Fünfzehn Minuten noch, dann kommt Haki. Ick muss ins Bad!

Bürgermeister Ali

Für ein ausgiebiges Auffrischen meines Make-ups bleibt keine Zeit mehr. (Jaja, ich weiß schon, was ihr denkt: Gott sei Dank!) Ich springe vor das Waschbecken in meinem Büro, wo der kleine Ikea-Spiegel hängt und mich komplett verzerrt zeigt. Egal, muss jetzt schnell gehen. Ich pudere mir die inzwischen fettige Haut ab, lächle noch mal in den Spiegel und gehe dabei gedanklich die Begrüßung mit Hakan durch, zwei Sprüher Deo in die Achseln und los jehts.

»Bin jetzt inna Pause. Sehen uns später inne Schulung, ja, Doris?«

Doris scheint aus dem Schulungsraum erst zu ihrer morgendlichen Zigarette und danach einfach zurück ins Büro gegangen zu sein. Entweder hat sie vergessen, dass die Schulung weiterging, oder sie hatte schlichtweg keine Lust drauf. Tippe auf Letzteres, weil wieso noch was Neues lernen, wenn die Pensionserlösung schon in drei Jahren kommt? Ich würde es an Doris' Stelle wahrscheinlich nicht anders machen.

Ich hole ein letztes Mal tief Luft, stecke meine Geldbörse ein, weil man ja nie weiß, und laufe Richtung Aufzug, der mich nach unten zum Haupteingang befördern soll. Nie und nimmer würde ich freiwillig die Treppen nehmen.

Die Tür öffnet sich, und Klaus, Werner und Herr Piontek gucken mich verdutzt an. Das Casino-Ratpack! Sinatra & Co. sind nichts dagegen!

»Ach, kiek an, Frau Conny! Jehts hoch inne Kantine?«

»Tach, die Herren! Ja, ick muss nur noch n Freund abholen, und denn komm ick inne Kantine!«

Herr Piontek scannt mich einmal von der Fußspitze bis zum Scheitel. »Janz wundervoll sehen Se aus, Frau Conny! Wenn ick n paar Jahre jünger wär, würd ick mir ne Frau wie Sie aber nich entjehen lassen.«

So nervig er auch sein mag und so sehr die Feministinnen dieser Welt auch aufstöhnen mögen – der letzte Satz war genau der Ego-Push, den meine aufgeregte Seele gebraucht hat. Ich winke den drei Herren zu, die mich im Aufzug nach unten begleitet haben und jetzt wieder hochfahren, und laufe zum Haupteingang. Noch mal kurz atmen, Conny.

Da steht er. Mein Haki. Ich tippe ihm auf die Schulter, er dreht sich um und lächelt. So. Wie begrüßt man sich denn jetzt? Umarmen wäre zu viel. Hand schütteln zu wenig. Mit einer peinlichen »Wir schütteln uns nur die Hand«-Geste von Hakan erwidere ich diese mit einer spontanen Umarmung und ziehe ihn an mich ran. Sichtlich überfordert, hält Hakan einen Sicherheitsabstand von nem halben Meter ein und drückt mich nur ganz zart, so wie man einen Verwandten umarmt, den man nicht leiden kann.

»Na, wie geht's dir, Conny?«

Hakan öffnet die eine Seite seiner Lederjacke und zaubert ein in Plastikfolie gewickeltes, etwas zerquetschtes Bund Tulpen hervor.

Oh mein Gott! Es ist also wirklich ein Date. Ich wusste es. »Ach Mensch, dit wär doch nich nötig jewesen, Haki.«

Ich ziehe meinen Gentleman der alten Schule am Arm ins Gebäude und entscheide mich für die Treppen. Sportlich bin ich, Haki, das sollte dir klar sein, wenn du dich auf mich einlässt. Sport ist mein Leben. Oben angekommen, ist mein

Puls locker auf hundertneunzig, und ich versuche, unauffällig nach Luft zu schnappen.

»Alles okay, Conny?«

»Ja, ach, allet jut, Haki. War letzte Woche nich trainieren, weeßte?«

Letzte Woche? Conny, was redest du da? Dieses und das letzte und auch das vorletzte Jahr nicht. Ach was, nie!

Hakan und ich betreten die Kantine, wo ein lautes Gewusel und Durcheinandergequatsche herrschen. Das Casino ist heute gut besucht. Ob das so ne gute Idee war, das erste Date, falls es das überhaupt ist, gleich in die Kantine am Arbeitsplatz zu legen? Eigentlich hatte ich ja gar nicht vor, ihn hierher einzuladen, aber mein panischer Auftritt bei Kaufland und die Angst davor, dass er mich schon längst vergessen haben könnte, brachten mich dazu. Gleich gehen alle zurück in ihre Büros, und dann kann der Flurfunk starten.

Sätze, die mit großer Sicherheit fallen werden:

»Conny hat nen Typen mit in die Kantine gebracht, so weit is dit schon!«

»Irgendwie sah der jünger aus als sie.«

»Samma, war dit n Türke? Hat die sich echt n Bürjer jeangelt, oder wat?«

Lass sie quatschen, Conny, denke ich mir. Die sind doch eh alle nur neidisch, weil sie es nicht schaffen, aus ihren unglücklichen und stinklangweiligen Ehen und Beziehungen rauszukommen. Hocken dann abends mit ihren Bier trinkenden, dickbäuchigen Herberts auf der Couch und zählen die Tage, bis es endlich wieder ein Highlight in ihrem Leben gibt, das dann aus Angrillen besteht. Blöde Hühner.

Als wir uns die heutige Speisekarte im Plastikaufsteller am Eingang des Casinos anschauen wollen, drehen sich schon die ersten Beates und Utes um, scannen Hakan und tuscheln.

Tja, da kiekste, wa? Passiert ja nicht so oft, dass hier son Prachtkerl reinkommt. Ich sehe doch, wie euch das Wasser im Munde zusammenläuft. Pech jehabt, ist meiner!

Auf dem heutigen Speiseplan steht:

Knusprig gebratene Schweinshaxe mit Bratkartoffeln und Sauerkraut, 9,90 €
Leberkäse mit Zwiebeln und Spiegelei, 7,90 €
Spaghetti Bolognese (vom Rind), 6,90 €

Okay, wow. Wie deutsch willst du sein? Amtskantine: ja. Aber vielleicht auch eine gute Gelegenheit, Hakan kurz noch mal meine interkulturellen Kompetenzen zu präsentieren. »Ach Mensch, hier is ja fast nüscht dabei für dich, wa?«

»Wieso? Was meinst du?«

»Na, ick dachte wegen Schweinefleisch, weeßte? Aber stimmt, kannst ja die Bolo nehmen.« Okay, das war nix.

Wir reihen uns in die Schlange der Essensausgabe ein, wo Gaby mit ihrer neuen Farbe des Monats und der dazu passenden Strähne in Lila die Teller vollklatscht. Als sie mich entdeckt, breitet sich ein dickes Lächeln in ihrem Gesicht aus. »Cooooonnnnnny, Kleene! Is dit dein Ali?«, ruft sie über fünf wartende Köpfe hinweg. Und das in einer Lautstärke, dass das halbe Casino nun mitbekommt, dass ich in Begleitung hier bin.

Die zwei Herren und drei Damen vor mir in der Schlange drehen sich ad hoc um und gucken mich fragend an. »Na, ist das denn nun der Ali?« Sie wollen es alle wissen.

Ich könnte im Erdboden versinken.

Hakan dreht sich zu mir und guckt mich verdutzt an.

»Ähhhh ... Ali is ... ähmmm ... mein Patensohn.«

»Dein Patensohn?«

Was für einen Müll erzählst du denn da, Conny? Ich könnte mir die Haare vor lauter Blödheit rausreißen. Dein Patensohn ist also Anfang vierzig und höchstens drei Jahre jünger als du, ja? Wow, wirklich. Einen riesigen Applaus, meine Damen und Herren, für diesen spontanen Einfall und viel Spaß dabei, liebe Conny, um aus dieser Story wieder rauszukommen.

»Ja, lange Jeschichte. Is aber eher so wat wie mein Bruder, weeßte.«

»Aha.«

Keine fünf Minuten geht das Date und ich habe schon das fetteste Eigentor der Welt geschossen. Was für ein Fettnäpfchen. Kommt davon, wenn man der Kantinenfrau seine intimsten Geheimnisse anvertraut. Als würde die sich irgendwie diskret verhalten.

Als wir an der Reihe sind, strahlt Gaby wie ein Honigkuchenpferd in Hakans Richtung und zwinkert mir dabei mehr als auffällig zu. Das unangenehme Gefühl, dass das kein Date, sondern das erste Kennenlernen mit meinen peinlichen Eltern ist, schleicht sich ein und krabbelt mir vom Magen in die Brust hoch. Ich bekomme so richtige Beklemmungen und bete innerlich, dass Gaby mich nicht noch mehr blamiert. Hätte sie vielleicht drauf vorbereiten und anständig briefen sollen, aber dafür war keine Zeit, und jetzt ist's eh zu spät.

»Na, wat darf's denn sein, Ali? Für dich doch bestimmt die Schweinshaxe, wa?«

Gaby hat für sich entschieden, dass es sich bei Hakan definitiv um Ali handeln muss. Und wenn nicht, ist auch egal.

Sieht ja aus wie einer und am Ende ist das alles doch eh dieselbe Suppe.

Hakan nimmt Gabys Art überraschend gelassen hin, lacht komischerweise mit und bestellt sich unaufgeregt eine Portion Spaghetti Bolo. Na, die scheinen sich zu verstehen, die beiden.

Ich schließe mich dem Geschmack meines Zukünftigen direkt an und werde einen Teufel tun und die Haxe bestellen, obwohl ich schon ziemlich Lust drauf hätte. Es zu riskieren, dass er mich für eine Schweinefleisch essende Kartoffel hält, wäre das Ende unserer gerade erst beginnenden Romanze.

Gaby reicht uns zwei gefüllte Teller, die wir auf unsere Tabletts stellen, und zwinkert mir wieder zu. Irgendwie auch süß, diese Frau.

An der Kasse steht heute ein etwas nervös wirkender junger Mann. Ich tippe auf einen Azubi, der unter Gabys ständiger Beobachtung einfach nichts falsch machen will, was ich nachvollziehen kann. Ich öffne demonstrativ mein Portemonnaie, um Hakan zu signalisieren, dass ich ganz bestimmt nicht erwarte, von ihm eingeladen zu werden, was absolut gelogen ist. Wer Tulpen mitbringt, der zahlt auch, und so zückt Hakan seine Geldbörse und schiebt mich mit seinem rechten Arm sanft zur Seite. Hakan, ick liebe dich.

Unter der Beobachtung von mindestens vierzig Augen laufen wir an den vollen, starrenden und sich unterhaltenden Tischen vorbei und setzen uns an einen freien Tisch in der hintersten Ecke. Die Tischdecke schmückt dieses Mal, passend zu Gabys Strähne, eine lilafarbene Serviette. Jetzt noch ein paar Kerzen und wir hätten ein amtliches Candle-Light-Dinner. Sehe uns schon wie Susi und Strolch in ihrer Spaghetti-Szene, lieber Hakan, dit wird wat – ick spür dit!

Wir unterhalten uns über alte Schultage, Lehrer, die wir doof fanden, und unsere Leben. Ein wundervolles Gespräch, wir verstehen uns prächtig.

Plötzlich poltert und knallt es an der gläsernen Eingangstür des Casinos. Natürlich, Conny. Das ist ja keine Bollywood-Seifenoper, sondern DEIN Leben. Selbstverständlich muss irgendetwas passieren. Wäre ja langweilig, wenn einfach alles glatt laufen würde.

Hakan, ich und der Rest der Kantinenbesucher drehen sich zur Tür. Ganz kurz ist es ziemlich still im gerade noch so wuseligen Casino. Als die Alteingesessenen registrieren, woher der Lärm kommt, ist es aber auch schon wieder vorbei mit der Stille.

»Ach, is nur Erika wieder«, hören wir vom Nebentisch, der sich in aller Selbstverständlichkeit weiter dem Mittagessen widmet.

Hakan guckt mich verwundert an und dann wieder rüber zu Erika, die sich gerade entschieden hat, schnurstracks in unsere Richtung zu laufen. Erika ist keine Fremde, sondern eine ehemalige Kollegin aus dem Sozialamt. Es müssen fast zehn Jahre vergangen sein, dass diese Frau nach langem Rechtsstreit und einem riesigen Knall das Amt verlassen hat. Die wahren Details ihres Abganges kennt niemand so wirklich. Alles, was man weiß oder, besser gesagt, munkelt, ist ein Disziplinarverfahren und eine anschließende Suspendierung. Angeblich sei viel Alkohol mit im Spiel gewesen und Erika habe eine schwere Psychose entwickelt, woraufhin sie ihren doch so sicheren Job bei uns verlor.

Ich kannte sie nie persönlich, aber sie ist ein Teil von uns. Erika wird geduldet, auch nach zehn Jahren noch. Niemand würde es wagen, dieser offensichtlich psychisch kranken

Frau, die nie so richtig mit dem Amt abschließen konnte, ein Hausverbot oder Ähnliches zu erteilen. »Die Verrückte« oder »Alkika« sind dennoch gängige Kosenamen, die man ihr außerhalb ihrer Hörweite zugeteilt hat. Was sie in den Alkoholismus und später in eine schwere Depression getrieben hat, weiß niemand. Und eigentlich will man es auch nicht so genau wissen, weil sie einem einfach nur leidtun kann.

Schon unzählige Male ist es vorgekommen, dass Erika morgens bei uns im Büro aufgekreuzt ist und sich wortlos an einen der Rechner gesetzt hat. In der Regel unterhalten wir uns ein wenig mit ihr und begleiten sie dann in aller Gelassenheit zum Ausgang zurück.

»Ick muss den Bürjermeister sprechen. Wissen Sie, wo der Bürjermeister is?« Erika steht vor unserem Tisch und sieht Hakan fragend an.

Das muss das Date meines Lebens sein, denke ich mir. Ein übler Geruch von ungewaschener Wäsche und Billig-Wodka macht sich breit. »Tach, Erikachen, na, wie jehts?«

Ich beschließe, dass es das Beste ist, das Gespräch an mich zu reißen und den riesige Augen machenden Hakan aus der Schusslinie zu nehmen.

Hinter Erikas faltigen, müden Augen, den fettigen, verfilzten Haaren und dreckigen Fingernägeln verbirgt sich eine einst sehr engagierte Beamtin dieses Landes. Viel zu spät wurde erkannt, dass diese Frau, die täglich lächelnd und fröhlich ihren Dienst antrat, ein massives Problem hatte. Heute spricht man offener drüber, aber vor zehn Jahren war es undenkbar, jemanden auf seine Psyche anzusprechen. Himmelhochjauchzend, zu Tode betrübt – Erika in einem Satz.

»Conny, weeßte, wo der Bürjermeister is?«

»Nee, Mausi, der is heute außer Haus. Hab den vorhin erst wegfahren sehen.«

»Na, da issa doch. Ick muss Se janz dringend sprechen wegen meinem Job, Herr Bürjermeister.« Erika dreht sich zu Hakan und spricht ihn direkt an.

Der Versuch, ihn zu retten, ist dann wohl erst mal gescheitert.

»Erika is ne alte Kollegin, Hakan. Die arbeitet jetzt aber nicht mehr hier.«

Ich bete innigst dafür, dass Hakan versteht, dass sie keine »Verrückte« ist, sondern hilfebedürftig. Immerhin ist der Typ Sicherheitspersonal in Berlin-Neukölln, der wird sich doch wohl auskennen.

»Na, wo ist denn das Problem, junge Frau? Wie kann ich Ihnen denn helfen?«

Hakan, du KÖNIG. Er hat's gecheckt, halleluja, und ist jetzt mal für ein paar Minuten der Bürgermeister.

»Ick muss Se dringend wegen mein Job sprechen. Da jabs n Missverständnis.«

»Also, heute habe ich eine Menge zu tun, aber wir können natürlich gern bald mal einen Termin vereinbaren.«

»Eeeee-riiiiii-kaaaaaaaa! Komm ma rüber, Kleene!«

Herr Piontek, der mit seiner Boygroup schon beim Nachtisch angekommen ist, hat die Situation anscheinend auch durchschaut und will Hilfe leisten.

Erika dreht sich, ohne auf Hakans Worte zu reagieren, um und läuft zu den drei Herren rüber. Wenn dein einziger Halt im Leben dein Job zu sein scheint, dann macht es was mit dir, wenn er dir weggenommen wird. Erika ist ein Paradebeispiel dafür, dass Teilhabe am alltäglichen Leben für psychisch kranke Menschen noch immer keine Selbstverständlichkeit ist.

Hakan guckt mich an und lächelt, als würde er das von eben tatsächlich jeden Tag tun.

»Haste jut jemacht, Haki!«

Das Eis ist endgültig gebrochen. Du bist jetzt mein Haki.

Wir beenden unser Essen und gehen zurück zum Ausgang. Hakan und ich verabschieden uns und versprechen uns, uns ganz bald wiederzusehen.

Gaby, Herr Piontek, Klaus, Werner, Erika, Hakan, Conny. So viele Leben mit so unterschiedlichen Geschichten dahinter treffen sich in einer Amtskantine, die Casino heißt. So könnte eigentlich ein guter Beamtenwitz starten.

Amts-Pub

Heute ist Dienstag, und Dienstag ist mit Abstand der unsinnigste Tag der Woche, weil man ihm keinen besonderen Charakter zuschreiben kann, und das macht mich wahnsinnig. Montag ist bekanntlich unbeliebt. Weltweit, überall und branchenunabhänig. Er steht für das Ende einer zu kurzen Erholungszeit und den Beginn einer neuen Woche voller verhasster Routinen. Mittwoch ist die Mitte der Woche, und man hat schon die Hälfte des Elends hinter sich, wenn man in den Feierabend geht. Mittwoch ist Bergfest. Am Donnerstag ist in Behörden zwar Schlado (Scheiß-langer-Donnerstag), aber dennoch gibt dieser Tag Hoffnung auf das Licht am Ende des Wochentunnels. Wenn man am Donnerstag endlich nach Hause gehen darf, hat man nur noch diesen kleinen, süßen, nach Wochenende riechenden Freitag vor sich, und den liebt bekanntlich jeder. Dienstag ist sinnlos, und wenn es irgendwann so weit sein sollte, dass wir endlich eine Vier-Tage-Woche einführen, bin ich dafür, dass wir den Dienstag zuallererst aus unserem Arbeitsleben verbannen.

Ich lege den Hörer auf und atme einmal ganz tief ein und anschließend doppelt so lange wieder aus, wie es mir Petra beigebracht hat. Ich hatte nun ganze fünfzehn Minuten lang einen Bürger am Telefon, der mir ernsthaft weismachen wollte, dass er mein Schreiben mit einer Ablehnung wegen fehlender Unterlagen niemals erhalten habe. Als alte Amtshäsin lasse ich mich von diesen Standardausreden natürlich nicht mehr beeindrucken, aber nerven tut es dennoch, und das immens.

»Ick hab nüscht jekricht.«

»Doch, haben Se.«

»Nein.«

»Doch.«

»Neinnnnnnnn!«

»Dooooooooooooch!«

Mal abgesehen von meinem ausgeprägten Vertrauen in unsere Post, weiß sich das Amt natürlich in solchen Fällen zu helfen. Denn man will sich gar nicht vorstellen, was passieren würde, wenn einfach jeder zweite Bürger behauptet, dass er ein Schreiben nicht erhalten habe. Ich weise den Herrn am Telefon auf die so genannte »Dreitagesfiktion« hin, bei der ein schriftlicher Verwaltungsakt ab dem dritten Tag nach Ausgang als zugestellt gilt. Stimmt in diesem Fall nicht ganz, weil ich dem nur ein normales Schreiben zugeschickt habe und keinen förmlichen Bescheid, aber muss der Bürger ja nicht wissen.

»Ohhhhh, ich sehe gerade, den hat meine Frau hier zwischen andere Briefe gepackt. Der muss total unterjejangen sein bei uns. Kann ick dit noch nachschicken?«

Na, geht doch. Das sind so die Zaubertricks im amtlichen Alltag, die mir schon des Öfteren das Leben leichter gemacht haben. Trotzdem absolut unnötig und nicht wirklich spaßig, sich mit Bürgern herumzustreiten. Immer mal wieder hab ich so einen Hals. Wann verstehen die da draußen denn endlich, dass ich auch nur meinen Job machen will und mir diese ganzen Gesetze und Verordnungen und Regeln nicht ausgedacht habe. Ich führe doch nur aus.

»Mausi, watn los? Jab et Stress?«

»Ach, Doris. Der alltägliche Wahnsinn!«

»Willste mitkommen, passiv eene piefen?« Kussi.

Ich rauche zwar nicht, aber ein kleiner Spaziergang an die frische Luft mit Mutti Doris wird jetzt sicher nicht schaden. Muss mal kurz runterkommen. Ich begleite Doris also in ihre geliebte Raucherecke im Innenhof des Gebäudes beim Personaleingang. Nein, keine überdachte Raucherecke mit schönen Sitzgelegenheiten, Aschenbechern und Cocktails schlürfenden Beamten. Eine Ecke gleich seitlich der schweren Holztür neben Altpapiercontainern, ausrangierten Aktenwagen – ohne Sitzmöglichkeiten, ohne alles.

Menschen in Behörden die Möglichkeit zu geben, sich in der Pause mal kurz in die Sonne zu setzen, wäre auch zu viel des Guten. Braucht sich dann aber auch niemand wundern, dass man Amtsmenschen ständig bei jemandem im Büro Kaffee trinken oder am eigenen Schreibtisch frühstücken sieht. Es gibt einfach keine gute Alternative, sich die wohlverdiente und gesetzliche Pause irgendwie schön zu gestalten.

Gesetzlich erlaubt ist die Raucherpause, die sich Doris und zahlreiche andere Kollegen bei uns regelmäßig gönnen, im Grunde nicht. Dazu gab's auch schon zahlreiche Rundschreiben, Hinweise im Intranet und schließlich auch ne kurze, exemplarische Abmahnwelle. Wer rauchen geht, hat das von seinen dreißig Minuten Pause abzuziehen, alles andere gilt als Betrug. Nachdem drei Exempel statuiert wurden, landeten alle drei Fälle schließlich bei Gisela und dem Personalrat aufm Tisch, und die Sache hatte sich erledigt. Ein Grund für den Verstoß war »Wusst ick nüscht von, hab ick nie jelesen«, der andere »Ob ick jetzt ne jesetzlich erlaubte Bildschirmpause mache oder dafür kurz an die frische Luft jehe, jeht niemanden wat an«. Zu guter Letzt flatterte ein ärztliches Attest ein, dass aus psychischen Gründen geraucht werden müsse und es nicht anders gehe. Doris ne Abmahnung zu verpassen, würde sich sowieso niemand trauen, also ignoriert sie diese olle Regelung schlichtweg.

»Willste dich nich auschippen zum Roochen, Doris?« Ich musste es dann doch mal kurz ansprechen.

»Na, so seh ick aus, wa?«, kommt prompt als Antwort und anschließend ein keuchender Lacher. Ist schon witzig, wie diese süße kleine ältere Frau den Laden hier und sämtliche Amtsleitungen im Griff hat. Damit ihr die Kippen nicht ausgehen, fährt sie übrigens einmal im Monat mit dem Auto auf den Polenmarkt in Slubice.

Die qualmige Ecke ist zwar alles andere als gemütlich, aber wenn's jetzt noch dunkel wäre, man sich an ein paar Stehtische lehnen könnte und ich ein dunkles Guinness in der Hand halten würde, könnte ich mit sehr viel Vorstellungskraft glauben, ich stünde vor einem Londoner Pub. Ob die sich alle hier ausgestempelt haben, als sie rauchen gegangen sind? Ick gloob ja nicht.

Lautes Durcheinandergequatsche, Kippenqualm vermischt mit Kaffee-Vanille-Aroma von ein paar dampfenden Kollegen und zwischendurch Gelächter und Gehuste. Hier trifft sich also die Elite! Die besten Partys finden nämlich nicht in irgendwelchen WG-Küchen statt, sondern in hässlichen Raucherecken von Behörden-Innenhöfen. Triffst ja sonst auf den dunklen Gängen kein Schwein. Weihnachtsfeiern oder Sommerfeste gibt's auch nicht. Der herzlichste und lebensfroheste Kern der Behörde besteht aus denen mit der statistisch geringsten Lebenserwartung – den Rauchern.

»Hier haste immer wat zu quatschen, Mausi!«

Doris schmeißt sich ins Getümmel, und ich fühle mich wie eine Freundin, die auf eine Party mitgeschleppt wird, bei der sie aber keine Menschenseele kennt.

»Ach, kiek an. Die üblichen Verdächtijen wieder!« Kussi.

Unsere rauchende Ikone Doris umarmt mindestens vier Personen, wirft drei Kussis in die Runde und winkt dem Rest der feiernden Truppe zu. Man kennt sich halt. Vielleicht raucht man sogar schon seit dreißig Jahren hier zusammen. Allmählich wird mir klar, wieso diese Frau so oft rauchen geht. Als Doris sich die erste Kippe anzündet und sofort in irgendein Gespräch einsteigt, fällt mir auf, dass sie, wenn's hochkommt, zweimal an der Zigarette zieht und sonst nur plappert. Die Kippe glüht einfach vor sich hin. Doris geht nämlich gar nicht rauchen. Sie geht quatschen, dem routinierten Büroalltag entfliehen und *socializen*, wie Ronja es auf Denglish sagen würde.

Ich schaue mich in der Runde der vielen Zigaretten-Ultras um und kenne höchstens drei von ihnen, und die auch nur flüchtig vom Gang oder ausm Kopierraum. Um Doris herum bildet sich allmählich eine richtige Traube, und ich fühle mich irgendwie ziemlich cool, weil ich mit der Goddess of Smoking auf dieser Party bin. Nach fünf Minuten zündet sich Doris die nächste Fluppe an, die mit hoher Wahrscheinlichkeit wieder vor sich hin glühen wird, aber kann mir ja egal sein.

»Habta jehört, Mausis. Der eene Stadtrat soll ja wat mit seine Vorzimmermaus jehabt haben.«

Doris zündet die erste Bombe der Raucherparty, und alle machen große Augen und lauschen gespannt. Das Buffet ist eröffnet!

»Raiiiiiineeeeeer! Is dit nich dein Stadtrat? Stimmt dit? Komm ma ran hier uffn Meter!«, ruft Doris einem Mann zu, den ich noch nie zuvor gesehen habe. Der kommt auch prompt rüber und stellt sich mit in die Runde. Jetzt bin ich aber auch gespannt. Stimmt's denn nun, Rainer?

»Ja, stimmt. Hab ich mit eigenen Augen gesehen. Die sind nach Feierabend in sein Auto gestiegen, zusammen.«

Wow, das ist ja wie Netflix hier. Wie geht's denn weiter? Wann erscheint die neue Staffel? Ich bin so richtig on fire und fühle mich pudelwohl in dieser lästernden Qualmwolke.

»Mausi, ham wa noch Zeit?« Kussi. Doris guckt mich an und fragt mich gestikulierend, ob sie noch eine rauchen darf.

Ich nicke, ohne nachzudenken. Ist gerade so spannend, Doris. Können doch jetzt nicht wieder zurück ins Büro. Nach weiteren Zigaretten mit wechselnden Gesprächspartnern weiß ich jetzt, wieso der Hund der einen Kollegin in Blau neulich Magen-Darm-Probleme hatte, wie der Stadtrat aus Rainers Abteilung seine Ehefrau anlügt, und was mein Mondzeichen ist, was wohl alles über mein Gefühlsleben aussagen würde.

Dass ich vorher nie auf den Gedanken gekommen bin, einfach auch mal eine rauchen zu gehen – ich Trottel! Ich muss gestehen, dass ich zu den Kollegen gehöre, die sich als Nichtraucher immer etwas benachteiligt fühlen, wenn die Raucher jede Stunde mal ein Päuschen einlegen. Damit ist jetzt Schluss! Ich gehe ab sofort einfach immer mitrauchen, kann mir doch keiner verbieten.

Doris verabschiedet sich von ihren Partypeople, und wir machen uns auf den Weg zurück ins Büro. Der Blick auf meine Uhr lässt mir kurz den Atem stocken. Ganze dreißig Minuten waren wir weg.

Angekommen im Büro, setzen wir uns beide still und leise zurück an unsere Schreibtische, als Ronja aus ihrem Büro zu uns rüberruft.

»Wo wart ihr beide denn so lange, *girls*? Hab euch schon vermisst.«

»Conny und icke mussten wat besprechen, Mausi. Is vertraulich, nich böse jemeint«, ruft Doris rüber und zwinkert mir zu.

Auf meine alten Tage endlich entdeckt: Das gelassene und genüssliche Leben auf dem Amt.

Du musst halt nur anfangen zu rauchen.

Telenovela

Weihnachtsfeiern, Sommerfeste mit BBQ und eiskalten Getränken, coole Kickoff-Partys. Auf all das verzichte ich gern, um einen pünktlichen Feierabend, geregeltes Gehalt und einen sicheren Job zu haben. Für viele mag das stinklangweilig klingen, aber für mich ist Amt das Nonplusultra. Man lernt mit der Zeit, den Schwerpunkt außerhalb des Jobs zu legen und zu kapieren, dass man im Großen und Ganzen eigentlich nur arbeiten geht, um so angenehm wie nur möglich über die Runden zu kommen. Vielleicht kein Porsche und auch keine Yacht, aber dafür ist auch safe – wie die jungen Leute sagen – Feierabend, wenn ich das Büro verlasse. Nach mir die Sintflut.

Viertel nach sechs an einem wirklich schönen Dienstagmorgen. Ich war zeitig im Bett, habe gut geschlafen und bin aufgewacht und dachte: Na, das kann doch mal n schöner Tach werden, heute! Nach vier grauen Regentagen in Folge zwitschern die Vögel in der Linde vor meinem Balkon, und die Sonne scheint. Ich mache mich fertig und gehe los zur Arbeit.

Habe so richtig ekelhaft gute Laune heute. Dachte seit Längerem, dass es eventuell die Wechseljahre sein könnten, aber die schlechte Laune der letzten Tage war wohl der fehlenden Sonne geschuldet. Es ist kurz nach sieben, als ich meine Bürotür aufschließen will und feststelle, dass jemand früher da ist als ich. Eine ebenfalls gut gelaunte Doris grinst mich mit kleinen, noch verschlafenen Augen an, als ich das Büro mit einem lauten »GUUUUU-MOOOO« betrete.

»Morjen, Mausi! Is dit herrlich draußen, wa?« Kussi.

»Morjen, Doris. Isn Traum, ehrlich. Hab so richtig jute Laune heute.«

Ich lege meine Sachen ab und gucke rüber ins Büro von Petra und Gisela, die ebenfalls schon an ihren Plätzen sitzen. Die Sonne scheint uns allen gutgetan zu haben heute Morgen.

»Na, Mensch, Morjen, Conny! Konnste ooch nich schlafen?« Gisela grinst über beide Ohren, und das kann einem bekanntlich kurz mal Angst machen.

»Wollen wa n spontanet Frühstückchen einlejen? Heut is mir irgendwie nach n bisschen schöne Zeit mit euch.«

»Jute Idee, Petrachen. Dann lasst uns noch uff Dilara und die olle Ronja warten, und denn können wa uns ja bei Doris und mir im Büro treffen.«

Ich gehe zur Kaffeemaschine und gieße mir einen frisch von Doris gebrühten, ordentlichen Filterkaffee ein. Die Sonne scheint durch die großen Altbaufenster und erhellt das gesamte sonst so triste Büro. Sieht alles gar nicht so schlimm aus, wenn's hier hell ist. Mich interessieren weder die hässlichen Retromöbel noch die zahlreichen E-Mails, die mein Postfach über Nacht erreicht haben. Im Radio läuft auf 91,4 Berliner Rundfunk. Doris rennt hin und dreht volle Pulle auf.

»Hungry Heart« tönt durch unsere Büros.

Gisela und Petra kommen tanzend in unser Büro, und wir flippen alle mal kurz aus. Bei Bruce Springsteen kann hier keiner mehr stillsitzen.

Dilara steht lachend in der Tür. Hat kein Schwein mitgekriegt, dass sie gekommen ist. »Was ist denn mit euch los?,« fragt sie grinsend und legt ihre Tasche ab.

Ich ziehe sie an ihrer Hand zu mir und drehe sie einmal um sich selbst herum. Wir singen alle mit, tanzen fröhlich durch unser Büro, und sogar Gisela sieht richtig glücklich aus heute. Wenn man diese Szene filmen und in Zeitlupe abspielen würde, könnte man glatt ein Marketingvideo fürs Amt draus machen.

Wenn auch du endlich wieder Spaß am Job haben, lachen, singen und tanzen willst, dann bewirb dich JETZT und verändere dein Leben! Dein BAGL (Bundesamt für gute Laune)

Wir sind oft grimmig, gelten als faul und unfreundlich, sind unterm Strich aber stinknormale Leute, die sich morgens freuen, wenn einfach nur die Sonne scheint.

Ronja, die sonst immer später zur Arbeit kommt, platzt in unsere tanzende Runde und strahlt über beide Ohren, als sie uns sieht. »*Giiiiirls, what the helllllll?*«

Gisela nimmt ihr Jacke und Tasche ab und zieht sie in unsere Mitte.

Ausgelassen grölen wir den Text dieses Wahnsinns-Songs.

Ein Anblick für die Götter. Das kann halt auch Amt sein, und ja, ich liebe es. Als hätten wir uns alle abgesprochen, feiern wir zusammen diesen Morgen.

»Määäädels, ich habe euch ganz tolle Neuigkeiten mitgebracht! Wir bekommen einen Azuuuuubiiiiii!«

Doris dreht das Radio leise. Ich wusste gar nicht, dass wir Stopptanz spielen. Gisela, Petra, Dilara und ich stehen wie erstarrt da. Die eben noch singenden, strahlenden Menschen haben sich im Nu in regungslose Statuen verwandelt.

Es waren rund zehn Minuten, in denen wir ausgelassen und voller Lebensfreude in den Tag starten durften. Mehr war uns nicht vergönnt. Danke, Ronja.

»Was ist denn? Wieso guckt ihr denn so? Das sind suuuuper News!« Ronja strahlt noch immer über beide Ohren und versucht, unsere Reaktion zu ignorieren.

»Wat haste jesacht? Sach dit noch ma.«

»Wir bekommen einen Azubi, Gisela! Endlich eine weitere Arbeitserleichterung. Ich freu mich so!«

»Wir sind doch ja keen Ausbildungsbereich. Woher kommt denn diese Scheißidee nu schon wieder?« Ich ziehe mir einen Stuhl vom Besprechungstisch heran und lasse mich fallen. Den Schock überlebe ich nicht im Stehen.

»Nein, aber wir werden jetzt zu einem! Ich finde, wir brauchen dringend Unterstützung, und etwas Entlastung durch einen Auszubildenden wird uns sicher guttun, *girls*!«

»Entlastung? Unterstützung? Samma, uff welchem Planeten lebste eijentlich, Ronja? Azubis nehmen keene Arbeit ab, sondern machen welche!« Gisela ist fuchsteufelswild, verschränkt die Arme und ist knallrot angelaufen.

Dieser Morgen war so surreal, ich hätte es kommen sehen müssen. Ich hätte wissen müssen, dass dieser Zustand nicht von Dauer sein kann. Es war ein Fiebertraum, Conny, wach auf! Utopie!

Gisela hat recht. Ein Auszubildender ist doch nicht da, um uns zu entlasten. Das bedeutet einfach noch mehr Arbeit für uns.

»Ronjachen, da muss ick Jisi recht jeben. Wer soll denn den hier noch ausbilden? Kommen ja selbst nich zu unserer Arbeit.« Räusper.

Irgendwie überraschend, dass Liebe-und-Frieden-Petra die

Meinung ebenfalls teilt. Hier will jeder nur seinen Job ordentlich machen, dann is aber auch jut.

»Mädels, wir haben einen riesen Personalmangel. In ein paar Jahren ist der Laden hier leer. Es liegt in unserer *responsibility*, für anständigen Nachwuchs zu sorgen!« Ronjas Strahlen ist ebenfalls erloschen.

»Mausi, dit is doch aber nich unser Problem! Jibt so viele Bereiche, die nich ausbilden und nüscht. Außerdem ham wa keen Platz hier. Ick bilde jakeen aus, is nich böse jemeint!« Kussi. Doris geht zu ihrer Tasche und beginnt zu kramen. Die ersten Vorbereitungen zu der mit ziemlich hoher Wahrscheinlichkeit gleich folgenden Raucherflucht.

Dilara, die ebenfalls noch erstarrt mitten im Raum steht, versucht zu schlichten. »Wissen wir denn schon, wann der oder die zu uns kommen soll, Ronja?«

»Ähhhmmmm, also, ich dachte so schnell wie nur möglich. Um neun kommt die Person sich vorstellen.«

»WAT? Um neun? Dit is in knapp anderthalb Stunden! Samma, spinnste jetze komplett?« Nun platzt mir aber auch der Kragen. Ein Auszubildender soll was lernen und im Idealfall sogar unsere Nachfolge bilden. Was sollen wir dem denn in ner Stunde erzählen, was ihn erwartet? Wie wir zu Springsteen in den Tag gestartet sind und welche Prospekte Doris heute noch studieren wird?

»Also, in meiner Stellenbeschreibung steht nüscht von Ausbilden, Ronja. Ick weigere mich!«

»Oh Mann, Gisela, ich bitte dich!« Auf Ronjas Hals bilden sich unförmige rote Stressflecken, und ihre Augen werden glasig. Ich habe immer Mitgefühl, aber heute haste ganz offiziell verkackt, liebe Ronja. Mit dieser Reaktion hätte sie einfach rechnen müssen.

»Na watn? Werd ick dafür bezahlt, dass ick dit mache? Nein. Bekomme ick da mehr Urlaub oder irgendne andere Jegenleistung für? Nein. Neinnnnnnnnn, nämlich! Na also – Thema beendet. Macht, watta wollt, ick werde nen Teufel tun und mich hier noch um kleinen Scheißer kümmern. Ick muss dit nich! Ick kenne meine Rechte!« Gisela dreht sich um und knallt die Bürozwischentür so laut zu, dass die Kaffeetassensammlung in Doris' Schrank klirrt.

»Du, Mausi, da muss ick Jisi recht jeben. Mit Azubis rumschlagen, dit können doch de Jüngeren im Haus machen. Dit schafft hier doch keener.«

»Die eijentliche Frage is ooch, ob dit so sinnvoll is, dass sich hier eener wat abkiekt bei uns.« Petra grunzt laut los und lacht über ihren eigenen Gag.

Irgendwie hat sie recht. Ein Auszubildender ist erst mal ein Fremder, der nur zeitlich begrenzt da ist. Das bedeutet, wir können den nicht komplett an unserem Alltag teilhaben lassen. In der nächsten Abteilung erzählt der doch alles weiter. Und wenn wir davon ausgehen, dass der vielleicht drei oder, noch schlimmer, sogar sechs Monate bei uns bleibt – na dann: Halleluja! Können ja kein halbes Jahr so tun, als würden wir nicht mal zwischendurch schnacken, ausgiebig frühstücken oder halt zu Springsteen tanzen. So ein Azubi, der will nicht nur was lernen. Nein, der stört auch schlichtweg.

Wie konnte ich mich derart in diesem Tag irren. Ich habe mich blenden lassen. Von drei Sonnenstrahlen. Irgendwas ist ja immer, aber ein Auszubildender? In unserem Bereich? Das ist unser aller Untergang, ich spüre es.

»Es ist jetzt, wie es ist! In einer Stunde stellt der Azubi sich vor, und ich würde euch bitten, einen guten Eindruck zu machen.« Für Ronja ist jetzt Schluss mit lustig. Immerhin hängt ihr Führungskräfte-Ruf von unserem Benehmen ab. » ... einen GUTEN EINDRUCK ZU MACHEN!«, ruft sie noch mal laut und deutlich in den Raum, damit auch Gisela hinter ihrer verschlossenen Tür es verstehen kann.

Die reißt daraufhin wutentbrannt die Tür wieder auf. Dieses Duell lässt sie sich nicht entgehen. »Wat soll ick? Soll ick dem wat vorjaukeln, oder wat? Die knallharte Wahrheit kricht der jleich als Erstet uffe Nase jebunden. Der wird freiwillig woanders hinwollen, dit könnta mir aber glooben!«

Onboarding auf die Gisela-Tour also. Ich ziehe wieder einen spontanen Dienstabbruch in Erwägung, aber das wäre wahrscheinlich zu auffällig, und am Ende bin ich dann noch das Kameradenschwein.

»Außerdem ham wa hier jakeen Platz fürn Azubi. Wo solln der sitzen? Uffn Gang, oder wat?«

»Bei mir ist ja der Tisch gegenüber frei ...« Dilara, die es eigentlich wieder nur gut meint, brockt sich gerade was Großes ein und merkt es im nächsten Moment selbst.

»Ach prima! Ich hatte eh gedacht, dass du unsere Nachwuchskraft betreuen könntest, liebe Dilara!« Ronjas Miene verwandelt sich wieder in ein breites Strahlen Richtung Dilara. Ihr hypnotisierender Blick, der Dilaras Augen durchbohrt und in ihrem Hinterkopf wieder rauskommt, soll sagen: »Sag jetzt nichts Falsches, Dilara. Steh mir bei. Sag, dass du den Azubi betreuen wirst. Wir sind der Change!«

Ronja ist geschickt. Um die Nachwuchskraft nicht gleich in der ersten Woche zu verschrecken, fischt sie sich die neueste und jüngste Kollegin aus dem Team, die sowieso nicht Nein sagen kann. Das scheint das Schicksal der neuen, motivierten Kollegen aufm Amt zu sein. Die sollen nämlich gefälligst allen erzählen, wie toll das hier ist, während wir Alten bestmöglich unter den Teppich gekehrt werden.

»Ja, ich kann mich kümmern.« Dilara ist nicht begeistert, aber auch nicht unbedingt abgeneigt. Glaub, die hat da echt Lust drauf.

»Ick muss noch schnell Wasser koofen jehen, Mädels.« Ich löse die Runde auf, und alle gehen zurück zu ihren Schreibtischen in ihren Büros.

Wenn es kein Personalwasser gibt und ich mir das auf eigene Kosten kaufen muss, dann mache ich das in der Arbeitszeit, keine Frage. Darf das Spektakel um neun natürlich nicht verpassen, ziehe mich an und flitze los. Morgens ist der Supermarkt schräg gegenüber nicht so voll, sollte also relativ schnell gehen.

Ich schnapp mir ein Sechserpack Medium Mineralwasser in 1,5 Liter Plastikflaschen und mache noch einen Schlenker in die Selbstbedienungs-Backwarenabteilung. Scheiß auf Ernährung, die armen Schokodonuts flehen mich aus ihren gläsernen Verliesen heraus an und möchten von mir gerettet werden.

»Dikka, isch bin gerade Frühstück kaufen, Mann. Hab doch heute ersten Tag in Ausbildung. Mach doch Ausbildung bei Dings ... bei Polizei ... Ja, vallah, isch schwöre auf alles ... Bin mies aufgeregt, Junge, hahaha ...«

Ein mindestens 1,85 Meter großer, sehr breit gebauter junger Mann telefoniert neben mir. Eigentlich will ich nicht zuhören, weil sich das nicht gehört, kann aber meine Augen nicht von ihm lassen. Er trägt Nike-Sportschuhe, eine dunkelblaue Jeans und ein Oversized-Shirt. Seine große Fitnesstasche hängt quer über der breiten Brust – sportlicher Typ. Ich muss mir sein Gesicht anschauen, aber so unauffällig wie's geht. Heilige Scheiße, ist der schön! Sicher irgendwas Mitte, Ende zwanzig und nicht meine Altersklasse, aber einfach nur hübsch issa! Sein markantes Gesicht mit perfekt rasiertem Dreitagebart sitzt auf einem muskulösen Stiernacken. Seine längeren schwarzen Haare hat er zu einem kleinen Dutt zusammengeknotet.

»... Dikka, nein, Mann, was, Amt? Seh ich aus, als würde ich Amt arbeiten, Junge? Vallah, niemals, hässlich des Todes. Ist richtig Polizei, Mann, isch schwöre auf alles ...«

Solche Prachtkerle wollen immer zur Polizei – ich hätte mich rechtzeitig umschulen lassen sollen. Alles, was aufm Amt landet, ist entweder ein Maik-Nerd oder ein Karohemdträger-Wolfgang.

Ich nehme mir zwei Schokodonuts mit den Einweghandschuhen und packe sie in eine Brötchentüte. Der Telefontyp neben mir riecht nach irgendeinem bekannten Parfüm und erinnert mich etwas an Haki. Mann, ey, zwanzig Jahre jünger und ich würd wegen dir zur Polizei gehen, du Knaller! Ich verabschiede mich innerlich von dem südländischen Schönling, bezahle meine Einkäufe an der Kasse und gehe zurück in mein Büro, wo wieder ganz normaler Dienstagsalltag herrscht. Das vorhin noch laute Radio summt leise vor sich hin, Gisela telefoniert, der Rest tippt irgendwas in die Tastaturen, und ich schließe mich dem an.

Um kurz vor neun klopft es an Ronjas Tür, die aufsteht und hektisch ihre Zwischentür zu unserem Büro schließt, bevor sie den Besuch reinlässt. Das wird sicher die Auszubildende sein. Irgendeine kleine süße Lena, die beim ersten Bürger, der sie anbrüllt, losheulen und das Handtuch werfen wird. Amt ist nicht jedermanns Sache, und nicht jedermann ist fürs Amt gemacht. Die Grimmigkeit, den rauen Ton und das Durchsetzungsvermögen trainierst du dir irgendwann an. Nicht, weil du ein grundsätzlich schlechter Mensch bist, sondern schon oft schlechte Erfahrungen machen musstest, dich irgendwann deinem eh schon schlechten Image gebeugt hast und genau so geworden bist. *Self fulfilling prophecy*, quasi.

Lass dich mal beschimpfen, weil du rechtmäßig was ablehnen *musstest*, setz direkt danach wieder dein freundlichstes Servicelächeln auf und bedanke dich bei dem Bürger für seine Geduld. Unmöglich. Wir können keine für die Bürger doofen Entscheidungen treffen und dabei hoffen, dass sie uns dafür lieben. Es ist ein Fass ohne Boden. Umso mehr tut mir jetzt schon die kleine Maus leid, die gleich voller Hoffnung diesen neuen Abschnitt ihres Lebens beginnen wird und glaubt, dass sie hier den Menschen helfen kann. Klar, kann sie irgendwie auch. Sie muss aber echt blöde Sachen machen, den Leuten was streichen oder wegnehmen und unschöne Nachrichten überbringen. Dafür brauchst du ein dickes Fell.

Eine Ronja mit knallrotem Gesicht öffnet die Zwischentür einen Spalt und quetscht sich langsam durch die Öffnung. »Der Azubi ist jetzt da, Mädels.« Sie flüstert und bewegt sich so, als wäre sie auf einer Geheimmission. Während sie in die anderen beiden Büros tippelt, richtet sie nebenbei die Frisur und wedelt sich mit beiden Händen Luft ins Gesicht. Dass sie immer so ein Ding aus allem machen muss. Geil ist es nicht, okay, aber wir sind nun wirklich nicht die ersten Menschen in einer Behörde, die einen Auszubildenden bekommen. Wozu also wieder dieser Stress, Ronja?

Dilara, Petra und Gisela schleppen sich entnervt in Doris' und mein Büro, um den Azubi gleich zu begrüßen.

Ronja flüstert immer noch und hat jetzt doppelt so viele Stressflecken am Hals wie heute Morgen. »Er ist wirklich suuuuuper *cute, girls*. Ein ganz höflicher junger Mann!«

»Ein Mann? Boah, nee, ick ertrag hier nich jeden Morgen

die volle Ladung Testosteron! Wir sind n Frauenteam, wat soll der denn bei uns? Neinnnnnnnnn!«

»Ich hole ihn jetzt rein, bitte, seid so lieb und versucht, einen guten Eindruck zu machen. Er ist wirklich ein total Netter!«

Ronja öffnet die Zwischentür zu ihrem Büro und herausstolziert kommt ein riesengroßer, breit gebauter Märchenprinz mit Fitnesstasche um die Schulter. Das ist also das, was Ronja mit »ein total Netter« meint.

Dilara fällt die Kinnlade runter, was sie keineswegs zu vertuschen versucht und Petra einfach ausspricht.

»Heidewitzka!« Räusper.

»Guten Morgen, die Damen. Orkan, mein Name, freut misch.«

Er leckt sich einmal über die vollen Lippen und beißt dann noch mal seitlich auf die Unterlippe.

Ich bin völlig perplex. Das ist doch der Typ ausm Supermarkt! Der, der meinte, dass er zur Polizei geht. Was ist das überhaupt für ein Kerl? Was macht der denn hier? Ist das ne Coca-Cola-Werbung, wo der erschöpfte und durchgeschwitzte Handwerkertyp sich erst mal ne eiskalte Cola reinzieht?

Wir stehen da in einer Reihe wie kleine, sabbernde Teenie-Mädels und schmachten den Prachtkerl an.

»Wat? Orhan?« Kussi

»Nein, Orkan.« Er lacht.

»Hier weht n richtijer Orkan, sach ick euch!« Petra nimmt kein Blatt vor den Mund und zeigt dem Neuankömmling direkt, wie wir ihn schön auf sein Aussehen reduzieren. Der sieht aber auch unfassbar gut aus.

»Orkan, das sind die lieben Kolleginnen Ihrer ersten Praxisstelle.«

»Du kannst mich ruhig duzen.« Orkan zwinkert Ronja zu, die verlegen zur Seite guckt und kichert wie eine frisch Verliebte.

»Die liebe Dilara wird dann deine Einarbeitung übernehmen. Ihr sitzt dann auch im selben Büro.«

Dilara guckt vor Unsicherheit und Scham auf den Boden und reicht ihm die Hand. Ein wahres Halal-Girl. Güls Mädchen.

»Hallo.«

Sie guckt hoch, und ihre großen Rehaugen treffen auf seine glänzenden Mandelaugen.

Ich bin mitten in einer türkischen Liebesserie. Im Hintergrund läuft dramatische Musik. Er reicht ihr in Zeitlupe die Hand, und ein Feuerwerk an Emotionen explodiert, als sie sich berühren. Ein leichter Windzug wirft Dilaras dunklen langen Haare zurück, während sie sich gefühlte fünf Minuten wortlos anstarren. Küssen sie sich gleich? Kommt gleich der böse Ex-Freund und sticht den Rivalen zu Boden? Wird die Schwiegermutter Dilara vergiften, weil sie sich eine andere Frau für Orkan gewünscht hat? Wie geht diese türkische Telenovela weiter? Wann erscheint die nächste Folge?

Die Tür öffnet sich. Alles, was ich sehe, ist ein verwaschenes schwarzes Shirt mit dem Aufdruck »ERROR 404, FUTURE NOT FOUND«. Der unsterblich in Dilara verliebte Maik, der noch nie ein passenderes Oberteil anhatte.

Herzlich willkommen, Orhan. Äh, Orkan.

Fortsetzung folgt.

Glossar

A

Ad acta

Anderer Begriff für »kannste weglegen«, wobei noch besser: abheften.

Aktendulli

Nein, ist kein minderbemittelter Kollege aufm Amt. Sondern einer dieser Begriffe, die man erst hinterfragt, wenn man von neuen Kollegen blöd angeguckt wird. Ein anderes Wort für »Heftstreifen« und angeblich seinem Erfinder Paul Richard Carl Kohl und dem Gründer der Firma »Dulli Bürotechnik« zu verdanken.

Aktenhund

Ein Bürohund, der darauf trainiert wurde, benötigte Akten aus einem Büro in das nächste zu transportieren. Wär ein Traum, ist in Wirklichkeit aber nur ein freistehendes Aktenregal.

B

Badischer Aktenstecher

Nein, nein, nicht, was ihr Ferkel jetzt denkt! Und leider auch kein weiterer Schritt in Richtung Digitalisierung, aber immerhin nachhaltig: In der badischen Verwaltung entwickelte Aktenheftung, bei der die Akten mit einer Lochung und Aktenschnur verknotet und verbunden werden. Zum Auflösen des Knotens braucht man dann den Badischen Aktenstecher. Mein Verbesserungsvorschlag: digitale Akten (nur ne Idee).

Bedarfsgesteuerte Fußgängerfurt

Wieso einfach, wenn's auch kompliziert geht: Ne Ampel!

Beelterung

»Im Namen des Amtes und des heiligen Stempels beeltere ich Sie hiermit zu Eltern.« Ein Begriff, den ich googeln musste und der die Vermittlung einer Pflegefamilie darstellt. Is doch klar!

Bestallung

Hat nichts mit nem Stall zu tun und auch nichts mit Pferden, sondern mit der Einsetzung einer Person in ein bestimmtes Amt. Was soll ich sagen? Man steckt nicht drin in diesen Begrifflichkeiten.

C

Chancengleichheit

Die gleichen Zugangs-, Aufstiegs- und Teilhabemöglichkeiten für alle Menschen dieser Gesellschaft in allen Bereichen. Zum Beispiel kann bei uns aufm Amt jeder in die Kantine! Ansonsten ist Chancengleichheit meiner Meinung nach: Utopie.

Changemanagement

Das, was das Amt seit Längerem versucht. Mehr oder weniger. Oft Aufgabe von Führungskräften den »Change« ins Team zu bringen und mindestens genauso oft sinnlos, wenn dieses mit »hier bleibt alles so wie's is« reagiert. Siehe Ronja!

D

Datenmüll

Da landen alle Widersprüche von Bürgern, haha. Nee, Spaß! Sämtliche Unterlagen, die personenbezogene Daten (Art. 4 DSGVO) enthalten, landen dort bzw. sollten dort landen.

Datenschutzfolgeabschätzung

Bitte in Art. 35 DSGVO nachgucken. Dit will ick janich erklären, weil ick's nich verstehen will! Spinnt wohl.

Dienstanweisung

Alles, was einem befohlen wird.

Dienstaufsichtsbeschwerde

Das, was sich kein Beamter wünscht, jemals zu bekommen, hier und da aber trotzdem mal passiert. Mir passiert so was nicht! Traut sich nämlich eh keener!

Dienstweg

Hat nix mit dem morgendlichen Weg zur Arbeit zu tun! Und erlaubt auch keine Abkürzungen, er ist einzuhalten und kann auch mal mehrere Wochen dauern!

Dimido

Abkürzung dafür, dass man das *life goal* aufm Amt erreicht hat und nun in Teilzeit arbeitet. Die Tage, an denen man trotzdem zur Arbeit dackeln muss, sind Dienstag (Di), Mittwoch (Mi) und Donnerstag (Do). Köstlich!

E

Eilt!
Steht viel und oft auf Akten und Briefen – ändert aber nüscht an der Tatsache, dass es trotzdem lange dauert. Hat noch nie einer schneller gearbeitet, nur weil »EILT!« draufsteht. Können wa abschaffen.

Einfriedung
Dit ist der tiefenentspannte behördliche Ausdruck für Zaun – wow!

Elektronische Akte
Noch nie jesehn. Wat soll dit sein? Is sicher in Arbeit!

Ermessen
Alles kann, nix muss. Entscheidungsspielraum, der Behördenmenschen bei der Anwendung von Rechtsgrundlagen in Gesetzestexten eingeräumt wird oder auch nicht. Kann, muss, soll – unterscheiden sich ziemlich doll. Obacht bei der Ermessensausübung!

F

Fax
Das Gerät, was man als Erstes mit einem Amt assoziiert. Gibt's tatsächlich noch und wird auch noch regelmäßig benutzt. Bin für den Erhalt von Faxgeräten! Faxgeräte an die Macht! Faxgeräte für alle!

Feierabend
Heilig! Das, worauf wir tagtäglich hinarbeiten und neben dem Geld der einzige Grund, wieso man den Tag überlebt.

Freitag
Freitags um eins macht jeder seins. Um zehn soll's ooch schon jehn.

G

Gefahrenabwehr
Wenn Beamte ihre Bürotüren von innen abschließen.
In Wirklichkeit: Alle Maßnahmen, die ergriffen werden, um die Aufrechterhaltung der öffentlichen Sicherheit und Ordnung zu gewährleisten.

Gefährdungsbeurteilung (Arbeitsschutz)
Einschätzung über mögliche Gefahren am Arbeitsplatz im Sinne des Arbeitsschutzes. Beispiele: Tackernadeln, scharfes Papier, zu alte Kaffeemaschinen, Staub, zu motivierte Kollegen, zu viel gute Laune, zu viele Chefs. Zu viel Arbeit. Ziemlich gefährlich in so nem Büro!

GGO
Die **Gemeinsame Geschäftsordnung.** Da hat sich mal jemand ernsthaft hingesetzt und niedergeschrieben, wer mit welcher Farbe, in welcher Reihenfolge, welches Formular zu unterschreiben hat und vieles mehr (Hut ab!). Wenn man mal nicht einschlafen kann, empfehle ich ganz klar diese spannende Lektüre, die eh keener versteht.

Gleitzeit

Komm, wann du willst, und geh, wann du willst. Hauptsache, du bist acht Stunden da und machst deinen Job. Ausnahme: Anwesenheitspflicht in der Kernzeit (oft 10:00–14:00 Uhr).

Glibschi

Keine Beleidigung – eine Klarsichthülle mit seitlicher Öffnung.

H

Heilung (§ 45 VwVfG)

Janz ejal, wat is. Dit Amt kann dit heilen! Ernsthaft: zum Beispiel die Nachholung einer ausgelassenen Anhörung Beteiligter nach § 28 VwVfG. Ejal, wir heilen ditte!

Hochachtungsvoll

Grußformel, die verboten jehört. Sag's, wie's is. Hört sich genauso an, wie man sich das Amt vorstellt. Gegenvorschlag: Mit freundlichen Grüßen, im Auftrag – Ihre Conny.

Homeoffice

Lange ein Fremdwort in der öffentlichen Verwaltung. Da muss erst ne weltweite Pandemie ausbrechen, dass ick wat davon mitkriege. Dit lieben wa! Wird auch liebevoll »alternierende Telearbeit« genannt.

Historisch gewachsen

Eine mögliche Antwort auf alle internen Behördenfragen. Wieso ist dieser Prozess so, und nicht etwa effizienter? »Is historisch jewachsen.« Kann auch als Synonym für »ham wa schon immer so jemacht« verwendet werden und geht ausnahmslos IMMER.

I

Imagekampagne

Ich glaube, das haben wir bitter nötig, kenne mich damit aber nicht so jut aus.

Interessenbekundungsverfahren

Tinder-Match? Anmachspruch? Dating-App? Nö. Verfahren für die interne Besetzung eines freien Postens.

i.V.

»In Vertretung« für den Kollegen, der im Urlaub ist und eigentlich die Urlaubsvertretung der anderen Kollegin übernehmen sollte, die den vertritt, der krank ist. Und so weiter. Stimmt aber nicht: Darf in Berlin nur von Personen in bestimmten Positionen verwendet werden. Könnta in der GGO 1 (Gemeinsame Geschäftsordnung für die Berliner Verwaltung) nachschlagen. Dit is mir zu ville!

J

Jahressonderzahlung

Mannnnn, wieso müssen wa denn immer allet anders nennen als die anderen. Weihnachtsjeld, mein Jott!

JAV

Nicht zu verwechseln mit ner JVA, Mausi. Keen Knast. Hier geht's um einen besonderen Teil der Beschäftigtenvertretungen, nämlich den der Jugend- und Auszubildendenvertretung.

Jour fixe

Ham wa jeklärt – keene Tütensuppe. Ein immer wiederkehrendes Meeting zu einem vorher festgelegten Tag und Zeitpunkt. Hört sich auf Französisch auch irgendwie cooler an.

K

Karenztage

Zusatzurlaub, quasi. Nee, natürlich nicht. Das sind die Tage (bis zu drei), die man sich krankmelden darf, ohne ein ärztliches Attest einzuholen. Unfassbar wichtiges und richtiges Instrument zum Abbau der Hemmschwelle bei Krankmeldungen. Um's auch dem letzten Skeptiker noch mal endgültig klarzumachen: Krank is krank, Mausi.

Klammeraffe

Richtig süße, kleene Äffchen. In allen Büros ham wa eenen, der uns immer den Kaffee bringt, die Akten holt und auch mal kuscheln kommt. Nee, Spaß! Klammeraffen sind dafür da, Tackernadeln wieder aus nem Blatt zu entfernen. Ganz böse Zungen nennen das Teil aber auch liebevoll »Schwiegermutter«. Sympathisch!

KLR

Kannst eigentlich arbeiten, wo du willst, früher oder später erwischt sie dich kalt. In irgendeinem Kontext geht es in jedem Bereich jeder Behörde irgendwann darum: die Kosten- und Leistungsrechnung.

L

Lautraum
Der Wartebereich beim Arbeitsamt? Die Berliner U-Bahn? Nö! Amtlicher Begriff für eine Diskothek. Da kriegste doch direkt Lust, tanzen zu gehen, oder?

Lebensberechtigungsbescheinigung
Amtliche Bestätigung darüber, dass man berechtigt ist zu leben. Schönen Dank ooch, liebet Amt, dit is aber nett von Ihnen! In Wirklichkeit: maximal unverständlicher Behördenbegriff für das »Stammbuch«.

M

Mahlzeit
Die wohl amtlichste Grußformel zwischen allen Grußformeln, die über die Mittagszeit verwendet wird. Und das äußerst kreativ!
Beamter 1: Mahlzeit.
Beamter 2: Mahlzeit.
Ende des Gesprächs.

mdBuwVuW
Im Guinessbuch der Rekorde als längste Abkürzung der Welt auf Platz 1 gelistet. Das, was aussieht, als wär Kollege Wolfgang wieder mitm Kopp auf der Tastatur eingeschlafen, soll eine Abkürzung darstellen. Weltweit mit FYI (for your information), meinetwegen noch »zur Info«, »bitte um Weiterleitung« oder sonste wat betitelt, dachten wir uns aufm Amt, nö, das machen wir kompliziert. Wir sind ja auch das Amt. mdBuwVuW heißt:

Mit der Bitte um weitere Verwendung und Weiterleitung. Kein Scherz.

Mobiles Arbeiten
Könnte man auch Homeoffice nennen. Das wäre aber zu einfach – wir sind schließlich immer noch aufm Amt! Und da zwischen alternierender Telearbeit (mit festem Arbeitsplatz in der eigenen Wohnung) und mobilem Arbeiten (mit Laptop) ein Unterschied liegt, brauchen wir da natürlich auch eigene Begriffe für.

N

Nicht zuständig
Ich! Dieses Buch! Alle Menschen in Behörden!!! Nein, natürlich nicht. Man mag's kaum glauben, aber hinter der nicht vorhandenen Zuständigkeit steckt eine Rechtsgrundlage, die dich dazu zwingt, manchmal nicht zuständig zu sein. Muss ja irgendwie sortiert werden und geregelt sein, wer wat macht. Oder wie würdest du dit finden, wenn der Sachbearbeiter vom Veterinäramt plötzlich über dein Wohngeld entscheidet? Oder das Ordnungsamt dich vorm Altar traut? Das Jugendamt deine Baugenehmigung erteilt? Na siehste, Mausi. Wer richtig viel Langeweile hat: Es gibt einen Zuständigkeitskatalog zum Nachlesen. Enjoy! Verstehste eh nicht.

Niederkunft
Das Wort gibt's schon seit dem 17. Jahrhundert, und ick sehe da keen Grund zur Modernisierung, weil ham wa ja schon immer so jesagt: Geburt eines Kindes.

Niederschlagung

Nee, hier geht's nicht um Regen oder Aufstände. Hier geht's um eine verwaltungsinterne Maßnahme, mit der die dem Staat geschuldete Summe erst zu einem späteren Zeitpunkt eingefordert werden kann. Wieso erst später? Weil man 1. weiß, dass es sinnlos ist (weil kein Geld da), und 2. die durch die Einziehung verursachten Kosten höher wären als die einzuziehende Summe. Kurz und knapp: Jeht jetze nich, versuchen wa später nochma, LG – dein Amt.

O

Onboarding

Lange für das Boarding im Flieger gehalten, musste erst ne Revolution-Ronja um die Ecke kommen, um mich aufzuklären. Dabei geht's um die optimale Form einer gelungenen Begrüßung, Einführung und Integration von neuen Mitarbeitern. In der Behörde: »Ach, Sie haben heute Ihren ersten Tag bei uns? Wussten wa nicht! Dann setzen Sie sich ma an den freien Rechner da drüben. Kaffeemaschine müssen Se sich selbst mitbringen. Viel Glück!« Kann sein, dass es auch positive Beispiele gibt, aber ick mach ja ooch Satire, wa! Nich böse jemeint.

Ordnungsamt

Eines der wenigen Ämter im nichttechnischen Verwaltungsdienst, in dem eine Uniform getragen wird. Säcksi!!! Muss aber auch sein, Mausis. Oder stellt euch ma vor, Wolfgang klemmt im Karohemd Zettelchen unter Scheibenwischer. »Na, sagen Se mal, wat fällt Ihnen eigentlich ein, mir Ihre Telefonnummer unterzujubeln, Sie Perverser!« Das Ordnungsamt wird meist nur damit in Verbindung gebracht, Strafzettel zu verteilen. Dahinter steckt aber auch die zentrale Anlauf- und Beratungsstelle für alle Bürger, das Veterinäramt, die Lebensmittelaufsicht u.v.m. Na ja, und die Knöllchen-Abteilung gibt's halt trotzdem auch.

Organigramm

Gibt's zwar auch in Firmen, ist in Behörden aber um einiges witziger. Bewerbt euch mal in einer obersten Bundesbehörde und lernt das Organigramm vorher auswendig. Prost Mahlzeit! Ganz besonders lustig sind aber auch die Abkürzungen der jeweiligen Funktionen. So steht beispielsweise in einem Organigramm einer Berliner Bezirksverwaltung »BzStRin WiFöSGAUmNat« und bedeutet: **Bezirksstadträtin für Wirtschaftsförderung, Straßen, Grünflächen, Umwelt- und Naturschutz, Personal und Finanzen**. Wusstet ihr, oder? Klar wie Kloßbrühe.

P

Paginierung

Ein wahres Amtswort! Bei papiergebundener Aktenführung (also fast immer) werden die in den Akten eingehefteten Schriftstücke in chronologischer Reihenfolge rechts oben nummeriert. Der Nächste, der dann die Ehre hat, die Akte lesen zu dürfen, kann diese wie ein Buch aufschlagen und blättern. Das Paginieren muss im fortlaufenden Prozess durchgeführt werden, um eine Manipulation auszuschließen. Eine Akte erst im Nachhinein durchzunummerieren, wenn sie jemand anfordert, ist nicht so klug. Na ja. Bin jetzt noch mehr für digitale Akten.

Personenvereinzelungsanlage

Beim Lesen denkt man, drei Menschen gehen irgendwo rein und nur einer kommt wieder raus. Habt ihr alle schon mal im

Schwimmbad, am Flughafen oder im Supermarkt benutzt. Na? Ein Drehkreuz natürlich! Is doch selbsterklärend.

Postzustellungsurkunde (PZU)

Das sind die gelben Briefe, die niemand haben will, aber ganz, ganz sicher und garantiert bei euch angekommen sind. Könnta später erzählen, wat ihr wollt! Dafür gibt's sogar ne amtliche Urkunde. »Ich habe den Brief nie erhalten!« könnta hiermit knicken.

Q

Quereinstieg

Sollte für Behörden vereinfacht werden, sonst ist der Laden bald janz leer. Meine Meinung.

Querschnittsaufgaben

Von allem ein bisschen? Nee. InterneVerwaltungsbereiche, die bereichsübergreifende Serviceleistungen anbieten. Die Empfänger der Leistungen sind wiederum ebenfalls verwaltungsinterne Bereiche. Beispiele für Querschnittsaufgaben sind Haushalt, Personal oder IT (Ieeh-Tee).

R

Raumübergreifendes Großgrün

Ick weigere mich, das zu definieren. Isn Baum!

Rechtsbehelfsbelehrung

Das Kleingedruckte in behördlichen Briefen, das man ab und an mal wirklich lesen sollte. So unwichtig ist die Rechtsbehelfsbelehrung nämlich nicht. Fehlt sie auf einem amtlichen Bescheid, verlängert sich beispielsweise die Frist für einen Widerspruch von einem Monat auf ein Jahr. Mein Tipp: Sei wie Gisela – kenne deine Rechte! Lies die Rechtsbehelfsbelehrung.

Rundablage P

Dorthin kommen alle Schriftstücke, für die man keine weitere Verwendung hat und die nicht abgelegt werden müssen. Hin und wieder auch mal alte Kaugummis, der benutzte Teebeutel, das verrotzte Taschentuch und der Kaffeesatz. Für Normalsterbliche: der Papierkorb.

S

Sachbearbeiter

Die wahren Helden.

Sachstand

Gemeint ist der aktuelle Stand eines Vorhabens bzw. eines Prozesses. Wird in keiner Branche so oft verwendet wie in der Verwaltung. Stellt euch mal vor, wie jemand diesen Begriff zuhause bringt. »Schatzi, wie ist der Sachstand zum Abendbrot?« Antwort: »Abjelehnt!«

Spontanvegetation

Da läufste nichtsahnend die Straße entlang, und zack!, knallt ne drei-Meter-Sonnenblume ausm Boden und springt dich an. Ganz spontan! In Wirklichkeit: Unkraut.

T

Tacker
Kann nicht nur zum Zusammenheften von Blättern genutzt werden, sondern auch als Weitwurfobjekt bei Wutausbrüchen. Hat man mal was falsch zusammengetackert, kann man das Problem easy mit ner Schwiegermutter lösen. Klingt wirr? Gut so.

Telko
Es wäre doch viel zu cool für ne Behörde, wenn wir jetzt anfangen würden zu sagen: »Ick hab jetzt nen call!« Jeht janich! Telko heißt ditte: Telefonkonferenz. Dieses Telefonat, bei dem entweder alle gleichzeitig sprechen oder sich niemand traut, irgendwas zu sagen, um den anderen nicht zu unterbrechen. Träumchen!

Titel
Kein Filmtitel und auch kein Doktortitel. Diese Form der Titel wird »erwirkt«. Ein Schriftstück, das bescheinigt, einen rechtlich gesicherten Anspruch auf eine Forderung zu haben.

U

Umlaufmappe
Wappen, Schutzschild, Zigarettenetui, Handyhülle, Schokoladenbunker, Alibi. Manchmal auch wirklich für Schriftstücke verwendet, die in den »Umlauf« gebracht werden müssen. Die analoge E-Mail mit Anhang, quasi.

Untätigkeitsklage
Genau das, was man eigentlich auch vermutet. Das Amt verklagt Bürger, die ihre Unterlagen nicht rechtzeitig oder unvollständig

einreichen. Schön wär's, Mausi – wohl eher andersherum. Entscheidet das Amt ohne zureichenden Grund über einen zulässigen Antrag oder einen Widerspruch nicht fristgerecht, kannste dem Amt quasi auf die Sprünge helfen. Ich empfehle generell aber vorher kurz mal anzurufen und nachzufragen. Nur ne Idee. Kost ja nüscht.

V

Verbeamtung

Wollen heute gar nicht mal mehr so viele wie früher. Tarifbeschäftigt sein kann auch ganz attraktiv sein. Immerhin kannste dann streiken gehen – was als Beamter unmöglich ist. Trotzdem ein sicherer Hafen, dieses Gefühl der lebenslangen, schützenden Hand des Vater Staat.

Vermerk

Auch bekannt als »Aktenvermerk«. Falls ick mich morgen dazu entscheide, spontan auszuwandern, sollte mein Nachfolger meine Akten öffnen und sofort nachvollziehen können, was bisher zu diesem Fall getan wurde. Ein Vermerk ist also ein Schriftstück für die Nachwelt, das besondere Situationen, Vorkommnisse oder Gespräche dokumentiert. Hier wird allet festjehalten und protokolliert – ick kenne meine Rechte! LG, Gisela

Verwaltungsakt

Das Erste, was man in der amtlichen Ausbildung oder dem Studium lernt. Die Basis einer jeden amtlichen Handlung und festgehalten in § 35 S.1 VwVfG (**Verwaltungsverfahrensgesetz**): Verwaltungsakt ist jede Verfügung, Entscheidung oder andere ho-

heitliche Maßnahme, die eine Behörde zur Regelung eines Einzelfalls auf dem Gebiet des Öffentlichen Rechts trifft und die auf unmittelbare Rechtswirkung nach außen gerichtet ist.
Klingt langweilig? Isset ooch!

W

Widerspruch

Der informierte Bürger kennt seine Rechte und legt gern mal Widerspruch gegen eine Entscheidung ein. Würde jetzt lügen, wenn ich behaupten würde, dass dann nicht kurz mit den Augen gerollt wird aufm Amt. Aber, na ja, hift ja nüscht – steht ihnen zu.

Wiedervorlage

Man munkelt, das würde in der Privatwirtschaft »Reminder« genannt werden. Kann ick nüscht mit anfangen. Dinge, die noch mal angefasst und bearbeitet werden müssen, setzt man sich auf Wiedervorlage und trägt sie in den Wiedervorlagenkalender ein! Händisch!

Z

ZdA

Zentrum des Antrags? Zeit des Anspruchs? Ziel der Arbeit? Zeuge der Akten? Leider nicht und komplett unspektakulär: **Zu den Akten**. Auf Deutsch: Kannste wegheften.

Zweckentfremdung

Im Wasserkocher Würstchen erhitzen (sehr eklig!). Teewasser aus der Kaffeemaschine ziehen. Bei dreißig Grad Bürohitze den

Mülleimer als kühlendes Wasserbad für die Füße nutzen. Die Frisur mit dem Kugelschreiber hochstecken.
Populär geworden ist der Begriff aber erst mit der (teilweise illegalen) Vermietung von Wohnungen über eine bekannte Tourismusplattform.

Danksagung

Mein Dank gilt einer Branche, die so viel mehr und so viel besser ist als ihr Image. Mit all ihren Macken, Fax-Geräten, Yucca-Palmen, Wartezeiten und sprachlichen Herausforderungen. Nach einem ersten Kulturschock damals im neuen Job habe ich sehr schnell verstanden, wie buchstäblich LEBENS-wichtig Behörden für uns sind, für uns ALLE.
Mein besonderer Dank gilt den Menschen hinter den Behördentüren, die tagein, tagaus helfen, den Laden am Laufen zu halten. Aber auch all denen, die wartend, hoffend, vielleicht sogar ängstlich davor stehen, mit einem Formular oder einem Antrag in der Hand. Was wären wir ohne unsere Bürger:innen! Wenn ich mir etwas für die Amtszukunft wünschen dürfte, dann, dass die Behörden diesseits wie jenseits der Schreibtische gleichermaßen bunt und vielfältig werden.

Ich bedanke mich bei allen Ronjas, die versuchen, Behörden zu modernisieren.
Bei allen Dilaras, die nicht aufhören, zu übersetzen und zu vermitteln.
Danke an alle Petras, die uns immer wieder auf den Boden zurückholen und atmen lassen.
An alle Giselas, die tagtäglich für unsere Arbeitnehmer:innenrechte einstehen.
Danke alle Dorisse, die uns immer wieder an das bisschen Gelassenheit erinnern, das uns viel zu oft fehlt.

Ein weiterer Dank geht an Felix Lobrecht, Thomas Hölzl, Barbara Laugwitz und die großartigen Menschen um sie herum bei dtv.

Die Frau hinter:
Conny from the block